農門第一剩女

下

文創風 948

藍夢寧 著

風文創 948

目錄

第十一章

兩姊妹剛趕到時，就看見喬珠兒的身影，不等喬蓮兒發問，喬喜兒便拉著她躲進了一旁的草叢裡。

此時的小樹林中，杜啟明焦慮的東張西望，人呢？都等了一刻鐘了，怎麼還沒出現？

這時，有人從背後環抱住他的腰，在他身上細細摩挲著……

杜啟明臉色一僵，等轉過身看清楚是喬珠兒時，又刻意的推開了她。

喬珠兒神色變了變。「啟明，不是你說要給我交代嗎？我想聽聽，你是怎麼打算的。」

杜啟明神色極不自然。「我打算我們好聚好散，珠兒，這次是我不對，妳放心，我會補償妳的。」

「我不要補償，我要你娶我，杜啟明，這就是你給的交代？」喬珠兒聲音猛地提高，俏臉寫滿怒意。她心心念念惦記著情郎，情郎倒是千方百計的想甩掉她，這如何讓人不心寒？

「妳……」杜啟明驚訝萬分，一種不好的預感浮現心頭。

卻見喬珠兒又柔了聲音，對他上下其手道：「啟明，我想要你的身體補償。」

杜啟明整個人都愣住了，他跟喬珠兒還沒發生過實質的關係，這婚事退掉，她還可以嫁人的，可這若失身後，就無力回天了。

「珠兒，我娘不是說得很清楚嗎？兩家退親，從此各自婚嫁，互不干擾。由於是我負了妳，當初給的那幾兩銀子彩禮以及那個金鐲子都給妳。」

喬珠兒一聽這話，瞬間就怒了。她的一番癡情就值幾兩銀子嗎？好你個杜啟明，既然你不仁，我就不義！

當即，喬珠兒就將事先藏在衣袖裡的藥粉朝他身上揮去。

就見他腦袋昏沈，連帶身體都有股異樣傳來，他看著喬珠兒，發現她有兩個影子。

「啟明，你怎麼了？」看著他的俊臉微微發紅，喬珠兒不由得暗嘆，這藥可是勁道，居然就這麼撒在身上也有效果。論手段，她不比喬喜兒差啊，只要能達成目的就成。

兩人平日裡雖曖昧多了，但還沒有到最後一步，喬珠兒這會兒倒是駕輕就熟，直接摟住他的脖頸，送上香吻。

這一觸碰，好像星火燎原，瞬間燃起火焰，杜啟明再也忍不住，直接將人壓在大樹底下……

喬喜兒看得津津有味，沒想到這個喬珠兒在她跟前炫耀，還讓她看現場直播。

杜啟明這男人，果然是金玉其外敗絮其中，這喬珠兒還真放得開，饒是她這個現代人也有些面紅耳赤。

而喬蓮兒的臉早就紅透了，不等她說話，就聽見另一頭有陣腳步聲傳來，像是來了好幾個人，其中一道聲音，姊妹倆就比較熟悉了，是馬氏扯著大嗓門在叫。

「好啊，杜啟明，我打死你個負心漢！嘴上說不要咱家閨女，背地裡偷偷亂來！」

幾個村民趕來，就看到這限制級畫面，個個眼睛都瞪得老大。

而這會兒藥效過去，杜啟明感官也逐漸清醒。

最為震驚的是杜母，她看到這畫面差點沒暈過去。這孩子，跟她千交代萬交代要跟喬家退親，她都豁出去這張老臉處理好了一切，那現在又算什麼啊？

很顯然的，杜母跟村民想的一樣，這孩子八成就是受不住喬珠兒的誘哄，幹出了這種下作事啊。

她氣不打一處來，就見馬氏俐落的衝了過去，將這衣衫不整的兩人分開，慌亂的給自己閨女披上衣裳，對這個衣冠禽獸聲聲控訴。

「杜啟明，你若是不娶珠兒，我跟你沒完！」

杜啟明這會兒意識逐漸清醒，反應過來自己做了什麼後，整個人都是悶的。他看著躲在馬氏懷裡的喬珠兒，瞬間便明白了，眼神鋒利得很。「妳這個不要臉的女人，妳敢算計我？」

他穿戴好衣裳，跟個受了委屈似的孩子，直接跑到杜母跟前訴苦。「娘，都是她使下三濫手段。」

聽到他說這番話，喬珠兒氣得瞪大眼睛。「杜啟明，你這個沒種的，你剛才可不是這樣說的。」

杜母氣得發狠，知道兒子這是被算計了，這官宦千金還在鎮上呢，傻子才會在這節骨眼上幹出這種事啊！她氣得衝過去，直接甩了喬珠兒一個巴掌。「妳個不要臉的東西，為了賴上杜家還真是不擇手段，我打死妳個下賤東西。」

這一巴掌用足了力道，喬珠兒的臉頰高高腫起。

馬氏心疼得跟什麼似的，直接衝上前去跟她扭打。「妳發什麼瘋呢？老娘兒們，一個巴掌拍不響，明明就是妳兒子胡來，這件事必須給喬家一個交代，不然你這探花郎也別想當了！」

兩個老婦人打起架來，那個叫可怕，扯頭髮、抓手臂、揮巴掌，怎麼狠怎麼來，動靜鬧騰得太大，村民都趕過來勸架。

這下好了，全村人都知道了，杜啟明跟喬珠兒在後山小樹林裡當野鴛鴦，村民說什麼的都有，大多是罵杜啟明負心漢，畢竟是他先提出退親的，事後又占女方便宜，也太不是人了。

杜啟明被扯得很狼狽，臉上有輕微的傷，衣衫凌亂，都被撕掉了一截，兩老婦人打得也是渾身掛彩，誰也不服誰。

「杜家太過分了，敢情這讀書人就是個陳世美嗎？」村婦們口沫橫飛的說。

可不是，先是招惹喬家二房的閨女，後面又是喬家大房，現在吃了還想不認帳，也太丟臉了。

「原本不是挺好的一樁姻緣，不是說這喬珠兒會旺夫嗎？這讓秀才高中了，可他卻看上別人，這也太不是人了。」

有婚約在先，這次的戰役，怎麼打，都是喬珠兒勝利。

而此刻的喬珠兒，身雖然狼狽，心卻快活著。她知道杜啟明一定會妥協的，因為他沒得選擇。

果然就聽見他聲音不甘道：「鄉親們，別鬧了，今兒個的事是我的錯，我願意娶喬珠兒為妻，對她負責。」

轟的一聲，村民一聽這話又變了風向。

「這還差不多，只要負責就還是好男人。」

「就是，說不定娶了這旺夫命的媳婦，以後就會一路旺。」

杜啟明聽到這些議論，只覺得天都塌了，他要失去一樁好姻緣了，娶喬珠兒對他一點幫助都沒有，可事已至此，還有什麼辦法？

喬喜兒遠遠看著頹廢至極的杜啟明，嘴角勾起一抹嘲諷。早知今日，何必當初？賤女渣男才是一對，省得禍害別人。

鬧劇收場，喬喜兒便跟姊姊一起回家，至於村民怎麼議論，那就是他們的事了。

晚飯過後，喬喜兒溜去福袋空間一趟，發現木屋裡的藥箱又多了藥丸。

她拿起來放在鼻間聞了聞，是她想要的藥，小小的藥丸濃縮了很多味藥材，都是能正骨的好東西。

喬喜兒蒐羅了一番，找齊了藥材，拿起藥丸跟銀針就偷偷的去了喬松家。

「哥，你睡了嗎？」

喬松正在換衣服，聽著聲音便答道：「是喜兒吧，我在換衣服。」

喬喜兒見狀，便去煮了一鍋熱水，準備好木盆，撒入藥材，準備給他泡腳用。

喬松坐著輪椅出來，根據她的指示，把腳放入木桶裡泡著，霧氣縹緲中，腿部漸漸有痛感襲來，伴隨著全身都是一身汗。不光如此，他看著喜兒忙前忙後的也是一身汗，有些過意不去。「喜兒，辛苦妳了，只是這真的有效果嗎？還有這腿越發痛了。」

他也泡過一、兩回藥，但不是這般痛的，流的汗也沒這般多。

「哥，這有痛覺就對了，證明藥材進入了你的腿起了作用。」喬喜兒說著，又去倒了一碗水，將黑色藥丸遞給他。「哥，吃了這藥。」

喬松二話不說，便一口氣吃了。

喬喜兒編了個合理的理由。「哥，你放心，這是我花重金買的藥材、藥丸，這手法也是神醫教的。」

喬松一臉動容。「喜兒，讓妳破費了。」

「客氣啥？只要你能站起來，一切都是值得的。」喬喜兒心裡期盼著，有了空間這個金手指，他的腿應該可以儘快站起來的。

泡了小半個時辰的藥材後，又施針了一番，幫助藥材更好的吸收，做完這一切，喬喜兒這才疲憊的回了家。

次日一早，天剛矇矇亮，喬喜兒便早早起來，今兒個又是五天一次的趕集日了，她得帶一批香囊去鎮上，分發給那些訂了貨的攤主。

這會兒正值夏季，天亮得也比較早，清晨的空氣特別新鮮，鳥兒在山間飛掠而過，村裡的小土路上，小草小花都掛著晶瑩水珠。村民起得特別早，趕集日大家都想去街上淘些實惠的東西。

喬喜兒洗漱好了，看見喬蓮兒起來了，便問：「姊，妳要去鎮上嗎？」

喬蓮兒表示要在家做香囊，喬喜兒又問喬松。「哥，去鎮上吧？」

喬松好些年沒去鎮上了，眼下滿臉期待。「成。」

他想去逛逛那些家具鋪子，看看木工製品，說不定對自己的木活有所啟發。他既然學了這門手藝，就不想局限於師傅教的那些。

方菊跟喬石將這一切看在眼裡，看見喬松肯走出去，吊起的心放下不少。

「喜兒，要不娘一起陪著？」方菊就怕她一個人照顧不了喬松。

「娘，我可以的，妳放心，兩個大人難不成還能在鎮上丟了不成？」喬喜兒笑嘻嘻的扶了一下她肩膀。

喬松也笑道：「娘，放心吧，兒子會跟著妹妹的。」

方菊聽了是這個理，便點點頭，任由喬喜兒推著喬松坐輪椅出門。

村口，等待乘牛車的村民不少，喬喜兒為了舒適，直接包了一輛牛車，此番舉措，在村民眼裡無疑是財大氣粗。

喬松解釋。「喜兒是為了我能坐得舒服點。」

村民這才看到喬松是坐在輪椅上的，趕牛車大爺幫忙將人揹上去，把輪椅也抬上去。

有人包牛車，大爺心情好。「喜兒這是疼哥哥。」

「有什麼了不起的，這小蹄子不就是仗著一張臉掙錢嗎？」村婦被駁，一臉不高興地道。大多數村民都還是認為有野男人上門找過喬喜兒，並不知這鍋其實是喬松的。

「這位嬸子，請妳說話客氣點，那男人是認錯了人，要不然妳看，後來怎麼就沒上門了？」喬松緊捏著拳頭怒道。

村婦又跟人交頭接耳。「這喬松也是可憐，被媳婦嫌棄都和離了，閨女也被帶走，現在成了孤家寡人一個。」

「得了，喬家三兄妹都是苦命人。」

「對了，那個秦旭好幾天沒看到了，該不是也跑了吧？」

村民說什麼的都有，喬喜兒置之不理，對趕牛車的大爺道：「大爺，趕緊走吧。」

「欸，好。」

牛車開始行駛後，就聽見喬松一臉歉意地說：「喜兒，是大哥對不住妳，讓妳背黑鍋了。」

喬喜兒聽著有些彆扭。「哥，說什麼呢？咱問心無愧就是了，這些人無非就是嫉妒喬家如今的日子。」

等著吧，以後必定要這些人高攀不起。

喬松點點頭，心想著自己的肚量竟不如一個女子，其實妹妹經歷的流言蜚語比他還多，但她都是從容應對，這分氣度，他該學學。

「哥，你怎麼那樣看著我？」喬喜兒聲音如沐春風。

「喜兒，妳真的長大了，能獨當一面了。」

「那當然，人總要學會長大，只要回頭看看，沒什麼過不去的坎。」喬喜兒這麼看著喬松，還挺一表人才的。小麥色的皮膚、炯炯有神的大眼、高鼻薄唇，為人踏實能幹，等腿疾好了後，必定有大把姑娘願意嫁的，定要找比劉碧雲好的，讓那個賤女人後悔去吧！

「嗯。」喬松點頭，看向沿途的風光，想想多少年沒出村了，眼下看什麼都是新鮮的。

到了鎮上，喬喜兒把輪椅放下，趕牛車大爺則是揹著喬松下車，她將兩麻袋的東西掛在了輪椅後方，慢慢推著走。

晨光推開薄霧，青石板路上到處人來人往，路邊小販盡情吆喝。

喬喜兒推著輪椅到平民街，兩袋香囊便分光了，換成白花花的銀兩，攤主們看到喬喜兒跟看到財神爺一般熱情不已。

何宇看到坐在輪椅上的男人，疑惑的問：「喜兒，這位是？」

「他是我哥。」喬喜兒道。

「怪不得，仔細看你們面容有些像呢。」何宇笑笑，現在都很少看到喬喜兒擺攤了，挺可惜的。

一想到別人是有相公的，何宇的心又漸漸冷卻下來，嗯，就當作多認識一個朋友也好。

喬喜兒不可能次次都來鎮上趕集，倒是何宇擺得挺勤快的。「何宇，跟你商量件事。」

「啥事？妳說。」

「我不方便經常來鎮上，我想讓你每隔一段時間就來喬家運貨，這些貨由你分發給小販，每個香囊給你一文的利。」喬喜兒說道，這麼算來，她喬家就是香囊作坊，而何宇就是最大的代理商。

何宇到底是個實誠的，一下子就算出利潤，他摸著腦門笑了笑。「幫忙可以，但這一文是不是給多了？」

喬家的香囊出貨量很大，若不是每條街控制了攤位數，這兩袋香囊根本不夠發的，就連隔壁鎮的攤販都慕名而來，以後的量只會越來越大。

「你別管那麼多，我給你一文，自然是看出你的實力，你就痛快點，成還是不成？」

喬喜兒剛說完，何宇便迫不及待點頭。「成，妳都這麼說了，我再推辭，就有些不識好歹了。」

她在前方都鋪好了路，他跟著撿錢就是。

「痛快，那就合作愉快，你先忙。」喬喜兒推喬松過去，就見何宇紅著臉點頭。

這小年輕，還真是容易臉紅。

喬松淡然的笑了笑。「喜兒，看不出妳年紀輕輕的，還挺能挑人的，這小夥子是個能幹的，只不過……」

「哥，你也看出來了？這樣的話，我們就能省了許多事。況且咱家若是經常來一群人的話也麻煩，找個人對接，省心省事。」

喬喜兒覺得自己眼光不錯，這何宇是個能幹事的人。

「對了，哥，你剛說只不過什麼？」

「沒什麼。」喬松一笑而過，像喜兒這麼標緻又會掙錢的女子，怕是個年輕小夥兒都會喜歡的，但反正秦旭的地位很穩，他就不操那份閒心了。

「哥，我帶你四處逛逛，好久沒來鎮上了吧？看看有沒有變化。」那兩袋香囊解決後，推起輪椅輕鬆極了。

街上人很多，她推輪椅的速度很慢，不少人都投來異樣眸光，這輪椅上的小夥子挺俊，可惜是個殘廢。
喬喜兒還怕喬松聽了這些話不高興，但出乎意料地，看他的面容淡淡的，似乎別人談論的不是他。
「哥，你放心，你這輪椅坐不久的，千萬別聽人議論幾句就心灰意冷。」
喬松點點頭。「我沒事，嘴巴長在別人身上，總不能一張張去管。」
「欸，這就對了。」喬喜兒大喜過望，她哥的悟性就是高，點撥一下就能想開了。
前方聚攏了一群人，陣陣食物香氣飄散開來，喬喜兒看著那被圍得水洩不通的攤位，十分好奇。「哥，我過去看看。」
有關生意經的事，她自然要多琢磨。
「成。」
徵得喬松的同意後，她擠進人群，才發現原來是個移動的早點攤位。
攤位是用四方木架做成，兩旁有馬車一樣的輪子，可以滾動，上面放著兩大籠的包子、饅頭，旁邊架著小火爐，鐵鍋裡的水在沸騰，直衝著層層疊疊的蒸屜。
眾人七嘴八舌。「給我來兩個包子。」
「我要三個饅頭。」
「好好好，都別搶，都有份的。」
兩個夥計忙得不可開交，但也分工明確，一人收發零錢，一個打包，配合默契。

了。

「生意這麼好，這裡的包子很好吃嗎？」喬喜兒嘀咕一句，誰知就被身旁的大娘給聽到

大娘是個熱情的，忙解釋道：「姑娘，妳是沒吃過這明月包子吧？他家是新出流動早點的，從酒樓這兒開始賣，一路往碼頭方向走，價格公道、肉餡足，關鍵是這一路賣過來，離再遠都能等得到。」

「明月酒樓？」喬喜兒念叨著，再去看人群散了不少，那掛牌「明月早點」四個字，就顯然易見。

不等她開口，夥計看見她，眼睛瞪大，像是看見了不得的人物一般。

「喜兒姑娘，是妳吧，來，快嚐個包子。」夥計熱情得很，麻利的包了個熱氣騰騰的肉包塞給她。

「呃，你認識我？」喬喜兒手指著自己的鼻子，呆萌的問。

夥計笑了笑，這樣標緻可人的姑娘，看一眼就讓人難以忘懷，哪能輕易忘記呢？

他一臉崇拜。「喜兒姑娘，妳看這攤位不眼熟嗎？妳啊，跟我們王掌櫃提出的速食已經試行幾天了，效果震撼，我們都忙不過來，酒樓正廣招人手呢。」

見她一臉驚奇，另一個夥計也笑呵呵道：「這不，我們掌櫃就以同樣的方式弄了個早點攤車，也試行了幾天，效果同樣驚人。」

「看來，這效果比想像中還好。」喬喜兒暗嘆，古人沒見過這些，自然覺得稀奇，可這

在現代再常見不過了。

夥計見客人不多了，急急地收拾好東西準備去下一個場地。

這沿路只是很隨意的賣，他們的目的是直接去碼頭，且像他們這種早點推車，酒樓裡有十多輛，均是去往不同的方向、不同的地方，就這樣人手都不夠了。

「喜兒姑娘，我們得去碼頭了，妳趕緊去酒樓吧，王掌櫃等著妳呢，只是這些天太忙了，抽不開身。」

「行。」

正當喬喜兒將肉包子遞給喬松，要推著他走時，就聽見喬松喊了聲。「兩位小哥，稍等一下。」

「這位是……」

「喔，這是我哥。」喬喜兒解釋道。

「原來是喜兒姑娘的哥哥，失敬失敬。」

夥計立即又拿了個包子過來，惹得喬松哭笑不得。「我不是這個意思。」

他索性自己推動輪椅去到攤位旁，將推車即將滾落的車輪推回原位，說道：「這推車做工太粗糙了，還有這凹槽不夠深，還沒加擋板，你們每天這樣推來推去，輪子容易掉。」

那夥計一看，還真是……「小哥，你還真厲害，多虧了你這小小的舉動，要不然我們這一車的包子都要灑掉了。」

喬松擺手。「舉手之勞，不必客氣。」

喬喜兒眼珠子轉了轉，計上心頭。「不瞞你們說，我哥就是做木工的，他最擅長這些了，對了，酒樓還需要做這種推車嗎？」

見夥計們小雞啄米的點頭，她欣喜不已。「成，我這就去找掌櫃商談，你們忙。」

她笑著推著輪椅過去，喬松暗暗吃驚，這樣也成？他紅著臉。「喜兒，我們現在就去酒樓嗎？可我這才學了幾天的木工活，能行嗎？」

「哥，你還真是實誠。」喬喜兒推著他邊走邊道：「先把活兒給攬下來最重要，別說你還有個木工師傅了，就算沒有，咱們自己也可以去找人做，掙這中間差價。」

「妙啊。」喬松聽明白了。

這個妹妹腦子轉得就是快，也難怪她能掙到銀子。

大約過了一刻鐘，便到了明月酒樓。

喬喜兒抬眸望去，酒樓大變樣了，從門口看十分喜慶，掛了一長串紅燈籠，旁邊還擺放了發財樹。

酒樓一般不賣早點的，也難得掌櫃能利用她的點子，開發餐車賣早點。

堂內沒什麼客人，倒是王掌櫃站在那兒，氣勢萬千的對著一群夥計訓話，那聲音洪亮高昂。

門口有守門夥計，見狀攔住兩人。「不好意思，客官，酒樓這邊不提供早點。」

「喔，我是要等你們王掌櫃的。」喬喜兒說著，示意夥計幫忙把輪椅給抬進去。

王掌櫃聽到說話聲，當是誰呢，仔細一看，居然是喬喜兒，大喜過望的跑過去，連夥計也顧不得訓了。

「喜兒姑娘，什麼風把妳給吹過來了？我正準備去找妳呢！」

喬喜兒笑容淡淡。「趁著集市，順道過來看一下。」

王掌櫃點點頭，神色喜孜孜。「喜兒姑娘，妳的主意妙極了，我們酒樓按照妳說的速食模式試行，效果非常好，這薄利多銷、積少成多，盈利可觀。」

喬喜兒得意地挑眉。「那當然，若不是我實力不夠，自己都能做這買賣了，所以只要動腦筋多想想，不管競爭對手有多厲害，都是能另闢蹊徑，有出路的。」

「是是是，喜兒姑娘，妳還真是厲害。我已稟明東家了，要給妳獎勵，一次給妳打賞一百兩銀子，至於食譜一個按十兩銀子買斷，妳看這如何？」畢竟喬喜兒這方法，確實是解救了生意慘澹的酒樓。

喬喜兒想了想，後續可以合作的地方還有很多，能帶來的銀兩源源不斷，要收費的話也差不多這個數了吧。

「成吧，我腦子裡有幾十個食譜，你看想先要幾個？」

喬松在一旁聽得十分詫異，天啊，妹妹掙錢有那麼容易嗎？這個酒樓東家該不是個傻子吧？一百兩銀子，他莫不是聽錯了？這是多少人幾輩子都掙不到的銀兩，妹妹就這麼輕輕鬆鬆的掙到了，若不是親眼所見，他根本不相信。

王掌櫃客氣萬分。「喜兒姑娘，這邊請。」

到了櫃檯處，筆墨紙硯全都有，掌櫃又問：「喜兒姑娘是自己寫食譜，還是妳說我來寫？」

「我來吧，你這回要幾道食譜？」

王掌櫃比劃了兩隻手。「先要十個家常的速食食譜吧？」

明月酒樓現在是兩手抓，酒樓跟流動速食一起抓，這兩個種類的食譜自然不會相同，從品相、菜名、用料都要區別。

喬喜兒笑了。「行，掌櫃的，你幫我研墨，我來寫。放心，我給你的全是暢銷又簡單的食譜。」

她執起毛筆蘸了點墨水便行雲流水的寫起來，一時間酒樓裡幹活的夥計都探頭過來，跟喬松的眼神一樣，注視著這位俏姑娘寫得一手好字呢。

夥計們聽掌櫃說過喬喜兒的事蹟，還以為是個宅院裡的大家閨秀，沒想到是個鄉下姑娘，可這個姑娘不一般啊。

喬松識字不多，但也能看出妹妹的筆跡娟秀，他想著喬喜兒跟杜啟明處過一段，應該是探花郎教的吧？又或者是秦旭教的？一時間也沒想太多，只見筆尖不停的跳動，好聽的唰唰聲完畢。

「好了，掌櫃的，一共十二個菜餚，看你們那麼真誠爽快，就額外送你們兩個，怎麼樣？夠義氣吧？」喬喜兒眨巴著眼睛，像隻狡黠的狐狸似的。

這碰到個識貨的土大款，雙方合作起來都很愉快，她倒想見見這明月酒樓的東家是誰，挺會慧眼識珠的啊。

「好好好，多謝喜兒姑娘。」王掌櫃如呵護珍寶般，用嘴吹乾紙上的墨漬，再小心翼翼的收藏起來。

他瞥了一眼速食的食譜，其實也不難，只是將貴重的佐料、配菜換掉一、兩樣，用別的替代，那成本就完全不同了。

喬喜兒痛快，他也爽快的結了二百兩銀票給她。

看著兩張大額銀票，喬喜兒眼睛閃閃發亮，將小財迷的性格展現得淋漓盡致。她朝著銀票飛吻了好幾口，然後瞇著眼睛笑。「掌櫃的，若是有木工活，可以喊我哥，你們的流動推車，我哥看了，並不牢固，具體的情形，你可以問今兒個去碼頭的夥計。」

王掌櫃愣了一下，隨即明白過來，衝著她笑。「妳這丫頭啊，還真是要把錢給掙盡了。」

這個姑娘不簡單，假以時日，必定能成就一番大事業，就連東家都對她讚不絕口，說這樣的人才，要好好拉攏。也是，他初次見她，就被她快速的算帳方式給驚到，那會兒還想要挖她來做帳房先生呢。

突然想到那個曾跟她一同前來賣獵物的小夥子，王掌櫃又問道：「這秦旭還沒找到家人嗎？我這兒也沒什麼新的消息，要不然我給妳放消息去京城找找？」

喬喜兒倒沒想到掌櫃還記得這事，擺擺手。「算了，這件事順其自然吧。他都出去那麼多天了，指不定已經找到了。」

「行。」

「好，那王掌櫃你先忙，我跟我哥四處轉悠會兒。」

「那妳有空常來。」王掌櫃依依不捨的將兄妹倆送到了門口。

這番客氣款待，可是引起斜對面明華酒樓的好一通注意，那個在門口招呼客人的夥計是個機靈的，見狀便一溜煙的往裡跑，將看到的一幕稟明東家。

喬喜兒推著喬松的輪椅往前走，興奮道：「哥，事兒辦完了，你想買什麼都可以，可千萬別替我省錢。」

喬松搖搖頭。「別的倒是沒什麼好買的，妳不是說要買牛車，不如我們就過去看看。」

「好咧。」

兄妹倆去了專賣牛馬車的地方，挑了頭健壯的大黃牛，就連車板都是挑最好的，這一共花了十兩銀子。

喬松會趕牛車，輪椅就被放在牛車上，兄妹一路逛，一路買了不少東西。由於這輛牛車是嶄新的，還挺引人注目，其中就吸引了一道目光，這道貪婪目光來自於田泉。

嘿，這喬家還真是發達了，居然連牛車都買得起了。看來，他離開喬家的個把月時間發生了挺多事情，他眼珠子轉動，計上心頭。

偏巧這會兒喬喜兒的牛車，跟前方一輛橫衝直撞的馬車迎面對個正著，馬車速度極快，引得路人連連驚叫，直撞到了牛車上，若不是喬喜兒手抓得穩，整個人都要飛出去了。

可喬松卻沒及時反應過來，整個人飛摔到了地上，變得一臉蒼白。

「瞎了你的狗眼，怎麼趕車的？」馬車上的小廝破口大罵，跳下車就要往喬松身上招呼，馬上就被喬喜兒一把攔住。

「哥，你沒事吧？」

「沒事，摔了個屁股蹲。」喬松冷汗淋漓，人是沒什麼大礙，但也是摔疼了。

喬喜兒俏臉一怒，伸手將一旁還罵罵咧咧的小廝胳膊扭得嗷嗷直叫。「你這人怎麼回事，撞了人還有理了？」

小廝痛呼一聲。「妳這臭娘兒們，還敢打老子，看來是不想混了！不知道這輛馬車是明華酒樓的嗎？」

不過是一個開酒樓的竟然這麼囂張，喬喜兒當即把馬車的車簾給扯下來，正面對上了坐在裡面的俊男美女。

這兩人不是別人，正是明玉鳳跟明遠華這對兄妹。

四目相對，火花閃過。

小廝捂著痛呼的胳膊。「公子，這丫頭不識抬舉……」

話還沒有說完，就被明遠華揚手打了一記。「放肆，明明就是你駕車技術不行，還不快點給喜兒姑娘道歉？」

小廝愣了下，這公子怎麼回事，剛才不是讓他撞上去的嗎？

他一個當下人的雖有疑問，但也不敢問出聲，只好道歉道：「對不住，喜兒姑娘……」

「別，我承受不起。」喬喜兒在這對主僕之間望了望，搞什麼鬼，唱什麼雙簧？這一對兄妹長得人模人樣，實際上一肚子壞水。

明遠華掏出銀子給她，言語間少了從前的劍拔弩張，客氣道：「抱歉，喜兒姑娘，是下人的疏忽，這點銀子就當是賠償給你們的。」

「不用了，算我倒楣。」喬喜兒哼了一聲。

這種人陰險狡詐，還是少惹為妙，她回頭將喬松扶上牛車去，這場小摩擦算是告一段落。

盯著牛車遠去，明遠華冷哼了一聲，一個村姑而已，好大的架子。

明玉鳳不屑的眼睛裡閃過不解。「二哥，這不像是你的風格，討好一個農女做甚？她幫的可是明月酒樓，你不是恨她恨得牙癢癢的？」

原以為能看到秦旭，卻不想看到這個討人厭的女人。

「這妳就不懂了，這丫頭是個有本事的，若挖過來，為我所用就成。」

「有什麼用？農女就是農女，就會整這些上不了檯面的東西。」

「妳懂什麼？現在明月酒樓掙的可比我們多了。」明遠華沈著臉。他才不管那麼多，只要能讓酒樓的生意好起來就成。

現在就連那些富人也被明月酒樓的新奇點子吸引，而他們明華酒樓請了有才藝的女子，可是花費不少，這樣入不敷出，利潤太少。

「你心心念念惦記著酒樓生意，我的終身大事你考慮過了沒？」

明玉鳳可不關心這些，她只知道二哥必須要幫她達成心願，要不然他在府裡的日子也不會好過，一個庶子而已，應該要專注點討好她。

「將喬喜兒收入囊中，妳還怕掌控不了秦旭？」明遠華冷哼了一聲。這個妹妹就是頭髮長，見識短，成不了大器。

兄妹倆各懷鬼胎，根本談不到一塊兒去，便不歡而散。

而這會兒的喬家兄妹，趕著牛車回到了村，這路上還撿了兩個村民，是王秀嫂子跟牛大娘這對婆媳。

「喜兒，太謝謝妳了，我們在村口下吧。」王秀嫂子待牛車停穩後，便跳下來。

兩婆媳都知道喬喜兒現在香囊生意做得挺不錯的，這牛車也是靠掙來的銀子買的，可真了不得，這才多久？王秀嫂子越發覺得自己當初的決定是對的，跟對了人，幫忙做事，工錢也有一大筆，如此想想更加有幹勁了。

「客氣啥？順帶的事。」

牛大娘讚道：「喜兒真是個不錯的。」

趕集日村裡進進出出的人本來就多，這村裡多了一輛牛車，個個看得眼睛都冒著光。

「喜兒，這是妳新買的牛車嗎？」

「喬松不得了，居然還會趕牛車。」

「嗯，新買的，進出方便些。」喬喜兒應道。

「可真行，這少說也要十兩銀子吧？呦，可真好。」不少人都露出羨慕的眸光，在村子裡這誰家要是有牛車，那可都是列入富戶級別了。

「這做香囊有那麼掙嗎？還要人不？」一些村民抱著懷疑的眸光，又忍不住問。

喬喜兒看著這些人，當初都是瞧不起喬家的，那就不要勉強了。

「光靠香囊哪能掙什麼錢，我們現在是幫鎮上的酒樓做事，能分一些。」喬喜兒簡單解釋幾句便不再多說了，否則讓人知道她現在手裡有一筆鉅款，能讓喬家蓋新房，這些村民豈不是要更震驚？

這會兒有輛馬車進村，那架勢風光，村民仔細一看，趕車的竟然是喬壯。

「這，喬家挺厲害的，又是牛車又是馬車的。」

「這可比不了唷，喬喜兒再厲害也是個村姑，而這喬珠兒就不同了，可是要當官夫人的。」雖然手段不太光明，但大家都覺得這錯不在喬珠兒，是某些人先始亂終棄的。現如今這喬家人在村裡炙手可熱，明明幾個月前名聲還臭不可聞。

車簾被撩開後，探出馬氏那張得意洋洋的臉。「鄉親們，三天後，喬家便要嫁女辦喜事了，可要過來喝喜酒啊。」

村民驚愣之餘，都炸開鍋似的沸騰起來。「馬氏，可要恭喜妳了，妳可算是熬出頭了。」

「恭喜恭喜。」

「那這成親之後，妳家閨女是不是要跟著夫婿去京城當官呢？」這是大家都關心的問題，馬屁都趕緊拍著，就是為了討好處。

「不呢，我家女婿說了，先在鎮上歷練，當個縣令大人，為百姓們做實事，方才一步步晉升上去。」馬氏說道。

「原來如此，怪不得我今兒個去鎮上，聽衙門裡的人說，原來的縣太爺已經晉升了，原本正納悶誰來接手呢，卻不想是啟明啊。」

「咱村也太厲害了，百年來就出了這麼一位人才。」

有了喬家大房的熱度，喬喜兒的風頭一下被蓋了過去，她也不惱，等牛車停在院子裡，小心翼翼地扶著喬松下來。

馬氏從馬車下來，趾高氣揚的衝著二房方向喊：「買輛牛車了不得啊，一群上不了檯面的東西。我家閨女可是官夫人，以後榮華富貴享之不盡，可不像某些人，只會做破香囊，掙那麼點小錢，還到處炫耀。」
見喬喜兒不吭聲，馬氏更加來勁。「有些人啊，空有副美貌，名聲卻爛透了，只能找個上門女婿，那男人沒本事，靠張臉能吃飯啊？還是咱家閨女有福氣，旺夫命可不是蓋的。」
喬珠兒也從馬車裡下來，她穿著在聶氏布莊買的布料做成的成衣，光彩照人的到處晃。這兩天聽的吹捧多了，她無限膨脹起來，在哪兒都是以官家夫人自居。
「我說喬喜兒，妳就是個守財奴，一天到晚就知道掙錢，咱們女人嫁個好男人才是正經的。」
被喬喜兒誆了買那麼多布料，喬珠兒這會兒有些氣，那可是喬家的全部家當了，好在嫁妝之前都買齊了。這馬車是租的，至於辦酒席的錢，是賣掉一塊地得來的。
不管怎麼樣，這成親是人生大事，就算借，也要把這排場給充足。
喬松是個護妹心切的，見大伯母說得難聽，就要過去理論，卻見喬喜兒跟沒事人一般，盡是把牛車上的東西往屋裡搬。
「喜兒，這大伯母太過分了。」
喬喜兒眼神都懶得瞥向那邊，爽朗的笑笑。「哥，理她做什麼？咱們不搭理，就讓她唱獨角戲好了，這門親事怎麼得來的，她們不知道嗎？還生怕別人不知道，真是不知道羞恥兩個字怎麼寫的。」她將最後一點東西給搬進去。
方菊聽到外頭的動靜，也忍不住出來看看，見喬喜兒跟沒事人一樣，再看某些人跳蚤似的跳得歡快，也感覺無趣。「這個馬氏也真是，誇自家閨女就算了，為何非要踩上喜兒？」

她絕對不知道，喬喜兒下套讓喬珠兒血拼布料的事。

「娘，讓她們蹦躂去吧！這官宦人家講究的是低調，她們這性子不收斂，以後遲早要闖大禍。」喬喜兒笑嘻嘻道。

這下渣男有得受了，都說娶妻要娶賢。娶了這樣的媳婦，別說晉升能幫忙，別扯後腿就算不錯。

「娘，咱們快別管別人了，我有事跟妳商量。」喬喜兒笑容爽朗的對喬松又道：「哥，你去喊姊過來。」

「好。」

一家人都湊齊了，除了喬石還在田地裡幹活沒回來，四顆腦袋倒是湊在了一塊兒。

喬喜兒先將屋裡的門窗都關好，從錢袋子裡拿出一張銀票，衝著方菊道：「娘，妳看看這是啥。」

方菊是地地道道的村婦，哪裡見過什麼銀票，只當這張紙條有些不平凡。

倒是喬蓮兒見狀，驚呼一聲，捂住嘴大叫。「天，這該不是銀票吧？」

她在鎮上見過，好像就是這種。

「娘，蓮兒說得沒錯，這就是銀票，數額是二百兩。」喬松神色頗為激動。

「天，二百兩啊！那換成銀子，豈不是有一小箱？」方菊瞪大眼睛，咋咋呼呼的喊道。

喬喜兒趕緊捂住她的嘴，壓低聲音。「娘，小聲點，當心隔牆有耳。」
接著她就當著兩張疑惑的臉，將鎮上酒樓的事，簡明扼要的說了下。
「不是吧，這錢來得那麼容易，會不會有麻煩？」方菊聽聞後，臉上不太置信，還有些擔憂。
直到喬松一遍遍跟她解釋。「娘，是真的，妳放心好了，妹妹絕對是憑真本事掙來的。妳想啊，人家開酒樓的有的是錢，再說，他們掙得更多，這點打賞又算得了什麼？」
方菊點點頭，兒子說得有道理，那些有錢人，都不把錢當錢的，這下她總算能放下心來。
「喜兒，這錢妳掙來的，妳自己好好存著。」方菊高興之餘，不免考慮慎重，想想財不外露這個道理，又交代道：「這件事咱們可不能到處張揚，即便外頭問起來，我們只道幾十兩。」
三顆腦袋均是點了點頭，母親說的話甚是在理。
「娘，這既然有銀子了，我想把這茅草屋給修建成瓦片房，這房子一敞亮後，大哥以後也好娶媳婦。」喬喜兒建議道。
喬松一聽娶媳婦三個字，有些排斥，這經歷過被戴綠帽，他是不敢往這方面想了。
方菊見女兒處處為家人著想，心裡欣慰。「行，那咱家就占妳的便宜了，就用這錢把屋子修成瓦片房，剩下的都歸喜兒管。」

一家之主都這麼說了，那這件事就算拍板通過了，去老爹喬石那兒也只是走走過場。

修建房屋，基本是要將茅草屋推倒了重建，算下來，這銀子也得花個五、六十兩，若是選材好些，稍微弄得像樣點，怕是要七十兩了。

見方菊扳著手指頭計算，喬喜兒就知道她意思了，摟住她的肩膀，撒嬌道：「娘，預算一百兩，在這之內，儘量修建好些，畢竟咱們是要住一輩子的。」

「成，聽妳的。」方菊喜不自禁，小棉襖就是貼心。

母女倆湊在一塊兒說著悄悄話，喬松跟喬蓮兒便各自散開，去忙活了。

想著手裡的銀錢，喬喜兒提議。「娘，咱們給二姊挑個好人家，給多一點隨嫁，妳看這成嗎？」

只要娘家夠硬，怕是二姊嫁人了，婆家也不敢欺負的。

方菊笑了笑。「我的喜兒真貼心，懂得心疼哥哥姊姊。」

「那是，誰讓我們是一家人呢。」喬喜兒笑了笑，便往門外走去。「娘，我去找姊姊了。」

喬蓮兒不在屋裡，倒是喬松說她出去串門子去了，估摸著去收香囊。

很快，喬喜兒就跟了出去，看姊姊正從王秀嫂子家出來，王秀嫂子送她到門口，兩人說說笑笑的，可出了門，一個轉角處，人就不見了。

咦，奇了怪了，姊姊不回家嗎？那條路是通往村尾，連著後山的。

去。

她好奇的跟了上去，突然看到一個男人的手捂住喬蓮兒的嘴，把她整個人往後山方向拖去。

喬喜兒驚訝之餘，眼睛冒著怒火。

這人不是別人，正是那該死的前姊夫，不要臉的田泉啊！這個臭男人出現在鎮上，來過村裡一次，居然還敢來！

那男人看著瘦弱，倒是一把子力氣，到後面直接是扛著人跑的。

喬喜兒心急如焚，這種事也不好喊人幫忙，這樣有損姊姊的清譽，她隨手從地上找了根木棍，便追了上去。

第十二章

後山腳下，四處寂靜，唯有微風徐徐。

田泉將喬蓮兒扔在地上，人撲了過去。「蓮兒，妳說妳，咋越來越好看了呢？我離開喬家的這段日子，過得並不好，我後悔了，咱們和好吧？」

那氣息噴灑在脖頸上，喬蓮兒只覺得一陣陣惡寒，她撇開頭，語氣凌厲。「田泉，你自重點！從你逃離喬家的那刻起，你就不是喬家女婿了，我跟你沒什麼好說的，放開！」

喬蓮兒說著，就要推開他起身，卻被田泉一把按住。

「什麼叫沒什麼好說的？我們可是夫妻，我現在肯回來，妳應該感恩戴德，裝什麼清高？不過是一個棄婦而已，除了我，誰還會要妳？」

田泉呸了一聲，動手開始撕她的衣服，喬蓮兒驚了，瞬間花容失色，她想喊救命，可卻被他用手捂住嘴，眼看腰帶都被解開了，她美麗的眼睛裡流淌著淚水，滿是哀求。

「老子肯要妳，妳該偷笑了。」田泉笑嘻嘻道。「等成事了，我再去跟妳爹娘提一回親，看他們嫁不嫁女，估摸著高興還來不及呢！」

喬蓮兒心都涼半截了，她的命怎麼那麼苦，會遇到這個人渣？士可殺，不可辱，她是寧願死，也不想跟這男人有瓜葛了。

衣服都被扯破了，喬蓮兒眼底滿是驚恐，她沒想到田泉這麼沒人性，居然敢這麼對她，眼淚跟斷了線的珍珠似的，不停的往下滾。

她閉了閉眼睛，永別了，家人……正當她準備咬舌時，就聽見悶哼一聲，身上的男人滾落在地。

她詫異的抬頭，就見喬喜兒站在那兒，手裡拿著木棍，神色滿是憤怒。

「你這個不要臉的東西，敢欺負我姊，活膩了！」喬喜兒一棍敲在他的肩膀上。「我打死你，混帳東西！」

咚咚咚的聲音，不停的傳來，田泉還來不及反抗就被打得四處翻滾，額頭上、肩膀上全是瘀青。

「我讓你欺負人！」喬喜兒越發的用力，眼看著將這男人打得渾身是傷。

怕出人命，喬蓮兒趕緊捂住衣裳，起身攔住她。「喜兒，別打了，這鬧出人命，可是要坐牢的。」

喬喜兒想想，對，這不能出人命，但這口氣不能忍！看著那昏厥的男人，她直接一棍子打在那兩腿之間，就見他痛得捂住傷口，臉上都是青紫一片。

「沒收你的作案工具，看你以後還怎麼欺負人！哼，人渣！」喬喜兒臨走時還踢了他一腳，便拉著喬蓮兒走開了。

要人命她是不敢，但讓人做太監還是敢的。

喬蓮兒這會兒還十分後怕，眼淚一直嘩嘩的流。

「喜兒，我……」喬蓮兒欲言又止。

「姊，快別哭了，趕緊整理整理衣服，妳放心，這個混帳東西以後定不敢再來的。」喬喜兒安慰道。

但喬蓮兒還是擔憂。「可是，他會不會因此生恨，更加變本加厲？」

喬喜兒卻不怕。「姊，妳這段時間千萬別亂跑，他若是還敢來，我就直接把他扭送到衙門去。」

喬蓮兒點點頭，感激的抓住她的手。還是妹妹有主意，不像她遇到事，只會六神無主。

「喜兒，謝謝妳，要不然我不知道要怎麼辦了……」

「說什麼呢？我們可是親姊妹，這是應該的。」喬喜兒笑了笑。

「喜兒，妳真好。」

「姊，快別說了，咱們收拾下，趕緊回家。」喬喜兒先給她整理了衣裳，又拿出絲帕給她擦了擦臉。

這件事不能讓村民知道，要不然光唾沫星子就要淹死人了，更不能讓爹娘知道，會讓他們擔心。

但願這個田泉能徹底消失，再也不來村裡。

到了晚上，喬家人就把建房這事說了，喬石自然高興。

「好，你們商量好了就成，我家喜兒有出息了，等秦旭回來一看到新房子，也算驚喜。」

全家人商量一致，次日便喊了人來，開始丈量土地，動工翻修。

四間茅草屋一下全拆，晚上睡哪兒呢？只能拆一半、修建一半，就先從喬松跟喬蓮兒那兩間屋修建起。

一家人合計了下，既然是要重新蓋，那面積就稍微擴大一點，到時候用磚頭砌成個圍牆，另外牛棚也要弄一個出來，不能再這麼湊合著，讓大黃牛憋屈。

喬家這一動作，可是驚動了很多村民來看熱鬧，一時間風頭都蓋過了喬家大房，畢竟喬珠兒後天就要出嫁了，大房的布置反倒顯得簡陋。

這也能說明一個問題，那就是杜家對這門親事不太看重，村民心裡都跟明鏡似的，也都看破不說破，反正有喜酒喝就成。

很快到了辦喜事的那天，大清早的就開始熱鬧起來，院裡的說話聲嘈雜，喬喜兒被驚醒了，看著窗外灰濛濛的天色，這還早呢。

喬家的房子已被拆了一半，因此喬蓮兒是睡她房間的。喬蓮兒正洗了把臉進來，見她一副要醒不醒的樣子，不免笑道：「喜兒，吵醒妳了吧。」

「姊，妳起得可真早。」

「爹娘起得更早。」喬蓮兒打開窗戶，指了指外頭那忙碌的兩道身影。

喬喜兒順著望去，見喬家大房的院裡搭建了布棚子，擺了幾張喜桌。

這邊是嫁女，五桌也算是氣派，畢竟這嫁來嫁去都是同個村的，男方家的喜桌估摸著就翻上一倍。在外頭還搭建了個臨時灶房，兩個婦人在掌勺，旁邊有一堆人蹲在那兒洗菜、殺雞殺魚等等，其中就有方菊跟喬石。

「這大房也真是有意思，平時有好處不見他們喊爹娘，需要幫忙時倒是不覺得臉紅。」喬喜兒小聲吐槽著。

看馬氏那個威風勁，光是跟她兒子站在門口喜迎著村民，收著大紅包，笑逐顏開的，這幾桌下去，估計紅包都能收回本的。

「沒辦法，老喬家雖然分了家，平日裡不相往來，但婚嫁這種大事還是要來往的。」喬蓮兒道。

喬喜兒想想也是這個理，既然睡不著了，索性起來，但要她去幫忙是不太可能的，現成的喜酒她倒是會去喝喝，看看熱鬧。

倒是喬蓮兒被大房的人一喊，被迫去幫忙了。

喬喜兒暗暗吐了個舌頭，沒喚她，也算是大房有眼色。

她探出頭看著那邊的動靜，就見村民說是新娘子打扮好了，馬氏心裡捨不得，在那兒嚎啕大哭。

喬喜兒暗嘆，這馬氏平日裡看著那麼彪悍，那麼蠻不講理，到了這一日，心頭倒是挺柔軟的。

話說回來，不都是嫁一個村的嗎？抬頭不見低頭見的，只是這搶來的姻緣不會太長久的，估摸著這會兒被算計的杜啟明臉色黑著呢。

過沒多久，村裡便響起了鞭炮聲、嗩吶聲，在一群孩子們的歡聲笑語中，迎親的隊伍來了。

喬喜兒湊過去瞧，被村民簇擁在前方的杜啟明，今兒個穿著一身耀眼的紅衣，襯托著他身姿挺拔、俊朗非凡，只是這臉上沒點笑容，遇到村民道喜，也只是輕輕點頭，不知道的還以為他是奔喪呢，而不是娶妻。

「喜兒，看什麼呢，來，一起過去喝喜酒。」路過的王秀嫂子拉著喬喜兒的手跟在迎親隊伍的後面。

「行，進去就進去。」喬喜兒十分乾脆道，這有人一起去，總比一個人去好，免得尷尬。

喬家大房屋裡倒是布置得挺喜慶的，堆滿了嫁妝，幾床新棉被、全新的家具，還有一些紅木箱子，裡面裝的都是新衣裳，準備得還挺齊全，看來喬家嫁閨女是認真的。

等喬喜兒都打量了半天，杜啟明的迎親隊伍才慢悠悠的過來。

喜婆揮舞著喜帕，歡天喜地的喊道：「新郎來迎親了。」

「好好好。」

圍觀的村民全都鼓掌拍手叫好。

梳妝打扮好的喬珠兒，蓋著紅蓋頭，一身喜氣的出來；等喜婆把新娘的手遞給了新郎，這就算是迎親開始。

新娘的手剛碰到那雙修長大手，心裡正美著呢，村民的鼓掌喝彩卻漸漸停了。喬珠兒正納悶，就聽見外頭一陣騷動，一群人衝了進來。

杜啟明看到進來的人兒，面容慘白一片，他瞪大眼睛，跟見了鬼似的。

「怎麼了？啟明？」喬珠兒伸手伸了半天，都抓住他的手了，卻被無情的揮開，加上村民一陣陣唏噓抽氣聲，新娘子再也忍不住心頭的疑惑，也顧忌不了太多，便將紅蓋頭給掀開了。

等看到那個美若天仙的官宦千金，就這麼突兀的闖入了她的視線裡，整張臉唰的一下就白了。

村民一陣譁然。「這千金怎麼過來了？」

「是啊，該不是來搶親的吧？」

「這麼一對比，這喬珠兒還真是哪兒都不如她。」

喬珠兒聽到這些議論，整個人都炸毛了。

她挑著眉，打量眼前這位光彩照人的官宦千金，分明就是來砸場子的。

再看杜啟明一臉難色，俊雅的五官滿是遺憾，顫抖著唇開口問道：「雅蘭，妳怎麼來了？」

他根本沒有勇氣去找洪雅蘭解釋這裡面的門道，以為不去找她，她就會離開鎮上，沒想到她不僅一直都在，今兒個還來了婚宴現場。

喬喜兒擠過熱鬧的人群，看到這樣一幅畫面，嘴角不由的翹起。精彩啊，居然還有這樣一齣大戲。

近看這官宦千金，果真是美麗大方，隨便一件素雅的衣裙，都能穿出傾城傾國的效果。這氣度、這學識、這容貌，都是頂尖的，難怪杜啟明這個負心漢無法忘懷。

「杜啟明，一進村就發現這裡特別熱鬧，卻不想今日是你的大喜之日。」洪雅蘭嘲諷的聲音婉轉動聽，給人感覺即便是生氣了，也是大家閨秀般的溫婉。

她準備明日啟程離開這裡，想要跟他告別，卻不想遇到這等好事。聽見村民的議論，她原本還不信，這下親眼目睹，心瞬間跌落谷底，讓她狠狠疼痛著。

「雅蘭，這件事是我不對，找個時間，我會跟妳解釋的。」杜啟明滿是焦慮，他實在是不想放棄條件這麼好的女人。

他在幻想，兩女可以共侍一夫。打算把喬珠兒娶進門後就降為妾，若是洪雅蘭不高興，最後掃地出門也是可以的，眼下迫於村民的議論，只能先把人給娶了。

「解釋？你都成親了，還有什麼可解釋的？」洪雅蘭哼了一聲，示意身後的丫鬟將禮錢備上。「杜啟明，我祝你們夫妻白頭偕老。」說完，便頭也不回的走了。

「雅蘭！」杜啟明一急，立馬丟下手裡的紅綢，直接追了上去，卻被喬珠兒一把攥住手腕。

「啟明，你去哪兒？你現在若是追出去，怎麼對得起我？」

喬珠兒怎麼也沒想到，萬事俱備，東風也來了，在這節骨眼上，還有這一齣！明明兩家事先都訂親了，還會出這亂子，分明就是這個狐媚子仗著自己家世好來搶她的男人，豈有此理！

杜啟明眼瞅著快看不見那抹倩影了，便知道大勢已去，只能被迫完成這場婚禮，但這一插曲，還是成了村民茶餘飯後的閒話。

喬喜兒不參與這些議論，只是聽著八卦直晃腦。

若是喬家大房知道有今日的難堪，不知當初還會不會慫恿喬珠兒搶男人呢？

出了這事，馬氏這張胖臉沒有了往日的囂張氣焰，跟人逢喜事精神爽的精神面貌，相反地跟個瘋婆子似的，一聽到別人竊竊私語就睜大眼珠子東看西看，總覺得對方議論的就是他們家。

這不方菊看了，忍不住跟一旁的喬石念叨幾句。「孩子他爹，你說這算不算報應？當初杜啟明喜歡咱家喜兒時，這喬珠兒就想橫插一腳，這下好了，因果迴圈，她這也是被人撬過牆角。」

想起閨女那會兒還是挺傷心的，好在後面有了秦旭。

「是啊，這事做得不地道。」喬石也嘆氣。

「可不是？」

正巧馬氏走了過去，聽到這話神色大變，徒手便翻了這桌子，驚得桌邊的幾個人都大驚失色。

這桌坐的全都是喬家人，各個均是跳開幾丈遠，還沒來得及有任何反駁，就見馬氏推著方菊道：「妳得意什麼？在這兒胡說八道，自己家的事都還沒有理清，還管起我們家來了？要點臉不？」

方菊身上的衣服都被湯水給弄髒了，這會兒也火大的怒道：「馬氏，妳瘋了？別被狗咬了一口，就到處咬人！妳自己做過什麼虧心事，妳不知道？」

「我虧心？這男未婚女未嫁的，珠兒跟啟明那就是一對，容不得妳說三道四的。喬喜兒沒用，留不住男人，杜啟明才看不上她，秦旭這不也跑了？」

馬氏這受了一天的氣，這會兒總算逮了個出口好好的發洩。

方菊也是冒火，原本兩家早在二十年前就分家了，這回她來幫忙是情分，誰知這不明事理的大嫂，不感激不說，還衝她噴火，豈有此理！

「今兒個是妳家閨女惹出的笑話，妳扯別人做什麼？」方菊惱道。

「就是你們家的晦氣給傳染過來的！一個個的不是休妻就是棄婦，還一個男人跑了都不自知的。」馬氏將喬家三兄妹狠狠的批了一頓。

「我跟妳拚了！」護犢子的方菊立馬衝上去扭打起來。

這會兒正是喝喜酒的空檔，這麼多人哪能看著她們打呢？大家七嘴八舌的拉架，總算將兩人分開了。

方菊人瘦弱靈活，打架硬是沒吃什麼虧，只有頭髮有些散亂，而馬氏就不同了，臉上是好幾道抓痕，一身狼狽。

人被勸住後，各回各屋。

方菊哼了一聲，將屋門關得啪啪響，怒氣未消的對著身後的幾個人道：「這馬氏真是不知好歹，活該丟臉！成，既然對方不領情，咱們更不會管這破事。」

喬石一臉難色，一張飽經風霜的臉又憔悴了幾分。

喬家老一輩就三兄妹，他跟喬大峰、還有兩個嫁出去的妹妹，那時都和和睦睦的，也不知道從什麼時候開始，就形成了這種水火不相容的境界。

喬喜兒輕撫方菊的背。「算了，娘，別氣了，氣壞了身子不值當，該有的情面做到位了，剩下的就是馬氏自己要收拾殘局。」

一旁的喬蓮兒，聽到這話也是心頭一緊。

總歸是杜啟明這個男人有問題，見異思遷，這馬氏心裡有怨，應該去教訓這女婿，衝他們家發什麼火呢？也就會在窩裡橫，還是喜兒說得對，就不應該過去幫忙。

「娘，時辰不早了，我們歇息吧。」喬蓮兒道。

「嗯，都累了一天，各自洗洗睡。」方菊一聲令下，大家便散開了。

她去灶房裡燒了一鍋熱水，大家夥兒洗洗便回了房。

現在因為是翻修屋子的階段，一家人全都擠在一塊兒，喬松睡的那屋原本是雜物間，收拾了一番，勉強能小住。

爹娘的房間不變，喬蓮兒則是跟妹妹擠在了一間，她今兒個幫喬家大房做了一天的事，這會兒挨著柔軟的被子，便沈沈的進入了夢鄉。

喬喜兒睡意不濃，聽得喬家大房還熱鬧著，便推開窗戶的縫隙瞄了一下，這一瞄不要緊，瞄了便噌噌噌的冒起了小火苗。

剛才的這一場鬧劇，並沒有讓喝喜酒的村民減少多少，大家喝酒划拳，好不熱鬧。

而馬氏還插著腰，衝著二房方向破口大罵。「方菊，妳不是挺能的，有種出來再戰啊！縮在龜殼裡算怎麼回事？」

喝喜酒的村民。「……」

有些村婦勸她別鬧了，她偏要跟個喝醉酒的老婦似的，叫囂得更加厲害。

「說咱家閨女丟臉，妳家喜兒不丟臉？年紀輕輕的就不要臉，為了得到男人，使下作手段！這門親事本就不合理，這不，過不下去了，秦旭找個機會跑了，你們對外還說他出遠門，唬誰呢？」

「別說了。」有村民勸道。

這會兒有眼尖的人看到一抹高大的身影，從村口方向過來，看著身形健碩、劍眉星目的，好像就是秦旭。

而馬氏絲毫沒有察覺，正罵得起勁。「我為什麼不說？這是明擺著的事，有些人以為自己能掙幾個錢，了不得了，卻連個男人都看不住。」

「原來在大伯母的眼裡，男人是需要看住的。」秦旭的聲音低沈有力的傳來。

他穿著質地上好的衣裳，迎著月華而來，微風吹起他的衣襬，彷彿從天而降的神祇。

「你、你不是跑了嗎？怎麼回來了？」馬氏轉身看見他，瞪眼跟見了鬼一樣，其他村民亦是如此。

但他們更驚豔的是這男人的面貌，一段時間不見，他的肌膚更加的麥色，渾身透著放蕩不羈的野性，質地上乘的衣袍，更是凸顯他的貴氣。

這五官立體的俊容、浩瀚如星辰的眼眸、挺直的鼻梁，以及緊抿的薄唇，在在都透著氣勢不凡。

都說杜啟明是村裡數一數二的美男子，可跟秦旭一比，那真的是小巫見大巫。

秦旭噙著嘴角，表情漫不經心。「我不過是出去跑鏢，誰說我跑了的？」

說著，為自證清白，他便掏出沈甸甸的錢袋子。

眾人一瞧，那是一大袋銀錠子，少說也得有百兩。

「天，秦旭你可真是個厲害的。」

「這跑銀鏢得武藝高強的吧？」

「喬家女婿了不得啊！」

馬氏還想說什麼，就見秦旭邁著步子而來，單掌對著喜桌就是一揮，啪的一聲，就見桌子應聲而裂開，可見這內力強大之處。

在村民的目瞪口呆中，秦旭的聲音低沈如水。「喜兒是我媳婦，我辛苦都是為了養家，若有人還是這麼亂嚼舌根，就休怪我不客氣。」

視線掃了地上的碎木屑一眼，意思是長舌婦等，猶如此桌。

「好強的內力，這秦旭居然是個功夫高手，以前咱沒看出來？」

「難怪能掙鏢銀，那可是把腦袋拴在褲腰帶上的。」

「……」馬氏早就嚇得渾身顫抖，就差嚇尿了。

在她眼裡，這年輕後生哪是什麼好人，簡直是奪命的閻王。

秦旭見威懾的效果達到了，便往回走，才發現喬家如今大變樣了，原本幾間茅草屋已拆了一半，灰磚平地起。

屋裡黑漆漆的一片，連點亮光都沒有，估摸著喬家人都歇息了吧，他想敲門，卻瞥見窗戶那邊有動靜，揚唇勾起一抹幽深笑意。

「呼呼……」在房裡的喬喜兒捂著胸口，心怦怦的跳著，她應該沒被秦旭發現吧，這個男人怎麼這時回來了？

瞧他在馬氏跟前露的那一手，恍若武林高手現身，一招一式都是那麼帥氣，看來秦旭的內力恢復了，空間這個金手指就是神奇。看馬氏被虐得六神無主，就讓人大快人心，看她以後還敢不敢肆意囂張，還真當喬家沒人了。

等了一會兒，喬喜兒都沒聽見敲門聲，不免覺得納悶。

咦，秦旭不回屋嗎？怎麼一點動靜都沒有？

她輕手輕腳的出去看了看。「咦，人呢？」

後門是對著馬氏那邊的，這會兒沒聽見動靜，那秦旭應該會從正門過。

喬喜兒剛探出個腦袋，趴在側牆邊看，就被一道巨大的力量給襲擊了。

她還沒來得及反應，就被人一把按在牆上，心跳瞬間就加快了許多，等看清楚籠罩住她的陰影是秦旭時，喬喜兒又驚又訝。

「秦旭，還真是你，好好的敲門不會嗎？你這樣會嚇死人的，你不是要個把月才能回來嗎？這才二十來天呢，怎麼就提前回來了？」

秦旭緊抿著唇不說話，一雙幽深的眸子凝望著她。

四目相對，喬喜兒不解。「秦旭你……唔……」

未完待續的話便被他吞嚥到了肚子裡，秦旭在外奔波的這些日子，心裡早就被思念填滿，這會兒只想憑著身體的本能，做出想對她做的事。

他原以為自己對喬喜兒只是有一點好感而已，可在外頭的日子時不時的總能想起她，想她睡得好不好、吃得好不好、有沒有被人欺負。

這種思念成疾的感覺是從未有過的，但又跟水草一般的纏繞他的心頭，讓他滿心裝的都是她。

現在終於看到她的人了，他只想把她按在牆上，好好的親吻一番，以慰他的思念之情。

他的吻霸道又強勢，來勢洶洶讓人一點準備都沒有，動作急切又大力。

她的唇香甜柔軟，讓他無法自拔。

這一吻讓兩人都渾身滾燙，臉紅心跳，氣喘吁吁。

喬喜兒只覺得跟作夢一般，感官全都被無限放大了。「你……」

她下意識的去摸他的額頭，又扣他的脈搏。

奇怪，一切正常，沒吃了什麼不乾淨的東西啊！

秦旭喉結滾動，看著月光下的她，美得不可方物，膚色晶瑩剔透，似乎能掐出水來。

她的臉紅撲撲的，十分動人。她柔軟的小手觸碰他的肌膚，似乎能帶起一片火花。

這一刻，他還有什麼不明白的？

他愛上了喬喜兒，想跟她日日夜夜在一塊兒，再也不要分離。

思念的煎熬太痛苦，嘗試過一回，便不想再嘗試。

她的小手還在摸索，所經之處輕易的撩起一片火花，秦旭抓住她的手腕，聲音迷醉。「喜兒，我沒事，就是單純的想親妳。」

「你沒病吧？怎麼出去一趟變得怪怪的？」喬喜兒不解。

他離開之前，兩人的關係雖不至於跟從前一樣水火不容，但也不是這般如膠似漆。

被她懷疑，秦旭只覺得心頭一痛，但這也不妨礙他表白。

他伸手描繪她的臉，聲音沙啞。「喜兒，妳不在身邊的這段日子裡，我十分想妳，我，愛上妳了。今後，我會安心的待在喬家，跟妳好好過日子。」

喬喜兒的心像是被鐵錘重重的擊打了一下，難以置信。「你……」

秦旭深情款款的看著她。「喜兒，我愛妳。」說著，他再次低頭堵住她的唇，雙手固定在她的兩耳之間，不容許她逃脫，那力道似乎要將她一口吞下去才解愁。

喬喜兒被吻得腦袋暈乎乎的，眼看著他的動作越來越放肆，喘著氣推開道：「別鬧，你剛回來，累了吧？快進屋歇息。」

秦旭卻以為她是想跟他圓房，高興的將她打橫抱起就往屋裡衝，等看到臥房裡有人，瞬間就跟兜頭澆了一盆冷水似的，什麼想法也沒了。

喬喜兒掙扎著從他懷裡下來，跟隻靈活的小野貓似的，嗖的一下就回房，像是對某人不滿的報復，把門快速的合上。

「家裡在翻修，這段時日大家會先住在一起，晚上只好委屈你跟大哥擠一間房了。」喬喜兒在房門後頭解釋後，便撲上床躲進柔軟的被子裡。

她實在是累了、睏了，挨著喬蓮兒一下就沈沈睡去。

秦旭則是無語的看著緊閉的房門，看來他回來得不是時候。

喬松的那間房反鎖著，他總不能深夜擾民，只好搬來幾條長凳，湊合著過一夜。

次日，喬家女婿押鏢掙了一百兩回來的消息傳遍村裡，一時間村民無一不羨慕，誰能想到這名聲爛臭的喬家居然發達了。

喬喜兒聽著這些議論，眉心緊蹙，那男人不是去尋親嗎？怎麼變成了押鏢？

倒是方菊笑呵呵，一大清早就把衣服給洗了，這會兒正在晾衣服，見女兒坐在院子裡的石墩上生悶氣，不由問道：「怎麼了，喜兒，誰惹妳不高興了？」

喬喜兒想起昨晚那男人的異常行為以及他說謊，十分不滿。「娘，秦旭呢？一大清早的不見人影，怎麼，心虛了？」

「嘿，這妳就錯怪他了，咱家的柴火不是燒完了嗎？妳爹原本想去砍柴的，誰知這女婿就搶著去了。妳也真是的，昨晚就知道女婿回來了，也不吱一聲，讓他躺在凳子上過了一夜，也虧了他那身板。」方菊提起女婿就一臉笑意，杜啟明是個縣太爺又怎麼樣？還是她女婿好，英俊又孝順，打著燈籠都難找，這可是天賜的姻緣。

「呵，娘，他給妳灌了什麼迷魂湯，妳總是幫他說話？」喬喜兒道：「話說村裡的議論，妳聽到了嗎？」

方菊一怔，便知道她說的是啥。「女婿說了，他尋不到親人了，就把這裡當作自己的家，這在路上碰見一樁任務，便順便接了趟銀鏢，這不，就把掙的那一百兩銀子都交給了我。」

她看出來這孩子是誠心想在喬家過日子了，跟以前那種不定性完全不同，一個男人肯把身上所有的銀兩都交出來，那就是一心想著這個家啊。

「娘，一百兩銀子就把妳給收買了？我總覺得他有什麼事在瞞著我。」喬喜兒氣呼呼的說著，想想乾脆起身往山上找他去。

一路上遇到不少村民，都熱情的跟她打招呼。這人哪就是這般，以前都當她是洪水猛獸似的，而現在都當她是香餑餑，一個個主動往跟前湊。

村民一般都在小樹林裡撿柴火，那裡面最多枯樹枝，用來燒火最是不錯，這不一過去，就看見秦旭在捆柴火，地上已放了一堆。

喬喜兒走過去，喊了一聲。「秦旭。」

秦旭幹活出了一身的汗，汗水黏在單薄的衣衫上，將身形都顯現出來，露出結實有力的胳膊跟紋理清晰的肌肉。

喬喜兒一看到就不由得想到昨晚被他壁咚的畫面，那結實的肌肉壓著她的感覺瞬間讓她臉紅。

呸，她怎麼想到這些了，還沒質問他憑什麼占她便宜呢！

秦旭見心上人來了，眼睛亮了亮。「喜兒，妳怎麼來了？我再捆點柴就回去。」

喬喜兒受不住他這眼神，幾乎都快要黏在她身上了，顯得膩歪。

「聽說你把掙來的一百兩銀子都給了我娘，你還真是大方。」

秦旭笑得竟有幾分靦覥。「應該的，一家子人，平日都是妳娘當家，給她最為妥當。」

看他那副樣子，喬喜兒臉色瞬間就僵掉了，一會兒想到什麼，又伸出手指著他的鼻子。

「話說，你的家人找到了嗎？」

「沒有，喜兒，我想清楚了，沒有消息就算了，以後喬家人就是我的家人，妳就是我深愛的妻。」

秦旭腦子裡是有些零碎的記憶，常有一些陌生人的畫面在他腦海裡浮現，但那些片段，無法串完整。

算了，不管什麼過往，他都不願去想了，現在他只想安安靜靜的陪著她，白頭到老。

喬喜兒身上都起了雞皮疙瘩，這男人何時變得這麼會花言巧語了，情話信手拈來呢！但她可沒忘記兩人之間的約定。

「記得我當初跟你說過，等喬家日子好過了，你就可以自由了。」

「有嗎？我怎麼不知道？」秦旭開始裝傻充愣。

初始他會接押銀鏢的差事，無疑就是為了掙一筆銀子給喬家，才選了這一趟最貴、最危險的。

可是在路上回想起這段時間的點點滴滴，他發現自己挺懷念在這裡的日子，他捨不得離開，也已經把喬家人視為自己的家人了。

喬喜兒以前是不講理又刁蠻任性，但她每做一件事都事出有因，現在重新認識她之後，他發現她確實是個值得愛的姑娘。

既然喜歡上了，何不跟著本心走？

「你，就是個混蛋！」喬喜兒怒道。怎麼能出爾反爾呢？他不想要自由，她需要。

「喜兒，送給妳的。」秦旭突然從口袋裡掏出一個小木盒子，打開後，裡面裝著一對翠玉做的耳環。

很小的翠玉葉子，看起來嬌嫩青翠。

喬喜兒膚色白，戴起來一定好看。

「秦旭，你在搞什麼？」喬喜兒卻有些煩躁，本來她都打算以平常心對待兩人之間的關係了，可現在他又是親、又是送禮物的，攪亂了她的一池春水。

心裡亂得很，又見他湊過來，聲音沙啞的問：「喜兒，我不在的這段時間裡，妳想我嗎？」

喬喜兒霎時臉紅了，咬唇瞪著他。「不想。」

「是嗎？」

「當然……唔……」喬喜兒話還沒有說完，臉就被他給捧住了，在她錯愕的眼神中，他火熱的吻便印了下來。

而此刻來小樹林找人的張翠，看到這一幕，愣得睜大了眼睛。

她很久沒看到秦旭了，聽村民說他昨晚回來了，今早在山上撿柴，便立即跑來想跟他一訴衷腸，卻不想看到這樣令人心碎的一幕。

她朝思暮想的男人，正一手扣著喬喜兒的細腰，一手捧著她的臉，將她壓在一棵大樹下，霸道的親吻她。

喬喜兒剛開始還有些反抗，後面竟攬住秦旭的脖頸，熱情的回應著。

張翠只覺得腦袋被雷轟過，她不敢相信這一切，渾身僵硬，走也不是，留也不是，眼淚唰的一下就來了。

秦旭感覺到了這道視線，停下動作，轉身看著她。

就見張翠走過來，用手指著他們，聲音氣得發抖。「喬喜兒，妳不要臉，大白天的勾引男人！」

喬喜兒回過神來，想到自己剛才好像還回吻了，看來這如癡如醉的一面被這女人給看到了。

「妳難道不知道什麼是非禮勿視嗎？我親我相公，怎麼就不要臉了？倒是妳這大姑娘，看人家兩夫妻親熱，妳要不要臉？」

「妳……」

「妳什麼妳？既然妳都看到了，那就該知難而退。秦旭是我的男人，別妄想他。」喬喜兒霸氣的宣誓主權，就張翠這樣的白蓮花，還想跟她較量，不自量力呢。

張翠臉色一白。「妳、妳……」最後硬是說不出一句完整的話，跺跺腳就跑開了。

秦旭十分享受的看著這一切，就喜歡喬喜兒霸占著他，心裡一股甜蜜。

他看著她紅撲撲的臉蛋道：「喜兒，妳說的，我是妳的。」

喬喜兒抖了抖身上的雞皮疙瘩，往後退了一步。「打住，我只是為了在她面前振威風，你可別當真。」

「口是心非的丫頭，明明喜歡我，還死不承認。」秦旭得意地看著她這害羞的小模樣，見好就收。

來日方長，他不著急，有的是時間慢慢來。

他又捆了一堆柴，就見喬喜兒從他身旁跑開了。

「喜兒，等等我！」秦旭著急的喊，喬喜兒跑得更加飛快，似乎後面有洪水猛獸在追。

這感情來勢洶洶，說實話她有些懵。

秦旭是不錯，她也挺有好感的，但現在心裡只當他是朋友，並沒有列為相伴一生的愛人。面對對方的表白，她不知道該如何處理，還是先冷靜一段時間再說。

喬喜兒快速的跑在前面，秦旭扛起木柴，凝聚內力，腳尖在地上輕輕一點，整個身子就騰飛而起，一下就飛到了她的跟前。

見狀，喬喜兒不可思議的看著他。

這、這嗖的一下就飛過來了，這便是傳說中的輕功嗎？且看秦旭的功夫，並不弱嘛！

見她這番驚訝又驚恐的表情，秦旭揚唇。「怎麼，我很可怕嗎？」

這男人恢復內力後居然這麼厲害，越發覺得他身世不簡單……

「你記憶還沒恢復嗎？家人真的沒找到嗎？」喬喜兒神色古怪的問。

「沒。」

「我聽說有些情報網，多花點錢可以查探消息的。」

秦旭挑眉反問道：「怎麼，妳不想負責了？怎麼一心想要把我弄走？妳別忘了，當初可是妳把我留下的，必須負責。」

「呵呵，留下你的可不是我。」喬喜兒自覺說漏了嘴，又道：「秦旭，我是真心肯放你自由的，你幫了我這麼多，又給了我們家這麼多銀兩，欠的恩情早就還清了，哪怕你要和離書，我真的會毫不猶豫的給你。」

秦旭沒有說話，只是眸光深沈的看著她。

「你怎麼不說話？」喬喜兒被他這眼神盯得毛骨悚然，好像她就是他的獵物，一旦盯上，毫無逃脫的可能。

「這種話，莫再說了，我不愛聽。」秦旭顛了顛背上的大堆柴火，騰出一隻手，攥著她就走。

手緊緊扣住她的，這輩子再也不放手。

或許這個丫頭還沒意識到自己的感情，畢竟她的感情反射弧一向遲鈍。

「你、你放手，我自己能走。」喬喜兒被這隻大手給緊握住，手心裡都是汗。

她掙扎了半天都掙脫不開，別提有多彆扭了。

「害羞什麼？我們是夫妻。」秦旭一臉的理所當然，逕自拉著她下山。

走在村裡的小路上，這樣一對俊男美女自然賞心悅目，村民看見了，難免會說上幾句，不過大多數都是羨慕的眸光和誇讚。

看來，這喬家女婿的心穩了，得了這麼好的女婿，喬家可真是百年修來的福氣，他們看了也唯有羨慕眼紅的分兒。

張翠氣得咬牙，這個喬喜兒就是有手段，看著秦旭離她越來越遠，她再也按捺不住，往鎮上跑去。

此刻的張翠深刻知道，要想得到這個男人，必須有人相助，把喬喜兒給撂倒了。她聽說喬喜兒在幫明月酒樓做事，那跟明月酒樓打對頭的明華酒樓當家對於喬喜兒的消息一定有興趣，她要跟他們合作，兩方聯手，各取所需。

至於之前她花錢找的那幾個窩囊廢，還真是一點用處都沒有。

快到了午飯的點，方菊在灶房裡忙碌，想著女婿出去二十來天，人瘦了也黑了，得補補身體，就抓了自家養的老母雞，洗剝乾淨後，拿著菜刀正剁著。

喬蓮兒湊過來想看看有什麼可幫忙的，看娘還在切菜，便在門口張望了一下，這一看便入了神。

方菊不解的問：「蓮兒，看什麼呢？」

她看了閨女一眼，發現她膚色比之前白皙，身子豐盈了些，加上這衣裳穿得好，比從前更標緻，不由想起喬喜兒的話，該給她看看合適的人選。

這年紀還輕，總不能蹉跎了青春，雖不是黃花大閨女了，但比那些帶孩子和離的婦人強吧。

「娘，我看到喜兒跟秦旭過來了。」喬蓮兒收回了視線，湊到方菊的耳邊，小聲道：「他們倆感情好得很，這妹夫揹了一堆的柴火，還不忘騰出手去牽妹妹的手。」

「真的啊，我瞅瞅。」方菊探出頭瞅了幾眼。

哎喲，還真的是，她捂嘴笑道：「都說小別勝新婚，這還真的是。從前也沒覺得這兩個孩子如此膩歪，看秦旭這樣，八成就是愛上喜兒了，那小眼神都擋不住的。」

她是過來人，眼睛鋒利得很，看幾眼就知道是啥情況了。

方菊這一樂呵，就差點切到手了。

「娘，瞧把妳高興的，妳小心點。」喬蓮兒笑得一臉無奈。

「我這是高興，妳說秦旭這孩子，怎麼那麼好呢？模樣好，又高大，還勤快。」

「嗯，喜兒也是個好姑娘，聰明伶俐、可愛漂亮，又會掙錢，有這樣的媳婦，秦旭才是掙到了。」

喬蓮兒就覺得自己妹妹哪裡都好，也虧是秦旭這樣的男人，一般的人，她覺得都配不上，而且喜兒挑男人的眼光不錯。是自己眼皮子太淺了，當初怎麼就看上田泉。

回到了喬家院子，看到半邊空地上有很多村民在幫忙建房，秦旭總算放開了手。喬喜兒乘機跑進屋去，臉紅得厲害。

她發現喬蓮兒杵在面前，又愣愣的問：「姊，妳怎麼站在門口呢？」

喬喜兒說話時的眸光有些閃爍，也不知道她們看到了沒，怪難為情的。

「沒啥事呢，怎麼了？」喬蓮兒故作驚訝的問。

方菊的臉倒是笑成了一朵花兒，拉著閨女的手，到一旁交頭接耳。

「妳也別不好意思，都成親這麼久了，妳剛跟秦旭手把手，我跟妳姊都看到了。」

「什麼手把手，明明是他非要抓著我的手。」喬喜兒辯解。

「哎喲喂，這麼說女婿現在的心思都在妳身上了，那藥他也喝了，這看著身強體壯的，那方面應該沒問題了吧！妳年紀是小，可他年紀不小了，定是想要當爹的，妳抓緊點。」

「這什麼跟什麼！」喬喜兒咋舌，這一個一個的比她還急呢，她也才十六歲，自己都還是個孩子呢。

「有了孩子才踏實，娘跟妳說真的，妳可要長點心，像秦旭這麼好的上門女婿，多少人盯著呢。」方菊看這個丫頭不上心的樣子，萬分囑咐。

喬喜兒敷衍了幾句，去院裡搬了點剛撿來的枯樹枝放到了灶房裡，主動幫忙燒火，心裡卻不由得亂了起來，腦海裡浮現出跟秦旭相處的點點滴滴。

每次她遇到事兒的時候，這個傢伙就跟守護神一般的出現，不管是身材、樣貌，還是智商方面，秦旭都是萬裡挑一的男人，只是這段感情來勢洶洶，也不知道經不經得起考驗？

還是別想太多了，就當戀愛先談著吧！想到那些吻，臉又不由得熱了起來。

喬家大房辦了喜事之後，喬珠兒就跟著杜啟明去了縣裡走馬上任，當起了縣令夫人。即便是成親那天鬧了不愉快，但畢竟當上了官夫人，村裡也沒人敢議論，要是得罪縣太爺，那是純粹不想混了。

喬家修建房子請了十來個村民幫忙，每天給八十文的工錢，大家幹得都十分起勁。至於伙食，大家都是各回各家吃的，好在同一個村，離得也近，來去自如。喬松雖然腿腳不便，但也每天幫忙駕著牛車運東西。

秦旭自從回來後便投入了喬家的新建房當中，每天賣力幹活，他力氣大，一個人能頂三個人用，比如說砌牆、砌磚，看一遍就會。喬喜兒才發現秦旭真的很能幹，學東西又快。

這會兒七月底，烈日當空，幹力氣活兒最容易出汗，因此每個人都揮汗如雨，將上衣全都脫了，光著膀子揮舞著。
喬喜兒跟喬蓮兒每天下午都會燒一鍋熱茶，配上金銀花、蜂蜜，味道甘甜清涼又十分解渴，幹活的村民愛喝得很。
一鍋熱茶燒開後，自家留了一茶壺，其餘的全都倒入木桶裡，一股股的往外冒著蒸氣，等涼透了，喬喜兒抬了出去，衝著幹活的村民招呼。「大家都辛苦了，歇會兒喝口茶吧。」
「好咧！」
村民也特別喜歡這涼茶，喝完涼絲絲的，幹活也有力氣，殊不知這金銀花並不普通，而是在空間成長出來的。
大家都一窩蜂的喝茶，而秦旭還在幹活，喬喜兒湊近一看，看著他的小麥色肌膚，線條完美，身形強健，蘊含著十足的力量，五官立體剛毅。
秦旭砌完了一層磚，餘光瞥見了那一抹倩影，嘴角揚起愉悅弧度，甩了甩手臂上的汗珠，便闊步走過來。
湊近看後，喬喜兒才發現他的手臂上和胸膛全都是汗水，一顆顆跟晶瑩的珍珠似的滾落下來，就連額頭上都是一層細密的汗珠。
這頂著烈日幹活，真心不容易。
「秦旭，你熱不熱？話說喬家現在又不缺錢，多請幾個村民幹活也沒什麼，你何必都親力親為，還一個頂三？」喬喜兒說著，也不知道這傢伙圖啥。

圖啥？還不是圖引起她的注意，圖她的關心，圖她的另眼相待？秦旭腹黑的想，但這些話他也不會說出口，只道：「喜兒，妳有帶絲帕嗎？」

「怎麼了？」

「給我擦擦汗，我手心裡黏糊糊的，只好讓妳代勞了。」秦旭說著還彎了一下腰，這高度也方便她擦。

喬喜兒原本想說不，但看他都這樣了，也不好拒絕，只好從袖子裡拿出一塊絲帕，給他擦了擦額頭上的汗珠，動作輕柔得像是羽毛拂動著他的心。

秦旭非常享受這一幕，這丫頭溫柔起來還是挺動人的。

喝涼茶的村民們自然都看到了這一幕，有些還吹起口哨起鬨，喬喜兒手僵硬了下，神色也不太自然。

就聽見秦旭道：「屋裡有涼茶嗎？我進去喝。」

「有的。」

秦旭邊走邊拉著她的手。「妳皮膚嫩，現在午後日頭正烈，別站太久。」

到了屋裡，秦旭拿起桌上的碗盛了一碗涼茶就喝。

他像是很渴，大口大口的喝下，喉結微微滾動的樣子，十分狂野迷人。

喝水的動作是很爺們，但這瓷碗是她剛剛用過的，兩人這又算是親密接觸了。

哎……

「怎麼了？這麼看著我？」秦旭突然湊過來，喬喜兒就看到眼前一張放大的俊臉，她嚇了一跳，臉色不太自然的頻頻後退。

「喝茶就喝茶，你靠那麼近做什麼？」

秦旭挑了下眉，用她的口氣道：「看我就看我，死不承認做什麼？」

「你！懶得理你。」喬喜兒紅了臉，跺跺腳就走開了。

這男人不能慣，一給點好臉色就開起染坊了，她去裝香囊香料去！

第十三章

喬家的半邊房子經過十來天的努力，已經漸漸成形，上梁後，蓋了瓦片就算完成大半。目前蓋的這兩間是喬松的，等裡面的堂屋、三間臥房以及灶房打造好後，喬家便可以先搬過來，開始翻修另一邊的屋子。

新屋裡的桌子、椅子、家具、床都是喬松自己負責，木材則是由秦旭上山去砍。

喬松每天的日常便是如此，趕幾趟牛車，運好東西過來後便開始忙著他的木活，簡單的家具他都會做，用來給新家添家具不成問題，至於難一些的，比如像輪椅這樣的高手藝活兒，還得學好一陣子。

秦旭看喬松腿腳不便都這麼認真，十分佩服，更想不到他的木活還相當不錯，這桌椅做得挺像模像樣的。他走過來，用手按壓了下，還都挺牢固的。

「大哥，累了嗎？休息會兒。」

「我不累。」

「你不累，一會兒你妹妹看見了可要說我了。」秦旭想起喬喜兒對這個哥哥關心的勁，倒有幾分吃醋，好在是大舅子，換成別的男人可就不依了。

「你怕她？」喬松不免想笑，看這秦旭人高馬大的，徒手就能震碎一張桌椅。

看著他臉上蕩漾著笑意，喬松是個過來人，瞬間就明白了，這哪裡是怕，分明是藏著愛意。

秦旭見他彎下身要拿前方錘子，正準備過去幫忙拿，卻發現喬松居然下意識的下地了，撿起錘子又繼續敲打，似乎還沒發現自己那腿剛剛踩了地。

「大哥，你這腿是不是好了？」

喬松這才後知後覺的一驚，剛才他、他好像真下地了。

「我下地了嗎？」

「嗯。」

得到秦旭的點頭，喬松看向自己的腿，想到喬喜兒確實給他治療了一陣子，難道……

他戰戰兢兢的試著再次下地，怎知身子一軟就栽倒在地上。

「不、不行。」他對走路還是心懷恐懼，使不上力，剛才那麼一下子，像極了曇花一現，但摸了摸腿上的肌肉，似乎蘊含著力量，不像之前萎縮的感覺。

「不著急，這種事得慢慢來，可以再練習的。」秦旭道。

「嗯，我這心裡頭有障礙，若是無意識的，還能走。」喬松心裡高興著，他知道自己的腿離康復不遠了。

太好了，眼下他是不著急，自己那麼多年都等下來了，還怕等這陣子嗎？

秦旭點點頭，表示贊同。

尋她。

他在這兒幫了一會兒的忙，便歇息了會兒，想到不知現在喬喜兒在忙什麼，便去了堂屋尋她。

老屋的堂屋裡，兩抹身影正在忙碌，秦旭湊了過去，看見喬蓮兒在縫製香囊，而喬喜兒站在靠窗的桌邊分裝香囊。

她將一包包縫製好的藥草塞進香囊裡，纖細的手指拉緊繫繩後，摸了摸垂下的流蘇，又放在鼻息間聞了聞，那沁人心脾的香味，讓她隱隱都跟著陶醉。

那專注的小模樣，認真又引人注意，秦旭看著看著不由得入迷了，一陣微風吹過，滿屋的清香，十分好聞。

喬松自己的活兒收工後，也推著輪椅過來想幫忙，看到這一幕，暗自笑了下，便趕緊走開了。

他們的互動很甜蜜，這種小心思他理解，像極了初婚男女的如膠似漆，他在村裡觀察了那麼久，也沒發現哪對夫妻像妹妹、妹婿這般的甜蜜。

喬喜兒做事認真，竟也沒發現有人在觀察她，一直低著頭忙碌，脖子都痠了，她伸了個懶腰，抬眸正好對上秦旭的那張俊臉，頓時動作就僵住了。

「需要幫忙嗎？」秦旭走進來問。

看著一桌子的香囊，少說也有幾百個，剛開始以為她是小打小鬧，沒想到生意都做到這麼大了。村裡人的那些議論他也聽到了，喬家翻建新房，完全是喬喜兒出的錢，這完全顛覆了他對女子的觀感。

喬蓮兒看見他出現，捂嘴偷笑了一下，便偷偷的離開了，還是留點空間給他們。

「你還真是一刻都不閒著。」喬喜兒翻了個白眼，又道：「這是女人家幹的活兒。」想他一個會功夫的高大男人，弄這個香囊一定不倫不類的，她便謝絕了好意。

「怎麼大哥幹得我就幹不得了？」秦旭半開玩笑道。

喬喜兒沒說什麼，只覺得他的氣質幹這些很掉價。

「算了，你還是幹些粗活，我看著順眼一點。」比如劈柴、蓋房什麼的，別白費了他那看起來尊貴不凡的氣質。

此時正是傍晚，外面天色漸漸暗了下來，不管是放牛的村民還是田地幹活的人都各自歸家。

家家戶戶炊煙裊裊，到處飄散著飯菜香味，到了吃飯的點兒，在喬家幫忙建房的村民也收工回去了。

方菊在灶房裡忙碌，喬蓮兒幫忙燒火，而喬喜兒和秦旭兩人則是在院子裡確認房子的建造進度。

快了，再用不著兩天就可以住進去，開始拆另一邊的房子，總進度得再一個月才能完成，最後修整圍牆、小菜地、牛棚什麼的，也是需要幾天的，又想到老是得去村裡面打水不方便，這院子裡還得挖一口井。

以前全村都是茅草屋，唯有村長家跟張家最先蓋起瓦片房，現在他們喬家算是第三家，但從占地面積來看，喬家最大，也最像樣。

喬喜兒嘆息，不是她不想低調，而是實力不允許啊。

盤點一下她手裡的銀錢，算上方菊手裡的，即便這樣大手大腳的建房後，還剩二百多兩。

香囊生意現在是穩了，以喬蓮兒的水準，完全能獨當一面了，而喬松也有自己的木工活兒要幹，看來她還得發展點別的什麼，要不然顯得太單調了。

過了幾日，喬喜兒將村民做好的香囊全都收了回來，看著堂屋幾麻袋的成品，她隨手抽了一個看做工，點頭。「嗯，手工還不錯呢。」

喬蓮兒自信滿滿。「那當然，我親自監工的。」

秦旭看到這麼多的香囊，好奇的問：「喜兒，這麼多的量能賣得完嗎？」

他的印象還停留在一個月前，喬喜兒辛辛苦苦發給那些攤位，只掙一點微薄利潤的階段，根本不知現如今的香囊銷量。

喬喜兒得意的揚著下巴。「到時你就知道了。」

她扳著手指頭算了算時間，跟何宇約好的交貨時間應該就這一、兩天了，將東西提前準備好，總是沒有錯的。

秦旭心想自家的媳婦可真能幹，這麼多的香囊可以裝一牛車了吧？

「那這一車能賣多少錢呢？」秦旭發問。

喬喜兒這掙錢速度槓槓的，作為她的男人，得有多大的壓力？

喬喜兒輕哼一聲。「這你就不知道了吧？我現在不用親力親為，只要把香囊全部交給何宇，他會負責發放給那些要賣貨的人，我省心省力，雖說利潤少了一點，但一次能掙的銀子也不少了。」

秦旭心想著就這樣子，小媳婦都已經掙了很多，那他這算是軟飯硬吃嗎？

正說著話，就有一輛牛車停在了他們院子的外頭。

建房的工人們大老遠的就在喊了。「喬家的，你們家來客人了。」

「來了來了。」喬喜兒興沖沖的喊著，也顧不得去點數量了，趕緊跑出去一看。

從牛車上下來一個男人，正是跟她合作的何宇。

「呀，何宇，你來了，我們剛才還說到你呢，快進來、快進來。」

何宇看著喬喜兒這股熱情的勁，心裡蕩起了漣漪，面上也樂呵。

看到喬家這蓋房的情景，他不由驚訝。「喜兒，你們家都蓋新房了？」

這才多長時間，翻天覆地的變化呢。

「嗯，這不手裡頭掙了錢，就想把茅草屋給換掉，要不然下雨屋裡總是漏水。」喬喜兒笑笑，比劃了一個請的手勢。

何宇走進喬家的新屋，看見好幾麻袋都是好看的香囊，他的內心有些激動，這可都是白花花的銀子啊！他努力點，是不是以後也能住上瓦片房？

「喜兒，這些全都是香囊嗎？你們居然做了這麼多？」

喬喜兒隨手拿了幾個香囊給他看。「何宇，你看一下這成色、花紋和手工，都是我們監工的，你放心，沒問題的。」

何宇當然放心，喬家的香囊可是大家搶著要的。

「喜兒，妳說笑了，妳做事，我自然放心，那我們現在就清點數量吧。」

喬喜兒裝袋時數量就點好了，每個麻袋上寫有數量，是一百個香囊，一共是十個麻袋，那就是一千個。按照每一個香囊四到六文錢的批發價，一共支付五兩多銀子，喬喜兒直接給他抹了零頭。

每個香囊何宇能掙個一文錢，這一牛車他可以掙個一兩多銀子，只是幫忙搭把手，就能掙這麼多，這種好事上哪兒找？喬喜兒就是他的貴人。

雙方一手交錢，一手交貨，喬喜兒順便詢問最近的走量。

何宇點頭。「還可以。」

喬喜兒又道：「何宇，我最近折騰了一些香薰蠟燭跟香薰精油，你帶去街上試賣一下，這個價格有些昂貴，香薰蠟燭十文錢一根，精油則是五百文一瓶，若反應不錯的話，我會大批量製作的。」

看到帶香味的蠟燭，蓮花形狀的十分精緻。至於她說的香薰精油，則是裝在像藥丸的瓷瓶裡，大小也就拇指那般粗，這麼一小瓶就要五百文，果真昂貴。

何宇不由驚嘆。「這兩樣東西挺別致的，香味更濃郁，看起來就挺稀罕的。好，我試試，這些應該會有很多人喜歡，只是價格上……」

喬喜兒露出一口潔白的貝齒，笑意燦爛。「若這個能在市場上走量的話，那你的錢可以掙得更多，用不了多久就可以攢夠媳婦本，時間久一些，蓋一棟瓦片房都沒問題。」

何宇不好意思的撓撓頭，最近他還真的認識了一個姑娘，那個姑娘幫老爹賣香囊的，出了幾次攤，效果非常好。

何宇跟她一來一往倒是擦出了愛的火花，想想他也到了適合成親的年紀，家裡催得緊。

「好好好，我一定會好好幹的。」

「嗯，這份特色只給你，你可以主推香薰蠟燭，這個精油倒是不著急，你也別說價格貴，這物以稀為貴，我們只做富人的生意。且精油製作繁瑣，量也不多，如此珍貴的東西，自然給懂得欣賞的人。」

何宇聽不懂她的話，但非常相信她，只要是喬喜兒說的話，他照做就是了。

「好，我聽妳的。」

他拿了為數不多的蠟燭、精油去試用，收的價格是賣價的一半，他能掙一半，挺可觀的。

一切準備妥當後，何宇費勁的把這些麻袋搬到牛車上。

秦旭過來幫忙，一手提著一個麻袋，輕而易舉的就抬到了牛車上。這一個舉動看呆了在場的人，都驚訝他的力氣大。

何宇更加慚愧，這樣的人物他怎麼比得上呢？輸給他真是心服口服。

喬家這裡有一輛牛車進進出出，一些村民也都會探頭過來看，他們都好奇喬家怎麼短時間能掙那麼多錢，還蓋起了新房，特別想知道他們是靠什麼發家致富的。

那點香囊在他們眼裡值不了幾個錢，看來大多數都是秦旭押鏢得來的錢了。

這樣的女婿又俊又會賺錢，他們想來一打有嗎？也難怪村裡的富戶姑娘這麼惦記著秦旭。

回屋後，喬喜兒將今日收到的銀兩全都放在一個小木箱裡，外加了一把鎖，這個木箱就像是存錢罐一樣，沈甸甸的。

喬蓮兒道：「真沒想到我們現在能掙這麼多，還能住新房。」

新房雖然只蓋好了一半，她跟喬喜兒已經搬去了新房，剩下的開始拆建，用不了多久就能完工。

「姊，這是一個好的開端，我們以後還會掙更多的錢，妳要對自己有信心。對了，現在咱們錢也有了，妳的終身大事也可以開始看看，咱這麼優秀，找男人方面，一定要挑。」

喬蓮兒呆呆的看著她，怎麼說著說著又說起她的終身大事？

看著她愁眉苦臉的樣子，喬喜兒就知道她想歪了，捏了捏她的手笑。「姊，妳可別多想，我們不是趕著妳，只要妳願意在喬家，我們可以養妳一輩子。但是女人錢掙得再多，還是要有一個好的歸宿，之前的那些不愉快，妳就通通都忘了吧，從今以後妳就是全新的，有享受幸福的權利。」

喬蓮兒聽得似懂非懂的，聽妹妹一說，底氣是有了。這段時間，跟在她後面，氣勢學了個十足十。

秦旭聽喬喜兒說話，倍覺有道理，要向前看，不要被過去給左右心思。就好像他的那些記憶碎片，既然拼湊不到一塊兒，那就不要想了。過好眼下的每一步，就行。

他想清楚了，既然確定了心意，就跟喬喜兒在一塊兒，一直攜手白頭到老。

他磁性渾厚的聲音道：「妳放心吧，媳婦兒，像二姊這麼聰明能幹，一定可以找到好的歸宿的。我經常在鎮上走動，遇到合適的人也會幫忙介紹。」

喬喜兒這才高看了他一眼，拍著他的胸膛笑。「好，夠講義氣，你這份好意我心領了，一定要上心喔，可不能光是嘴上說說。」

秦旭揚唇。「那是當然。」

被這兩夫妻打趣的喬蓮兒都羞得無地自容了，跺跺腳，幾朵紅雲飄浮在臉上。「討厭，你們就知道拿我開玩笑。」

不過看著他們，從剛開始的相看兩相厭，到現在的和睦，喬蓮兒也是頗有感慨的。

相對於一見鍾情，她更喜歡細水長流的日久生情。

說著說著，喬蓮兒又想起香薰蠟燭跟精油的事，追問道：「喜兒，妳什麼時候折騰的那些東西，我怎麼不知道？」

喬喜兒心想，她都是晚上趁姊姊睡著了，偷偷躲進空間研究出來的，這是個秘密，當然不能被她知曉。

她輕咳一聲，打太極道：「姊，妳知道的，我平時就是愛琢磨，心裡有想法就把它弄出來。香味大家都喜歡，就多做這一種類的，要不然我們家的東西也太單一了。」

喬蓮兒點點頭。「妳呀，腦子裡裝的都是賺錢法子，以前都沒發現妳有這優點，就好像開過光一樣，一下就開竅了。」

喬喜兒嘻嘻笑道：「姊，妳也不要妄自菲薄，就憑妳這份聰明勁加勤快，還有責任感，妳也會在這方面有不錯的收穫。再說了，我的這些生意還得靠妳幫忙呢，要不然我一個人也忙不過來呀。」

喬蓮兒點點頭。

另一邊，何宇拿了貨，駕著牛車直接去了鎮上，幾個麻袋的香囊，一下子就被搶光了。

現在合作的小販一般都是在鎮上有固定攤位，天天擺的那種。按照喬喜兒的要求，每條街賣同樣香囊的攤位不超過三個，大家也都挺自覺，知道這條街超額了，就會把攤位移到別處去，這樣才能擰成一股麻繩，大家一起掙錢。

到了市集的這天，鎮上人流量比較多，何宇把新品香薰蠟燭跟精油擺上去，和香囊擺一塊兒，看著這占據了半個攤位的東西，他不由得笑笑，他都快成了香囊專賣戶了。

隨著老顧客越來越多，擺攤的時候不需要介紹，大家看到都會買的。香囊多實用呢？平時買來送人、掛在屋裡房間裡、隨身攜帶當掛件，都是不錯的選擇。趁著現在攤位比較多人，何宇拍了拍手，興奮吆喝。「大家都來看一看我們家新出的香薰蠟燭以及精油，這可是好東西呀！」

這話一出，圍觀的行人更多了，很快把攤位圍得水洩不通，很多老顧客都好奇的問：「攤主，這是什麼好東西？聞起來好香，看起來也別致。」

何宇先展示手中的香薰蠟燭。「大家看，這可不是普通的蓮花造型蠟燭而已，裡面還添加了艾草等能驅蚊的藥草，晚上點既能照明又能驅蚊，一舉兩得。價格麼，當然一分錢一分貨，不能當成普通蠟燭來賣吧。至於這個香薰精油，作用就更大了，平時坐馬車頭暈嘔吐的話，在太陽穴抹一點，就能減輕症狀。姑娘們洗澡時，在水裡加幾滴，能潤滑皮膚，身上自帶香味。當然嘍，這個提取的東西比較純，價格也比較高，需要半兩銀子。」

嘩的一聲，大家都咋舌議論，這兩樣東西可真貴啊，一般人可真用不起。

不過還是有人說：「我就愛用好東西，你們家東西倒是合我心意，有特色又好用，如果真好用的話，貴一點倒還可以。」

何宇笑了笑。「對對對，最主要是好用，這個精油最適合姑娘家了，姑娘要不要買來試一試？精油價位高，是因為提煉過程繁複，要好多天才能出一瓶，物以稀為貴，有時即便手上有錢也買不到，所以說這好東西是可遇不可求的。」

那姑娘被說得心動，豪邁說道：「行，你都這麼說了，我相信你，給我拿一瓶吧。」

「嗯，好好好，您看看這個香薰蠟燭，也是挺不錯的，要不要也來一、兩枝呢？」

何宇的嘴皮子越發索利了，跟著喬喜兒倒是學到了精髓。

那姑娘點點頭。「行，一起拿吧。」

「好好好。」何宇激動不已，根本不敢相信，自己隨便的幾句話就成了這麼一筆大單子。

他收了銀子還在嘴邊咬了咬後，才找了零錢。

從前他的攤位賣來賣去都是幾文錢、十幾文的東西，偶爾能收到幾十文，都能讓他高興半天。

而喬喜兒給他的東西，隨隨便便都能賣半兩多銀子，這就是差距。果然跟對人有肉吃。

這一次試賣的效果是不錯的，看著餘下的東西，他吆喝著再接再厲道：「姑娘們，媳婦們，還有兩瓶精油，大家先到先得喲，晚了有錢也是拿不到的。」

有了剛才那個爽快姑娘作為打底，後面的那些人都在爭搶。

「我也要一瓶。」

「給我來一瓶。」

「好的。」何宇笑著指著先出價的夫人。「後面的不好意思，已經沒貨了，最後這兩瓶賣給這兩位夫人了。大家如果要的話，每次集市都會有幾瓶。」

「天啊，這數量這麼少。」很多人都後悔剛才只顧著旁觀，沒有搶先。

喬喜兒這會兒坐在牛車上，秦旭趕著車，剛到鎮上，她就特意在何宇不遠處的攤位停留片刻，正好看到了這一幕，也聽到了大家的議論。

沒想到新產品即便是價格高，也是挺暢銷的，秦旭不由佩服。「物以稀為貴，妳倒是把他們的心理抓得明明白白。」

越發瞧著喬喜兒是個謎，有時他在想她到底還有什麼是他不知道的？越想越覺得神秘。

喬喜兒不以為然。「因為我是姑娘家，最明白姑娘家的心思。有了香囊作為鋪墊，後面的那些好東西就不愁沒人買。」

秦旭點點頭，看著已經學到精髓的何宇，感慨道：「照這樣下去，我看何宇用不了多久就要開鋪子了。」

「開鋪子好，他配得上這份錢財，這都是他應該得的。走，別說他了，我帶你去一個地方。」

「哪裡呢？」秦旭問。

喬喜兒也不說，神秘兮兮的賣關子，只用手指著給他帶路。

牛車在明月酒樓停下，門口迎客的小廝看到她，就像看到了財神爺那般的熱情。「喜兒姑娘，妳可算是來了。」

喬喜兒從牛車上下來，等到秦旭把牛車停到一邊，跟她一起會合後，她跟夥計說道：「怎麼聽這口氣，像是特意在等我一樣？」

夥計點頭。「對呀，今兒個是趕集日。掌櫃的說妳肯定會來，讓我在門口注意下。」

「好，那我去裡面看看。」

喬喜兒抬腳大步往裡走，發現這酒樓變化還真不小，裡面桌椅增加不少，夥計也很多，穿著統一的衣服，訓練有素，逢人便客氣的招呼，光是這水準的服務，就讓人賓至如歸。

秦旭好久沒來這家酒樓，也發現了這裡的變化。他不解，為什麼每個人看到喬喜兒都恭恭敬敬的？

掌櫃剛跟夥計訓話，轉眼就看到這對夫妻，看到秦旭的出現，又驚又喜。

「你總算回來了，我老是問你媳婦你什麼時候回來呢。」

聽到媳婦這個稱呼，秦旭感到從未有過的滿足感，嘴角勾著笑意。「是嗎？我是出了趟遠門。」

掌櫃笑道：「你們這兩口子可真是郎才女貌，感情又好，讓人羨慕得緊。對了，先前你媳婦有託我打聽有沒有跟你身世有關的消息，可惜我沒幫上忙。不過我看你這玉樹臨風的，一身貴氣，想必是出身不凡，老天爺會保佑你們的。話說，喜兒雖然是個農女，但她的容貌跟才情，很多千金都比不過。」

「這一點，我贊同。」秦旭一臉自豪。

掌櫃拉著秦旭過去雅間小坐，讓夥計上了酒水，熱情的招待他，並跟他嘮嗑了一下。

「關於你媳婦，你可不能不知道，原本明月酒樓的生意不死不活的，自從她給我出了主意，說走速食路線，專門針對碼頭幹活的人，現在我們酒樓掙錢速度是日進斗金啊，連帶著給她的分紅也不少。你呀，可真是娶了個好媳婦，真是令人羨慕，以後可要好好疼她。」

秦旭聽著，越發覺得不可思議。以前對喬喜兒的事，他是漠不關心，可現在從別人嘴裡聽到小媳婦的事，他覺得特別自豪、特別甜蜜，也特別佩服，一向冷冰冰的臉上，也不由自主的揚起了笑容。

喬喜兒在酒樓裡轉了一圈，來到雅間，就見這兩人聊得正歡。

秦旭的笑聲非常優雅，弄得她倒是莫名其妙了。「你笑什麼呢？」

秦旭看著小媳婦過來了，立馬拉著她的手入座。看著她這張精緻的臉，清澈的眸子帶著小機靈，越看越喜歡，嘴角的笑意更深。「沒什麼，就隨意的聊聊。」

「好，那你們聊，我再去逛一下，看看我哥託他師傅做的移動攤位架子，回去好跟他彙報。」

喬喜兒是帶著目的過來看的，自然不知他們聊的事居然是關於她的。

王掌櫃跟秦旭兩人像是忘年之交一般，很合得來，也聊了很多，想起最近明華酒樓已經按捺不住，頻頻耍手段搶生意，他不禁提醒道：「秦旭，有件事我可要提醒你，一定要保護好喜兒，明華酒樓知道我跟她合作，我怕喜兒惹上麻煩。」

秦旭擰眉。「王掌櫃，你放心，這是我媳婦，我定會保護好她的，誰敢欺負她，那就是跟我秦旭過不去。」

「那是，你這小子可厲害了，徒手都能打死一頭野豬，怎麼也是有點功夫的。」

秦旭點點頭，等喬喜兒忙完後，便又駕著牛車帶她去別處逛逛。

今日他們來鎮上還要順便採買一些日常用品回去，誰知剛路過明華酒樓，就看到在門口拉拉扯扯的三個熟面孔。

這三人不是別人，正是同村的富戶，張福一家人。

張翠的母親正憤憤的訓斥著女兒。「翠兒，妳到底在搞什麼鬼？給妳介紹了這麼多富家公子，妳一個都沒看上眼，眼高於頂，再這樣拖下去，妳就要變成老姑娘了！」

這副恨鐵不成鋼的樣子，像極了普天下所有的父母。

而張翠則是紅著眼睛、梨花帶雨的樣子。「娘，我明明就有喜歡的人，我也不想嫁別人，為什麼妳非要逼我呢？」

張母拽著她怒罵道：「妳別告訴我妳還惦記著秦旭，妳沒有聽村裡人說嗎？人家兩夫妻恩愛得很！妳還在瞎惦記，還要臉嗎？再說這聶公子，多好的人，家世好、相貌好、人品也好，妳還看不上，妳這不是糟蹋了我們一番心血嗎？」

一旁的張福無奈的嘆氣，看著母女倆就站在人家酒樓前大吵大鬧，路過的行人都投來異樣的眼光，也不知怎麼勸才好。

只要閨女一天沒有嫁出去，這個家一天都不會太平。

見張福不說話，張母罵了半天，把矛頭指向他，瞪著他道：「你天天就知道掙錢掙錢，也不關心你女兒的婚事，妳該不會跟她一樣荒唐，還老惦記著別人的女婿吧？」

張翠不耐煩，皺著一張小臉蛋。「娘，妳能不能別說了？」

張母戳著她的腦門。「妳也知道丟臉了，那妳就儘快找個合適的人嫁了。」

這次安排的對象不比聶家公子差，還是黃了啊，要不然她能這麼氣急敗壞？

張翠聽了這話，更加抗拒。「娘，妳再這樣，下次相親我絕對不來。」

張母氣急。「行，妳繼續強，都說姻緣事，父母之命、媒妁之言，由不得妳。」

她沒有說完，張翠就氣著捂著臉跑遠了，張母想追上去，卻又被張福給攔住了。「好啦，別再逼女兒了，免得出事呢。」

這一幕都落進喬喜兒和秦旭眼裡，喜兒不禁看向後者那面色淡淡的表情，心想這男人還真是沈得住氣，外人為了他吵得跟家裡人翻臉了，他也沒有一絲感動。

熱鬧看完了，秦旭駕著牛車對身後的人說：「媳婦，我的心裡只有妳。」

「呃，好好的你說這個幹麼？」這倒弄得喬喜兒不好意思了，這秦旭自從回來後，越發的膩歪了，時不時整一齣表白，真是吃錯藥了。

話說這個張翠剛跑走，沒幾步就繞到明華酒樓的後門，找了個夥計便開門見山道：「我找你們東家，明公子。」

夥計瞅著這個姑娘有些眼熟，剛不是還在酒樓相親嗎？轉眼間一家人氣呼呼的出去了，夥計也沒說什麼，便把她領到了三樓雅間。

明遠華自從接管了明華酒樓，幾乎天天吃喝拉撒睡都在這裡，每天冥思苦想就是想著如何改善酒樓的生意。他在酒樓裡有一間專用的包間，見夥計敲門，剛想發火，不過看到了張翠，便揚起了自以為是的笑容，改變了主意。

「原來是張姑娘，有事嗎？」

張翠沒有興趣跟他客套，直截了當道：「明公子，我知道你想拉攏喬喜兒，想對付明月酒樓，我就直說了，你要不要跟我合作？」

「我跟妳能有什麼合作的地方？」明遠華看著她，不以為然。

他知道這個女人喜歡秦旭，他那個整天就知道打扮花錢的無腦妹妹把長河村秦旭身邊的人都調查了個遍。這兩個膚淺的女人，眼光是一樣的。

「明月酒樓能這麼火爆，都是靠喬喜兒那些新鮮的點子，如果你收買不了她，不如就毀掉她，這樣雙方誰也占不到好處，你跟明月酒樓就處在公平競爭的階段。」

「話是這麼說沒錯，可這其中，妳又能幫我做什麼？」

「你別忘了，我跟喬喜兒是同一個村的，可隨時掌握她的行蹤。我幫你負責盯梢，你有什麼指令，隨時通知我，她有什麼動靜，我也可以傳消息給你。」張翠眸光淬著毒道，她就不信整不死喬喜兒。

「妳想得到什麼？」

「我只要你解決喬喜兒，讓她再也無法成為我跟秦旭之間的阻礙。」

「那簡單，沒問題。」

「對了，明公子，你在鎮上還可以注意一下有沒有田泉這個人，他跟喬家有過節，關鍵時刻可以借刀殺人。」張翠想起曾在村裡看到田泉出現過，便提供了這個訊息。

明遠華笑了笑。「妳們女人啊，真不愧是最毒婦人心，妳比我那妹妹可要狠多了。行，互相幫忙，願妳早日達成心願。」

「彼此彼此，這件事還請明公子要放在心上，要不然你在府裡的地位也不保。」張翠語氣幽幽的笑著，帶著幾分詭異。

當兩人在商談此事的時候，明玉鳳正好過來，在門外聽到了兩人的對話，眼珠子轉了轉，計上心來。

今日的一切，她就當作沒聽到好了，能用別人的手來除掉喬喜兒最好不過了，這樣一來秦旭就是她的。至於張翠麼，就憑一個村姑也想跟她搶心上人？太不自量力了。

這時一個丫鬟突然匆匆跑上樓，湊近她耳邊道：「小姐，奴婢剛在鎮上看見秦旭了。」

明玉鳳竊喜不已。「真的？快帶路。」

好久沒看見他了，滿滿的相思都快溢出來了，這會兒聽到心上人的消息，立即迫不及待的飛了過去。

不多時，明玉鳳來到了街上的豬肉攤，看到秦旭正在買豬肉。

她笑盈盈的從馬車下去打招呼。「秦大哥，好久沒有看到你了，你要買豬肉嗎？可以去我家的酒樓拿，不要錢。」

喬喜兒聽到這嘰嘰喳喳的聲音，轉頭看她，跟她打了聲招呼。「明姑娘。」

明玉鳳這才看見她，聲音馬上冷了下來。「妳怎麼也在這兒？我只想看秦大哥。」

「哦，原來如此，那妳現在人看到了，可以回了吧？我們還忙著呢。」喬喜兒聲音也懶洋洋的透著不屑。

明玉鳳有些惱怒。「喬喜兒妳別太過分，秦大哥都沒有說什麼，輪不到妳來趕我走。」

她認定這兩夫妻性格不合，還在作著拆牆角的美夢。

卻不想秦旭直接攬住了喬喜兒的腰道：「玉鳳姑娘，不好意思，我是有媳婦的人，妳跟我這樣的有夫之婦還是保持一點距離的好，壞了我的名聲事小，破壞了姑娘的清譽，那就是我的罪過了。」

「你……」明玉鳳瞪大著眼睛氣呼呼的，不敢相信這話是從他嘴裡說出來。

喬喜兒樂了，咯咯的笑了起來，清脆的銀鈴聲，十分悅耳。

「真沒想到某些人的嘴巴這麼毒，看看把小姑娘氣得夠嗆。」

「不是，你們……明明就過不下去了，感情本就不好，為何還要勉強？」明玉鳳不服氣的跺腳道。

「是嗎？夫妻感情不好？這確實是個理由，那妳就慢慢等，等我哪天休了這個男人，那妳再去撿。」

喬喜兒就不明白了，不是說古代的女人都很矜持的嗎？還是說秦旭這貨桃花運太好了，看看明玉鳳跟張翠兩人，一個比一個癡狂，都是非君不嫁的。

這會兒小販已秤好了豬肉跟排骨，喬喜兒付了錢，就拎著丟到牛車上，然後推了下秦旭。「還不趕緊走？當心這個黏人精跟過來。」

秦旭沈著臉沒說什麼，立馬上了牛車趕車上路，只留下明玉鳳氣急敗壞在原地跺腳。

時間還很充裕，兩人在街上慢悠悠的趕著牛車，採購食物。可沒一會兒，喬喜兒就發現牛車趕著趕著就偏離了路線，駛入了一條偏僻的小巷中。

喬喜兒不太明白，正準備問他要去哪兒，就見牛車停了下來，而她被一雙鐵臂給拽了下車，抵在牆上。

秦旭深邃的眸子盯住她，薄唇一張一合。「喬喜兒，妳不准休了我，我的心裡只有妳，是想跟妳好好過日子的。」

難得看他這副鄭重其事的樣子，喬喜兒就好像被施了法一樣，不由得點點頭。心想著，這傢伙最近有點反常，以前到處躲著她，恨不得把她甩掉，現在不僅不離開喬家，還死皮賴臉的賴著她，還處處跟她表明真心，在搞什麼呢？

喬喜兒眨巴著眼睛正疑惑時，就見秦旭整個人壓了過來，直接堵住她的唇。

兩唇相貼，溫熱的感覺緩緩襲來，喬喜兒睜大眼睛，看著這張放大的俊臉。

他他他……居然在大街上的小巷子，親了她！

他的唇，有股淡淡的陽剛氣息，屬於他的野性味道，霸道卻不失溫柔。

他極有耐心的，一點一點的吻開她的貝齒，撬了進去，整個過程，喬喜兒都忘記反抗，就像被帶進去一樣，直到無法呼吸時，這才紅著臉喘氣，就聽到秦旭爽朗的笑聲。

他想著每次親她時她也有點享受的樣子，也沒有推開他，這證明什麼？證明這小東西心裡明明是喜歡他的，但一想到她的性格奇奇怪怪的，跟以前那麼不符合，眉心又皺了起來。

不管了，不管眼前這個人是不是她，但他確定自己愛的就是喬喜兒。

喬喜兒連忙左右看了一下巷子，好在沒人，要不然就窘大了。

她指著他的鼻尖，氣呼呼道：「我警告你啊，不要動不動就耍流氓。」

看著她纖細的身形，氣勢倒挺足的，秦旭笑著把她抱上牛車，捏著她嫩乎乎的小臉。

「妳是我媳婦，對妳耍流氓，名正言順。」

「快別鬧了，趕緊去買東西。」

「好，我聽媳婦兒的。」

兩人高高興興的趕著牛車出去，卻不想巷子的角落裡，有一雙憂鬱的眼睛，愣愣的看著這一切。

「公子，您沒事吧？」

聶軒最近忙得很，也沒有去找喬喜兒，知道今兒個是集市，特意上街找她，卻不想在這兒看到了這樣一幕。

秦旭吻得那麼動情，喬喜兒也沒有推開他，證明這夫妻倆的感情並不像傳聞中那麼不堪。

心頭很不舒服，聶軒神色一凜，一拳打在一旁的牆壁上，牆壁凹進去一個大洞，再看他的手已經是鮮血淋漓了。

「公子……」聶軒的隨從吳楓低呼。

「走吧。」

聶軒深深的看了一眼牛車離去的方向，頭也不回的離開了。

與此同時，秦旭小夫妻倆已滿心歡喜地在忙著買東西，就像新婚夫妻那般其樂融融。

「秦旭，家裡的麵粉糧油不多了，我們也買點吧。」

「好，聽妳的。」

喬喜兒來這家鋪子買過幾次，每一次都是大手筆的，老闆見狀也熱情招呼。

「小娘子，回回都看到妳一個人過來，還以為妳沒成親呢，想不到妳相公這麼英俊。」

喬喜兒哼了一聲。「他比較忙，經常在外頭跑。」

「也是，男人在外面打拚，女人把家操持好就行了，話說你們有沒有孩子呀？」

這倒把喬喜兒給問愣住了，秦旭深邃的眸光閃過一絲光芒，像是在算計著什麼。

大家都在催著他們生孩子，他覺得好像可以開始計畫了。

「沒有沒有。」

喬喜兒趕緊付了錢，出門時因為腦子想著事兒，沒看路，跟人猛然一撞。

「哎喲，哪個不長眼睛的？」被撞的這個人不是別人，正是她的堂姊喬珠兒。

看到喬喜兒，她瞬間怒了。「妳來鎮上做什麼？」

喬喜兒不由得好笑。「堂姊，話說妳當了縣令夫人，一點都不關心老百姓的嗎？我來鎮上能幹什麼？自然是採購食物了。」

這個女人，一點都沒有官夫人的儀態，雖然穿得挺像那麼回事的，但一張口就破壞了所有。

那店鋪的老闆一聽這位是縣令夫人，趕緊熱情招呼。

喬珠兒冷眼看著她，哼了一聲。「算了，我大人有大量不跟妳計較，下回走路長眼一點。」

「多謝縣令夫人的不計較。」喬喜兒嬉皮笑臉的，看她這個樣子，就知道新婚生活過得不太舒適。

這算計來的姻緣終究不算美滿，對她來說得到榮華富貴才是最主要的吧？要不然她當初相了那麼多回親，也不會死皮賴臉的非要賴上杜啟明不可啊。

甭管她了，喬喜兒見東西買得快差不多了，就讓秦旭搬貨上牛車。

秦旭繼續趕牛車上路，沒想到還沒走一會兒，前面就被人給擋住了。

仔細一看這個人，衣服破破爛爛的像極了乞丐，彎腰駝背，看年紀應該有五、六十歲的樣子，眯著眼睛看人時，一隻眼睛有問題，另一隻十分正常，看來是個半瞎子。

他手上拿著一塊木板，上面寫著三個字——神算子。

喬喜兒側頭看了看，旁邊就有一個攤位，上面也是「神算子」三個字，看來這是位算命先生，刻意擋住牛車攬客，這也太敬業了吧。

「麻煩讓讓。」秦旭的聲音低沈有力，聽了簡直會讓耳朵懷孕的那一種。

那算命的聽到這個聲音，更加得勁了，湊過來道：「公子啊，老朽剛才掐指一算，會有一條神龍經過這裡，便過來碰碰運氣，果然遇到公子您啊。」

「什麼亂七八糟的？」秦旭擰眉，趕著牛車就要繞過去，卻見這算命的不依不饒的擋在牛車前，這牛車過也不是、不過也不是。

後面馬車被擋住去路，均是不耐煩的喊道：「前面的，到底要不要過去，給我讓一讓。」

秦旭沒辦法，只好把牛車趕到一旁，這算命先生呵呵笑道：「公子，讓我給你算一算吧，不要錢。」

喬喜兒眼睛亮了亮，清脆的聲音笑了出來，頭一次見到算命先生這麼積極的，還說不要錢。

「秦旭，看來你並非池中物喲。」

原本是玩笑話，就見算命的眼睛亮了亮，看了看喬喜兒，又道：「這位姑娘的面相，天庭飽滿，很有福氣，妳以後會是個大富大貴之人。」

「當真如此？」喬喜兒被挑起了興趣，馬上跳下牛車湊了過去。

要知道她可是來自二十一世紀的人，從來就不信這些迷信的東西，但是……聽說古代算命的都有幾把刷子，她倒要看看是不是如此呢？

「好，那算一卦，去你攤位上算吧？算一卦要多少錢？」喬喜兒走到攤位旁的座位上坐了下來，笑著問道。

算命的比劃了一根手指頭。「一兩銀子。」

「天哪，你這是獅子大開口呢，一兩銀子！你剛才說那位公子就不收錢。」喬喜兒有些氣惱。

「姑娘命裡帶財，就是要破財啊！而這位公子呢，命裡裝的可是蒼生百姓，當然是免費啊。」

秦旭見喬喜兒就要拿出銀子，扯了扯她的衣袖。「算了，喜兒，妳還聽這些江湖神棍胡說八道。」

「沒事，我就愛聽一下，看看他到底怎麼吹。」喬喜兒現在最不缺錢了，豪氣萬千的丟下一兩銀子。「讓他說。」

半瞎之人張嘴就咬了咬銀子，笑道：「你們兩位誰先來？」

「我先吧。」喬喜兒把手伸給他，就見他摸了半天，正當秦旭要發作時，他突然捋鬍子笑。

「妳呀，還真是個先苦後甜的人，小時候愛生病，受流言蜚語困擾，在閻王面前也走過一遭。但俗話說得好，大難不死必有後福，姑娘妳聰明伶俐，一定會在這裡闖出屬於妳的一片天地，還會是很多人的貴人。」

喬喜兒聽得迷迷糊糊的，但總感覺他說的好多都對上號了，又納悶的問：「什麼叫我會在這裡闖出一片天呢？」

「姑娘並不是這裡的人，另含金手指，再加上您的聰慧睿智，不管是哪個男人娶了妳，他的命運都會變得與眾不同，尤其是那種本身就有天命的人，更是不同凡響。」

秦旭原本不把這個老頭放在眼裡，後面聽著聽著，深邃的眼珠子滾動著深沈。

那個人說喬喜兒不是這裡的人，難不成是一抹孤魂野鬼？

想想她從開始到現在的變化，就像是完全不同的兩個人，有這個可能，但這也太荒謬了。

「好了，這位姑娘的命運我已經大概說得差不多了，接下來就要給這位公子算一算。」神算子示意他坐下來，伸出手來。

秦旭深邃的眼眸一下便清明起來了，他抗拒道：「喜兒，算了，我還是不算了。」邊說邊拉著喬喜兒就要走，身後傳來半瞎子的說話聲。

「公子，還請留步，就耽誤您一點點的時間，說不定會解開你心中的迷惑呢。」

喬喜兒原本還覺得這個半瞎老人是裝神弄鬼，但後面聽他對自己說的那番話，不由得驚訝，暗暗佩服。看來江湖中還是有高手的，就憑能算出她不是這裡的人，那就證明這個人不簡單呢。

「秦旭，就讓他算一算吧，反正咱們也不趕時間。」

秦旭這才勉為其難。「好吧。」

「那老先生，你給看看。」喬喜兒按著秦旭坐下，又抓著他的手遞給半瞎子。

他捋著鬍子哈哈大笑。「公子，果然是對這位姑娘情深義重，得此媳婦得天下。但成也蕭何，敗也蕭何，此女也是你以後人生中的一個大障礙。」

這話喬喜兒就不愛聽了。「你什麼意思？什麼叫我是他人生中的阻礙？」

半瞎子搖搖頭道：「天機不可洩漏，到時你們就知道了，有時愛情跟霸業是不可兼得的。」

「你這說了不等於沒說嗎？」喬喜兒氣惱，這一兩銀子到底花得值不值呢？

只見秦旭把她拉走了。

「別聽他胡說八道，媳婦兒，不管怎麼樣我都不會離開妳的，妳就是我生命中最重要的人。」

「行啦，這句話你今天都說了好幾遍了，我相信你就行了。」

兩人正在笑著，就見到算命先生的攤位，來了一個人，仔細一瞧，那不是喬珠兒嗎？她身後的丫鬟討好道：「夫人您是要算命嗎？」

喬珠兒瞇著眼睛，亮亮的。「聽說鎮上來了一位神算子，眼睛半瞎，仙風道骨，想必就是這位高人了。他有個規矩，若是有緣人，分文不取；若是遇到投緣的人，只取一兩銀子；但若是那些不合他眼緣的人，不管出多少錢，他都不願意算。」

喬喜兒聽這說辭挺有趣的，看來喬珠兒懂得還挺多的，她拉了一下秦旭的衣裳，拉他湊在角落裡看一下熱鬧。

就聽那丫鬟道：「夫人，這聽起來是挺有趣的。」

小丫鬟見狀拍了一下那桌子，對那神算子道：「這位先生，麻煩給我家夫人算一卦。」

半瞎之人看了一下喬珠兒，搖搖頭道：「不好意思，這位夫人，妳我並不投緣，還請另找高人吧。」

喬珠兒又驚又訝，惱怒道：「你居然不給我算？你可知道我是出了名的福星，之前就有算命先生給我算了一卦，說不管是誰娶了我，都是福星高照，家庭美滿。給我算是你的福氣，你知不知道我是誰？」

「這位夫人，小人都說不投緣了，您何必為難小的呢？您當初跟誰算的，那您就去找誰，何必跟我較勁？雖然老朽沒看過妳的手相，但看妳這面相，長得是挺妖嬈美麗，可妳的性格過於尖酸刻薄，很多原本不是妳的福氣，妳硬搶過來，終究也會隨風而去，望夫人好自為之。」

「你胡說八道什麼？什麼神算子，我看你根本就是騙人的，我非砸了你的招牌不可！」

喬珠兒憤憤說著，正要把那桌子推倒在地時，就見喬喜兒衝了過來。

「堂姊，妳衝著老人家發什麼火？妳對得起妳縣令夫人的稱號嗎？他說妳福氣不好，八成是妳福氣用完了唄，那妳還不多做做好事，還在這裡消耗妳的福氣？」

「喬喜兒，又是妳，妳怎麼還沒走？妳哪兒冒出來的，要妳多管閒事！」

喬珠兒惱怒不已，還是一副誓不甘休的樣子，就見喬喜兒扯著嗓子喊起來。「大家快來看啊，縣令夫人要欺負小老百姓啦，大家快過來看啊！」

她這一喊，路過的行人三三兩兩的就圍了過來。

眼看著聚集的人越來越多，喬珠兒臉色一僵，手指著喬喜兒，冷冷道：「算妳狠，這筆帳我算妳頭上了。」

「堂姊，慢走呀。」

等成功的把這人轟走以後，那個半瞎之人，聲音有些哽咽。「多謝小娘子解圍。」

「不用客氣，看在你剛才說好話的分上，我聽著也愛聽，就順手幫你一個忙了。」

老人聽了笑了笑，理了理鬍子。「看妳這麼講義氣的分上，我就再送妳一句話。」

「什麼？」

「姑娘是個有福之人，不忘初心，就會永久的大富大貴。」

秦旭聽著神算子的話，心裡很不得勁，拉著喬喜兒的手就走了。

這一場算命，兩人都各有心思，似乎都還沒有回過神來。

買好了東西，秦旭趕著牛車帶著喬喜兒出了鎮，途中突然想起了什麼，他停下來問道：「喜兒，妳要買一點香囊用料嗎？比如布疋、藥材之類的。」

「嗯，這個不用，家裡還有。」

秦旭眸光狐疑，他裡裡外外找過，家裡的藥材根本就所剩無幾了，怎麼能做那麼多的香囊？蠟燭和那些瓷瓶子，倒是見她買了一些。

只不過所謂的香薰蠟燭、香薰精油又是怎麼做出來的？

秦旭不免想起算命先生說過的話，說她不是這裡的人、有什麼金手指？以前不曾注意的小細節，現在想起更覺得像是一個謎。

回家後的這幾天，秦旭特意觀察喬喜兒，看她兩、三天就做出了一瓶精油跟一些香薰蠟燭。

但期間並沒有看她去鎮上，或者託人帶什麼東西，他非常好奇，難不成喬喜兒是憑空變出這些的嗎？

「喜兒，妳在屋裡嗎？我要進來了。」秦旭發現她很喜歡鑽房間裡，一個時辰都不出來的。

沒聽見回應，他敲敲門進去一看，發現房裡居然沒人。

他不由得狐疑，明明看到她進來了，也沒有出來過，那人去哪兒了？他又看了看房外。

這時的喬喜兒正在空間裡製作精油，聽到外面有人呼喊，趕緊把做好的一部分東西以及香料裝進布袋裡扛了出來，一出來就將布袋丟在桌上，一轉身就對上一張好奇的俊臉。

她不解的問：「秦旭，大白天的你在這兒做什麼？」

家裡房子還在翻修，他不去幫忙，在這兒晃悠啥呢？

秦旭想起那個算命先生的話，越想越心驚。

剛才明明看到桌上沒東西的，這會兒憑空冒出了個布袋，他上前打開一看，裡面裝有精油、香薰蠟燭以及香料，他抬眸看著喬喜兒，跟看妖怪一樣。

「這些東西是怎麼冒出來的？」

「你好端端的翻我袋子做什麼？還有什麼叫冒出來？是我放在這裡的。」喬喜兒不解道。

「喜兒，妳好好的看著我，妳是不是有什麼事瞞著我？」他的大手禁錮住她的腦袋。四目相對，喬喜兒有些慌亂。「秦旭，你到底怎麼了呀？」

這幾天就發現他很奇怪，可以說是那天從鎮上回來，聽了那算命先生的話之後，他好像就變得疑神疑鬼。

「喜兒，我剛進來看到屋裡是沒人的，為何一呼喚，妳就出現了呢？還有這些東西剛剛是沒有的，現在怎麼就憑空出現了？」秦旭非常嚴肅的問，深邃的目光盯著她，好像要把她解剖了一樣。

「哪有，你是不是眼花了？我一直在這兒啊。」喬喜兒開始慌亂，難不成自己的金手指已經暴露了？

「喜兒，妳我是夫妻，有什麼事不能交代的？現在是我發現，還沒什麼，萬一被別人發現，人家指不定把妳當妖怪。」秦旭神情凝重。

「什麼妖怪？我可是活生生的人。」喬喜兒噘著嘴，不滿的辯解。

「我一直都不相信有什麼還魂之術，但我越想越心驚，我剛認識的妳，跟現在的妳完全是兩個不同的人。還有一些可疑的地方，比如說那些香囊需要很多藥材，我也沒有見妳經常採藥，也沒見妳去鎮上的藥鋪進貨。喜兒，妳身上到底藏有什麼秘密？」秦旭的大手放在她的肩膀上，都快將她搖暈了。

喬喜兒不由讚嘆，這個男人太聰明了，想隱瞞他根本不太可能，既然被他發現了，那就索性說出來，免得她每天做點事還得偷偷摸摸的。

「好，既然你想知道，那我就告訴你，但你一定要保密。」喬喜兒不知道他是不是值得信賴的人，但看他的眼神是那麼的真誠，便決定賭一把。

「妳放心，就算有人把刀架在我的脖子上，我也不會說的。」秦旭十分硬漢道。

喬喜兒醞釀了一番說辭，娓娓道來。「其實我在夢中得了個寶物，你看我手腕上的這個手鐲，上面有個福袋圖案，每次我按著它時，憑藉意念就會進入一個虛擬空間，裡面有幾塊神奇的寶地，不管什麼東西種上去都會快速成長，翻幾倍的收穫。還有一個木箱，可以隨著我心裡的想法變出藥材來，還有一口井，裡面霧氣飄渺裝了靈泉水，喝了能美顏養膚，延年益壽。這寶物我也不知為何會在我身上，我隱約記得是夢裡的神仙送給我的。」

古代人迷信鬼神一說，也喜歡求神拜佛保平安，秦旭聽她這麼一說，半信半疑，但喬喜兒能對他坦白，就證明自己在她心目中的地位十分重要，他不由得滿心歡喜。

「喜兒，我能去妳說的那個地方看一下嗎？」

「我試一下，看可不可以。」喬喜兒說著便拉住他的手，按動手鐲上的圖案，心裡意念了半天，但都沒有進去，心想這空間奇怪了，失靈了嗎？還是說外人是進不去的？

「不好意思啊，這個神奇的地方好像只認我一個主人，我暫時沒辦法帶你進去。我跟你說的話你信也可以，不信也隨你。」

「喜兒，謝謝妳信任我，告訴我這麼多。我自然是相信妳的，妳放心，這件事只有我知、妳知，不會再有第三個人知道。」秦旭拍著胸膛保證。

喬喜兒點點頭。「好，我相信你。秦旭你好聰明，能猜得到這些，我連我姊姊哥哥都沒有告訴呢。」

秦旭聽了這話，又是震撼，又是笑笑。

因為這件事，兩人的關係更加親密了一些。

第十四章

一個月後，喬家的新屋總算建好了，以前搖搖晃晃的茅草屋，搖身一變，成了灰瓦白牆的瓦片房，占地面積也比之前多了一圈，加上用圍牆圍了起來，十分氣派。

除了喬松那邊的房子單獨有灶房、堂屋，跟其他幾間屋子隔著一條小道，另外的幾間屋子都是連在一塊兒的。院子裡，除了牛棚，多了一塊地可以種藥材，還挖了一口井，這比從前不知方便了多少。

喬喜兒分幾次從空間裡帶來一些藥草，一株株的種在空地上，再澆了一點靈泉水，生長速度雖比不上在空間裡的，但也比正常的要快很多。

「喜兒，妳這些藥草都是妳那裡面帶出來的嗎？」秦旭問道。

「對啊，裡面帶出來的藥草，生長速度比一般藥草要快，反正這個院子那麼大，不種點東西也可惜了。」

「來，我幫妳挖土。」

「好呀。」喬喜兒爽快道。

只見他一鋤頭下去，一塊塊泥土就有了一個一個的坑，她把藥草連根放進去，又適當的澆了一點靈泉水。

這水就是神奇，前兩天種下的那些藥草已經長高了一大截，兩人配合著將這塊地種滿了。

接下來的兩天，喬家都在打掃布置新屋，幔帳跟窗簾全都換成輕紗般的，家裡的木製品，木桌、凳子、衣櫃，基本都是出自於喬松之手。

他的腳已經能下地了，雖然短時間不能走太久的路，但應付日常一般走動已經沒問題。喬家人也沒有多想，只覺得是喬喜兒請的那個神醫比較厲害，只有秦旭知道，這丫頭全靠金手指，也太神奇了。

其間，在鎮上擺攤的何宇來喬家拉過三次貨，一次比一次的數量拿得多，香薰蠟燭跟香薰精油賣得都很好。

香薰蠟燭產量挺高，賣得也好，畢竟鎮上不缺錢的人家多，晚上反正都是要用蠟燭的，為什麼不用好一些的呢？用香薰蠟燭能淨化空氣還能驅蚊，用習慣了也就不想換了。

唯有精油，那真的是限量產，十分金貴，喬喜兒竭盡全力，幾天才能出一瓶，一個月也才十來瓶，每次都不夠賣，一到了鎮上就會被一搶而空，這也導致一瓶的價格都快炒到一兩了。

喬喜兒掙得盆滿缽滿，連帶何宇也吃香喝辣。

他攢了一些錢，就近租了一個鋪子，還把家裡的妹妹以及老母親喊來幫忙，一時間生意紅紅火火的，忙碌得不行。

何宇把本鎮的攤位都包攬了，就連隔壁鎮的那些小販，都被他拉攏了不少專門賣香囊的。

這賣的人多，需求量就高，因此喬喜兒是喊了大半個村的村婦幫忙做香囊，不僅如此，連隔壁村的婦人也爭先搶著做，一時間喬家在十里八鄉名聲赫赫，無人不曉。

尤其是喬家的新房，在村裡老扎眼了，路過的村民誰不羨慕得多看幾眼，不過他們也不惱，有了做香囊這門手藝活，他們的日子也改善了不少，大多數人對喬家都投以感激之情。

唯有張翠目睹著他們這一個月來的變化，越發的恨之入骨，想著明華酒樓的明公子幾次三番的有意拉攏喬喜兒，可這小賤人就是不給面子，如此不識抬舉，也是時候給她點教訓了。

這一日，何宇來到喬家拿貨，正將一麻袋的東西往牛車上搬，他搬了那麼多回，力氣也大了許多。

何宇道：「東家，香薰蠟燭很多人喜歡，比香囊還好賣，之後可以多備一些。」

他現在開了鋪子，後院連著非常大的倉庫，每次把這裡的貨運去鎮上，沒幾天就被各個小販給分完了，速度快得令人咋舌。

喬喜兒點頭。「好好，我知道了。」

她知道鎮上的情況，因為香薰蠟燭比較常用，自然搶手，像香囊的話，一個可以用好幾年了。

「我每天都會出量，你隔幾天來拿就成。」喬喜兒又道。現在喬家忙得不行，她還特意找了幾個靠譜的村婦來家裡幫忙，比如王秀嫂子的一家人，都在幫忙做香薰蠟燭。

何宇點頭。「行，那我就五、六天來拿一次貨。」

他駕著牛車準備走時，又塞給了她一封信。「對了東家，有個大買賣，是鎮外的一個商人，他在茶館晃悠了好幾天，說想親自跟妳談談生意，要我來拿貨時跟妳說一聲，他隨時在茶館等著。」

喬喜兒打開信看了看，就是一個外地的貨行想要訂貨云云。「談生意行，你現在要去鎮上吧？捎帶我一程。」

「好，沒問題。」

何宇駕著牛車往鎮上趕，心想著喬喜兒可真是有能耐，生意越做越大，現在附近幾個鎮上有誰不知道她名字的呢？有人想跟她談生意也是很正常的。

到了約定的茶館，何宇便停下了牛車。「東家，就是這一家茶館。」

「好，你先回去忙你的。」

等何宇回去後，喬喜兒便踏進茶館，跟夥計報了一個暗號，就被領進了一個雅間。

她敲了敲門，聽到一聲進來後，便推門而入。

只見一位公子坐在桌前，相貌平平，穿著卻十分華貴，他慢條斯理的品著茶，姿態悠間。

等看清了他的面容，喬喜兒十分詫異。「怎麼是你？」

這人不是別人，正是明華酒樓的東家明遠華。

明遠華沒有回答她，只是客氣地道：「來了，請坐。」

桌上擺滿了乾果、糕點、茶水，還有一瓶香醇的美酒。

「你找我何事？」喬喜兒在他對面坐下，一臉戒備。

沒想到故弄玄虛了半天，透過何宇給她帶信的人，居然是這個男人，看來他沒少關注她的行程，才會知道可以利用何宇送信。

「喬喜兒，我之前跟妳說過的，想要跟妳合作的事，妳考慮得怎麼樣了？」

喬喜兒搖頭。「不好意思，我跟明月酒樓是有協議的，我的點子賣給了他，就不能再賣給別人，況且我也不想再找第二個東家，所以我跟你絕對沒有合作的可能。」

跟人合作生意就是要看人品，這明遠華的人品不行，傻子才跟他合作。

「這就拒絕我了，喬喜兒，妳要不要再考慮一下？」這是明遠華第三次碰了釘子。

他有些憤怒，在他看來，他這樣的貴公子能跟村姑搭話是給她臉，結果她卻給臉不要臉。

「沒什麼好考慮的，就這樣，各憑本事掙錢。明公子若沒別的事，那我就先走了。」

「等一下。」明遠華手指輕點了一下桌面。「既然咱們都是商人，以後有交集的地方肯定還會有，這買賣不成仁義在，交個朋友也挺好的。」

喬喜兒驚訝他的殷勤，這男人使計騙她過來，又對她這麼殷勤，細小的眼睛裡帶著若有似無的算計，到底在搞什麼鬼？她頓時來了好奇，就在此時，突然看見門口有一抹裙襬晃過。

外面有人偷聽？這個顏色，她有些眼熟，是杏色的，好像張翠今兒個穿的就是杏色裙子。

喬喜兒不急著走了，就坐在座位上，含笑的看著他。「明公子說得極是。」

明遠華笑了。「妳也算是個奇女子，明白多個朋友多條路好走的道理。這樣，我們乾了這杯酒，算是交個朋友，以前那些不痛快，就隨著這杯酒煙消雲散。」

喬喜兒笑了笑。「好，明公子既然這麼痛快，那我就先乾為敬。」

她痛快的一飲而盡，還把酒杯翻轉過來，明遠華瞧著，嘴角勾起一抹冷笑，暗暗的計算時間。

十、九、八……

他數到一時都沒見喬喜兒有所反應，漸漸有些坐不住了，怎麼會這樣？

明遠華原本一心想拉攏喬喜兒這個人才為他所用，但是喬喜兒多次拒絕，在張翠的助力下，他心生一計，決定不能為他所用，不如乾脆毀掉她，讓她成為他的人！

可奇怪了，他明明在酒裡加了藥的，怎麼會沒反應？難道忘記加了，不太可能吧，他可是親自加進酒壺裡的，難道買到了假藥？

喬喜兒若無其事地道：「明公子，我已經飲盡，你怎麼還不飲呢？是不是看不起我？」

「妳說笑了，行行，我這就喝。」明遠華看看自己的酒後一口飲盡，舉了舉空酒杯，以示誠意。

喬喜兒意味深長的看著他，這男人，不知道她有金手指，再加上作為一名醫生、又受中藥世家的薰陶，她對藥物非常敏感，端起那杯酒時，就知道裡面的氣味非比尋常。且空間裡時不時出現一些珍稀藥，像那種百毒不侵的藥她就吃過好幾顆了，因此不管喝什麼都不起作用。

很快的，明遠華就感覺渾身不對勁，臉色有些發紅，整個人都晃晃悠悠的。

喬喜兒連忙起身快速的衝到門口，將外頭偷聽的女子一把攥住胳膊。「我還以為是誰呢，原來是張翠姑娘呀。」

張翠不由得掙扎起來，看她一點症狀都沒有，忍不住結巴。「妳、妳……」

「我什麼我？張翠姑娘，若我沒猜錯的話，是你們兩個合夥在算計我吧？小小年紀，就知道幹這種下作事，我真是小瞧妳了。」喬喜兒冷冷嘲諷。

「妳說什麼？我不明白妳在說什麼。」張翠驚慌失措的退後一步，想要離開，卻不想喬喜兒的力氣挺大的。

「我就說，誰能這麼瞭解我的出入行蹤，原來是妳在通風報信，我若不回敬一下，豈不是浪費妳的一番深情？」

「妳想做什麼？我警告妳，別亂來。」張翠看著屋裡那個渾身發紅的男人，知道他的藥效肯定是發作了，她想要逃，卻被喬喜兒狠狠推到了屋裡。

張翠沒有設防，站立不穩，直接撞在明遠華的身上，這一碰撞就像冰與火的交會，她低呼了一聲，慌忙爬起來，剛碰到了明遠華的肌膚，燙得驚人。

她臉色蒼白地想要跑出來，喬喜兒一把將門給關了，隔著門喊道：「你們兩個小人，就好好享受你們親自布置的鴻門宴吧，不用太感謝我。」

說著她把門拉緊，不管張翠在裡面怎麼拍門都不理她。這兩個人真的太可惡了，要給他們一些教訓才行。夥計應該聽到拍門聲了，就讓夥計來救他們吧！

她不管，索性直接跑了。

從雅間裡漸漸傳出了動靜，有衣服撕裂的聲音還有隱隱約約的痛苦哭泣聲，但喧鬧了半天都沒有夥計上來，因為早已被特別交代過了。

喬喜兒離開了茶館，路過明華酒樓時，不免起了壞心思，給明玉鳳傳了個口信，說秦旭在某茶館喝茶，讓她過去一趟。

魚兒很快上鉤了，看著某個身影雀躍的奔出去時，喬喜兒暗笑，她這是利用了一把秦旭嗎？

不過沒關係，目的達到就可以了。

她想著，現在夥計應該已經開門救出張翠了吧，等明玉鳳趕過去，看到自家兄長那副自己給自己下藥的狼狽樣，可真是精彩絕倫。

喬喜兒在路上走到一半，就見秦旭趕著牛車，神色匆匆的在四處尋找她，她喊了一聲。「秦旭，你怎麼在這兒？」

秦旭滿大街的找，看到她後不免鬆了一口氣。「喜兒，我擔心妳，我聽說妳來了鎮上，就趕過來看一下。」

「好了，我沒事。你放心，我會保護好自己的。」

兩人正在路上說話，卻不想被明玉鳳給看到了，她驚喜連連。「秦大哥，你怎麼在街上呢？你不是說在茶館嗎？」

「喔，對了，茶館。」喬喜兒好笑的看了秦旭一眼。「你趕了這麼久的路，一定口渴了吧？來，我請你喝杯茶。」

邊說邊將他往茶館裡帶，秦旭看著她笑得跟狐狸似的，就知道她在打什麼鬼主意，也不點破，配合她去了茶館，明玉鳳看到心上人根本就挪不動腳，自然也跟著去了。

三人來到茶館，剛找到位子坐下，還沒有喊店小二，就聽見二樓的雅間傳來淒厲的一聲尖叫，啊的一聲，這刺耳的聲音劃破雲霄，震驚了所有人的耳朵。

喬喜兒一愣，聽得出來，這是張翠的聲音。她還在那雅間裡？

「發生什麼事了？該不會出人命吧？」客人們紛紛議論，驚恐的往外跑。

倒是秦旭一聽不對勁，率先往樓上的雅間衝，如果真出了什麼命案，他還來得及擒拿凶手，卻不想推開雅間，卻看到裡面有兩個衣衫不整的人。

張翠得了空，張嘴狠狠的咬住明遠華的手。

明遠華吃痛的甩了她一巴掌。「發什麼瘋！不過是一個村姑，還真把自己當千金小姐了，妳以為老子願意嗎？要不是我喝了這個藥，才不會找妳。」

明遠華一邊罵罵咧咧，一邊還想著奇怪了，喬喜兒明明喝了酒，為什麼她沒事？真是見鬼了。

像喬喜兒那樣的姿色，他還有點興趣，可輪不到張翠，他府裡的幾個通房丫鬟都比她的容貌好。再加上她這種性格，惹上她，他覺得以後肯定不太平了，不由得煩起來了。

張翠裹著自己破爛的衣服，哭得很淒慘，剛才他正在興頭上，她怎麼喊怎麼掙扎都沒用，現在她是有了力氣，可已經來不及了。

就在她哭得唏哩嘩啦時，突然感覺有道異樣的目光冷冷看著她。張翠抬頭發現竟然是秦旭，他身後站著喬喜兒，兩人都看著她。

張翠這時已顧不得自己會不會春光外洩，憤怒的衝上前就要打喬喜兒。「妳這個賤人，我跟妳拚了！妳竟然算計我！」

她還沒靠近，就被秦旭一把推開，張翠身子一軟，跌坐在地上，更是嚎啕大哭起來。

秦旭卻顧不得許多，拉著喬喜兒的手來到一邊，將她上下打量了一遍，十分緊張道：

「喜兒，妳沒事吧，這到底是怎麼一回事？」

「我沒事，你看我不是好端端的嗎？」喬喜兒說著，就將發生的事兒一五一十的告訴了他。

秦旭蹙眉，臉色也深沈了幾分。

「還好妳有百毒不侵的體質。」

一想到張翠的下場如果換成喬喜兒，他一定會發瘋的，一定會毀了整個明華酒樓。

「我沒事，只不過，我沒想到他們真的會……」

秦旭有些後怕的抓著她的手，還好他家的小媳婦不是一般的女人。

「他們是自食其果，心眼這麼壞，兩個人一起算計妳。」秦旭憤憤道。

喬喜兒一聽確實是這個道理，一個女人在眾目睽睽下失了貞潔，除了嫁給這個男人還有別的方法嗎？這個男人如果肯娶她，還好；若是不娶的話，恐怕她便沒臉活在這個世界上了。

「秦旭，我們回去吧。」

「好，但妳要答應我，以後這種事，不要一個人出來。」

「好。」

喬喜兒笑了笑，心裡十分甜蜜，跟著秦旭一起回去了。

他們是回去了，但明玉鳳在現場，眼睛都快冒出火了。
看著慌忙穿戴衣服的明遠華，她惡狠狠道：「我警告你，把你這些破事處理乾淨，不要讓人鬧到府上去。」
張翠哭著在明玉鳳面前跪下。「明小姐，請一定要為我作主，我是被人陷害的，都怪喬喜兒啊！」
明玉鳳狠狠的瞪著她，想著自己還真是高看了她，還以為她是一把鋒利的刀，可以對付喬喜兒。現下看她這副模樣，她不免嗤之以鼻。「就妳這點手段，真是太讓我失望了。」
「明小姐，我的清白已被妳哥給毀了，我以後可怎麼辦啊？」
明玉鳳指著明遠華鼻子，話是對她說的。「妳放心，這是他惹出來的事，他會收拾的，大不了把妳娶進府唄，多妳一個人只是多一口飯罷了。」
張翠聽到這話簡直要暈過去了，可除了嫁給他，還能有什麼辦法？這可真是偷雞不著蝕把米，想到喬喜兒卻輕飄飄的抽身，心中的恨意如滔滔江水。
張翠收拾了一身狼狽，灰溜溜的回到村子裡，張母眼尖的發現了她的異常。
「怎麼了閨女？」
看她衣衫有些不整，透過衣領往下看，還能看到裡面的瘀青，張母心中一個激靈，像是想到了什麼，扳著她的肩膀，厲聲質問道：「翠兒，妳到底發生了什麼事？妳趕緊說說啊！」

張翠面如死灰，哪裡還說得出話來，她一個勁兒的衝向灶房。她要燒一鍋熱水，洗去身上的污穢。

這樣反常的舉動，驚得張母臉色都蒼白了。「到底怎麼回事？妳倒是說話啊！今兒個又不見妳人影，妳跑去鎮上了？」

張母又開始了碎碎唸，這孩子經常往鎮上跑，也沒見她撈到一個夫婿，真是愁死她了。

張翠聽得心煩意亂，繃著臉，怒氣騰騰道：「別再說了，我已經被人糟蹋了，妳滿意了吧？這下也嫁不出去了！」

「妳說什麼?!」張母氣得一巴掌揮了下去，將她半張臉都搧腫了。她發狂似的晃著她的胳膊道：「是誰？是誰幹的？快說！」

王秀嫂子正好經過外頭，聽到張家屋裡傳出打罵聲，身後的婦人開始議論紛紛。

「怎麼回事啊？張翠怎麼說自己被糟蹋了？看她娘氣得臉紅脖子粗的，我要是生了這樣的閨女，跟別的男人在外面亂來，還惦記著別人的相公，還不如淹死她算了。」

「她娘不是急著想把她嫁出去嗎？這下如她願了，都不是清白身了，對方肯定會負責的。」

幾個婦人正笑著，就聽見屋裡又傳出張母氣壞了的叫罵聲，還拿起棍子狠狠的打女兒。

「妳這混帳東西，我真是白養妳了，為妳談的好親事妳不要，現在把自己搞成這副模樣，可怎麼辦？」

張翠也十分火大，明明是算計喬喜兒的，沒想到卻把自己給搭上。

她頂著一身狼狽，怒氣滔天。「妳以為我願意，都是喬喜兒，是她害我的！」

張母都快氣暈了，這個臭丫頭也不知是怎麼養大的，她如果不去鎮上，喬喜兒還能把她綁去鎮上不成？

「都是妳爹害的，妳爹太寵妳了，任由妳胡來，我早就跟妳說了，不要招惹喬喜兒，人家他們夫妻好好的，妳為什麼要插一腳？」

張翠聲音冷冷。「是，現在我沒資格惦記他了，妳滿意了吧？妳這樣嚷嚷著，是想全村人都知道嗎？妳一直都想讓我嫁出去，現在可要看明遠華的意思了，他若不娶我，我唯有死路一條！」

張翠氣呼呼的說完，也顧不得燒水了，人就跑回房將門鎖住，在裡面瘋狂的砸東西，一邊砸一邊罵。「喬喜兒，我跟妳勢不兩立，妳這個賤人……賤人，我跟妳沒完！」

這麼大的動靜，更惹得附近路過的村民議論紛紛，直到張母從屋子裡走出來瞪著他們，他們才噤聲，識相地作鳥獸散。

這村裡是藏不住事的，張家發生的醜聞經過這些村婦的嘴巴加工後，馬上以非常快的速度傳得不像樣了，喬蓮兒聽到了一些消息，只覺得頭皮發麻。

她關心的問著喬喜兒。「妹妹，今天妳去鎮上到底發生什麼事了？」

「也沒什麼，是某些人設計想害我，結果引火焚身自作自受……」喬喜兒將今日發生的事，言簡意賅的告訴她。

喬蓮兒得知張翠居然有這種惡毒心思，氣得渾身發抖。「太過分了！她怎麼可以這樣做，我要去找她算帳。」

若不是妹妹機靈逃脫，換成她這樣的肯定會遭殃，這實在是太可怕了。

喬喜兒拉住了她，看著姊姊為自己出頭十分感激。「算了姊姊，我也沒受什麼傷害，但她現在是身敗名裂。」

「妳呀，以後不要貿然行事，不是次次都這麼好運的，若是見什麼可疑之人可疑之事，記得帶上秦旭。」

秦旭剛好走過房外，聽到喬蓮兒喚他的名字，便走進來。「二姊有何吩咐？」

喬蓮兒道：「妹夫，我可是把妹妹交給你了，你一定要負責好她的安全，不要讓她被人欺負了去，要不然我跟你沒完。」

秦旭眸光幽深，點點頭。「放心吧，二姊，誰敢動喜兒就是要我的命，我絕不會放過。」

「行，有你這句話我便放心了。」喬蓮兒說著，將幾床新被子搬出來。「喜兒，家裡都打掃好了，妳那房間也全都布置好了，看看還有什麼缺的儘管說，今晚你們可以睡新房了。」

「我知道了，二姊。」喬喜兒一想到今晚就要跟秦旭同床共枕，蹙著眉頭有些發愁，而某些人目光灼灼還挺期待的。

日落西山後，在地裡幹活的喬石回來了。大老遠就能看到自家房子是鶴立雞群的所在，近看更加氣派。

站在院子裡，看著幾間敞亮的瓦片房、生機勃勃的藥材地、乾淨的牛棚，喬家的一景一物都是他們一家人齊心掙來的，不過眼前的一切，還是讓喬石有些恍然如夢，真沒想到有一天他能住上這麼好的房子。

方菊看著喬石放下鋤頭，跺腳上的泥巴，頻頻打量著新房，熱淚盈眶。她也不由嘆道：「話說咱們家的喜兒可真能幹，我以前可沒想到閨女這麼能掙錢，這才幾個月，咱們居然能住這麼好的房子。」

喬石笑了笑。「我發現了，秦旭這孩子旺媳婦，自從他來到咱家，日子就越來越好了，現在看到他們兩夫妻這麼甜蜜，我就放心了。」

方菊欣慰的笑笑。「確實，這變化還挺大的，小倆口感情好，我們也放心。」

都是過來人，從他們的一舉一動就能看得出是否親密。他們也沒有別的要求，只要一家人團團圓圓，幸福美滿就好。

喬石看了看堂屋裡幾個忙碌的身影，又問：「家裡的臥房全都布置好了吧？今晚不用擠在一塊兒了吧？」

方菊面色隱隱透著激動。「都弄好了，幔帳全部都換成輕紗的，棉被也都是翻新的，家裡的衣櫃、木床、桌椅全都是喬松跟他的同門一起打造的。」

喬石點了點頭，說起喬松的腿，也是感慨萬分。

「還是喜兒有本事，找了個神醫把松兒的腿治好了，我看他每天忙進忙出的，幹著喜歡的木活，心裡別提有多欣慰了。」

「是啊，如果松兒能再娶一個姑娘成家就更好了。」

「這件事急不得，他能振作起來，這比什麼都好。」

「說得也是。」

方菊還是挺想兒女成家的，喬松跟喬蓮兒都是孤家寡人，唯有喬喜兒跟秦旭情意綿綿，希望他們兩人能儘快的開花結果，她想抱孫子了。

喬喜兒跟姊姊一起將飯菜端了出來，她拿著筷子站在門口，聽著爹娘的談話，不由得計上心頭。

是啊，該給大哥安排相親了，就衝著喬家這房子，衝著她大哥這樣貌和能幹的勁，哪個姑娘嫁進來都是享福的。繡香囊的那些姑娘中就有好幾個在刻意討好她，還變著法子問她大哥的消息。

她也都跟喬松說了，可大哥興趣缺缺，看來還沒有從上一段感情中走出來。至於姊姊，也沒有找到合適的。

她跟秦旭的感情倒是突飛猛進，親暱成了日常。她也想著幫哥哥姊姊，總不能光她一個人幸福呀。

晚飯喬家人聚在一起，坐在這敞亮的屋裡吃飯、聊天，每個人臉上都洋溢著笑意。

果然，不管在哪裡，銀錢都是能改善生活的利器。

睡前，喬喜兒跟往常一樣洗漱了一番，慢悠悠的進了屋裡，誰知秦旭已經躺在了床上。見她進來了，他忙坐起身來，深邃的眸子，幽深的看著她。

「你、你怎麼睡這兒呢？」喬喜兒邊說，邊走到床頭去拿那一張蓆子。

以前秦旭都是睡在地上的蓆子，現在也應當不例外，可誰知她剛觸摸到蓆子，胳膊就被他給攥住了，他用力一扯，喬喜兒沒有防備，硬生生的倒在他胸膛上。

剛反應過來，視線一陣天旋地轉，原本在上面的喬喜兒已經被壓下。

感受到他結實的胸膛、醇厚的氣息、直勾勾的眼神，她的臉頰不由得熱了起來。

「別鬧，快下去。」喬喜兒聲音小得跟蚊子一樣。

「喜兒，妳是害羞了嗎？我們是夫妻，是不是該圓房了？」秦旭實在太壓抑了，天天對著美嬌娘只能看不能吃，著實難受。

「可我還沒做好準備。」喬喜兒伸手推他，卻不想雙手被他給按住。

「喜兒，我們都成親這麼久了，再不圓房，我肯定又要被人懷疑不舉。」

秦旭說這話時，聲音帶著鬱悶。

他明明是一個強壯的男人，卻被喬喜兒給帶偏了，想到這兒，就懲罰似的堵住她的唇，輾轉的吻了起來。這段時間，他也親了她好多次，但從來沒有像這一次，這麼的想要她。

喬喜兒被吻得迷迷糊糊，細碎的聲音飄散了出來。以往只要她喊停，秦旭就會鬆手的，可這一次，他變本加厲的從下巴吻到脖頸，再到耳朵，她的皮膚都起了一粒粒雞皮疙瘩。

「秦旭，你別這樣。」喬喜兒難受的拱起了身子，再這樣下去她就要失守了。

「喜兒，我是真的喜歡妳，想跟妳做真夫妻，想要照顧妳一輩子。」

「可是……」喬喜兒剛說了兩個字，唇再次被堵上，所有的聲音都淹沒了，他越發的瘋狂起來。

她的意識開始模糊，等反應過來後，發現身上傳來涼意，不知什麼時候，已不著寸縷。正當她以為兩人要合二為一時，她感覺身上有些黏糊糊，她伸手一觸摸，發現有血。

喬喜兒不由得俏臉通紅，她來月事了，算時間，還有幾天才到呢，怎麼就提前了？

秦旭也感受到她的異常，啞著聲音問：「喜兒，怎麼了？」

喬喜兒的臉燙得厲害，要不是在夜色的掩蓋下，還真的是無地自容。

「我……我來月事了。」

這句話就像一盆涼水一般，兜頭澆向秦旭，讓他滿腔的火焰全都熄滅了。

他倒吸一口氣，只能擁她入懷。「好，睡覺了。」

心裡卻不由得嘆息，這想吃掉她的願望，也不知什麼時候才能實現。

經過昨晚的窘迫事件後，次日清晨，喬喜兒看到身旁早就沒有那抹高大身影，不免鬆了口氣。

真是太尷尬了。

她起來洗漱一番，吃了鍋裡熱的小米粥後，看了一眼院子，就見方菊坐在水井旁洗衣裳。水井旁還連著一個洗衣槽，平日裡洗衣裳洗菜什麼的方便極了，再也不用跟村民搶占資源，排著隊打水了。

「喜兒，妳起來了呀？」

「嗯，娘，秦旭呢？」

「他呀，去山上打獵了，說秋季獵物肥美，想打幾隻野雞給妳補補身子。」方菊說著就神色曖昧的看著她。

昨晚她上茅廁時，聽到他們那邊傳來一點動靜，她想著該不會這兩人已經促成好事了吧？

「又去打獵了？」喬喜兒心想，秦旭這麼強壯的塊頭，確實比較適合上山打獵。不同於以前，他現在都恢復了內力，打獵也是事半功倍。

兩人正聊著天，就見一輛馬車從村門口方向進來，後面跟著好幾個議論的村民。方菊也是個愛湊熱鬧的，見村裡來了陌生馬車，立馬丟下衣服跑過去詢問。「咱們村裡來貴客了嗎？」

「是鎮上來的貴客，聽說是開酒樓的富家公子，要去張家提親。」村民們愛聊八卦，也想跑過去討個好彩頭。真是沒想到，這個張家的人脈真廣，認識那麼多鎮上的富家公子。

「聽說今兒個鎮上來的公子，可有錢了。」

開酒樓的富家公子，聽到這幾個關鍵字，喬喜兒還有什麼不明白的，原來是明華酒樓的明遠華過來提親了。

也滿有意思的，這兩人臭味相投，湊到一塊兒正好，免得禍害別人。

那村婦想要巴結，正好遇到王秀嫂子走過來，聽到這話便笑了起來。

「有啥好羨慕的，妳若是養個閨女，還沒成親就跟人家好上了，也可以試著哭鬧一下進人家的大門。」她十分鄙夷。

村民們見王秀嫂子提起這個，越發的討論偏了。

「是啊，我在鎮上也聽說了，是在一家茶館發生的事兒，這個張翠大白天就跟公子在那兒行雲雨之事，當時好多人都看到了。」

「天哪，這遇到肯負責的還好，若是不負責的，那張家的閨女，豈不是吃了個啞巴虧嗎？」

「可不就是這個理，不過呀，她命好，人家願意娶。」

眾人哄笑起來，由原本的羨慕變成了嘲諷。

喬喜兒會聽八卦，但不參與，她拉過了王秀嫂子。「嫂子，妳來得可真早，今兒個看起來精氣神挺好的，應該能幹很多活兒。」

「那是，要養家餬口，必須多幹活。」

兩人相視一笑，接著又陸陸續續的有幾個村婦來喬家幹活，這些都是喬喜兒精挑細選請來做香薰蠟燭的。

喬家有這些設備，這香薰蠟燭也不像香囊那樣方便，可以拿貨回家縫製，每天的錢都是現結的，多勞多得，村婦們也樂意。

家裡有了人氣，方菊幹活也起勁，這些人聊著聊著，又聊起了張翠。

王秀嫂子看著面前的俏姑娘，不由感慨。「喜兒，這個心術不正的姑娘總算是嫁出去了，妳今後也該放心了，沒人惦記著秦旭。」

喬喜兒心想，掐了一朵桃花，還有另外一朵呢。

「那只是她的一廂情願，我家秦旭可不吃這一套。」喬喜兒道。

王秀嫂子笑了笑。「妳丫還真是不害臊，不過呀，誰都看得出來秦旭把妳捧在了心尖上。話說像妳這麼漂亮又能幹的媳婦，是個男人就會把妳捧在手心裡寵著的。」

其他村婦也附和道：「就是，喜兒太能幹了，真羨慕妳娘，生了妳這麼好的孩子呢，這麼快就住上了瓦房，我們跟在妳後面，就指望著能吃上肉了。」

「妳們別誇喜兒了，我看秦旭也不錯的，那氣質不比鎮上的貴公子差。我剛特意瞄了下那馬車下來的公子，長得可真是一張平淡無奇的臉，跟秦旭一比差遠了。」

喬喜兒驕傲的笑了笑，秦旭太扎眼了，誰都會拿他來對比一下。

面上她還是謙虛。「過日子是要靠自己過的，我也沒有想著跟別人比較，兩夫妻只要同心，日子就會越過越好。」

「是呀，你們這小倆口簡直是神仙眷侶，現在村裡哪個人不羨慕你們家？」

喬喜兒不免沈默，這才幾個月呢，喬家發生了翻天覆地的變化，而村民也從以前的看不起喬家，到現在人人都羨慕的地步，果然不管是哪個年代，金錢都是至上。

這個村實在是太窮了，喬喜兒想著自己的家業越做越大，今後也希望能帶著所有村民發家致富，然後這個模式也可以延續到其他村裡。

等生意做大以後，她還想搞全國連鎖，想做生意的人只要每年出一點加盟費，就可以做他們家的買賣，拿他們家的貨。現在喬家的香料已經遠近聞名，但要做大還得一段時日。

快中午時，那輛貴公子的馬車才晃悠悠的回去了。

村民便傳來了消息，說是貴公子送來了彩禮五十八兩銀子，可謂是他們村有史以來第一份如此高價的彩禮，一般姑娘家嫁人收的彩禮也就是十幾兩銀子，還有些幾兩銀子，超過二十兩的少之又少，這五十八兩可真是村裡的頭一份。一時間，張翠風光無限，人們議論著就忘記她做的那些醜事，畢竟人都是健忘的，只會盯著結果看。

張家可是村裡的首富，既然對外要嫁女兒了，就非常神速的準備嫁妝，看那一箱箱的嫁妝往村裡抬，可是引起了村裡津津樂道的話題，這家底豐厚的，不愧曾當了多年村裡首富。

只不過現在今非昔比，他們家的瓦片房沒有喬家的大氣敞亮，為他們家繡手帕的婦人也越來越少，張家沒辦法，開始從別的村找繡手帕的婦人。而如今喬家的量是越做越大，這樣看來，現在的首富是誰還不一定呢。

自從張翠名花有主後，村裡的媒婆也不打她的主意了，現在喬家才是香餑餑，就連帶著喬蓮兒的身價都暴漲。

這不次日早上，喬喜兒睡得迷迷糊糊時，就聽見堂屋傳來一陣陣說話聲，看樣子是來客人了。她打了個哈欠，偷偷望了一眼，這不看不知道，一看嚇一跳。

堂屋裡，竟坐了三個媒婆。

這個時代的媒婆都挺有特色的，穿得花花綠綠，臉上塗著層厚厚的胭脂水粉，手裡捏著塊花俏的手帕，說話眉飛色舞。

她瞧見方菊是聽得挺認真的，而一旁的喬蓮兒則是興趣缺缺。

幾個媒婆看到喬喜兒的存在，個個眼睛都亮了起來，但一想到她已經招了個上門女婿，眸子又黯淡了不少。

「呀，方菊啊，妳可真是會生，瞧瞧這兩個閨女，如花似玉的，一個比一個水靈，可見妳年輕時就是一個大美人。」

仔細看方菊，雖有些瘦小，但看她的臉盤子、五官的比例，依稀看得出她年輕時的風采。

哪有女人不愛聽讚美的，方菊自然也不例外，她掩著袖子笑。「妳們啊，真是開玩笑了。話說，我這蓮兒的親事，就讓妳們費心了，姑娘是好姑娘，就是以前遇人不淑。如果有合適的，我們願意出一份大的陪嫁。」

喬喜兒瞇了瞇眼睛，在心裡不由得嘆氣。在她看來姊姊這樣的條件，真的很不錯了，人美心善勤快能幹，這一看就是賢妻良母啊，是當家的一把好手，可母親說要給很多陪嫁，無疑是降低了她的身價。

幾個媒婆聽方菊這麼說，自然神采飛揚。她們爭先恐後的拍著方菊的手。「我說大妹子，妳也不要這麼實誠，只要妳不說我不說，誰知道呢？就衝著喬蓮兒這個模樣也是大把人搶著呢，就是配鎮上的公子，也不算太高攀。」

方菊搓著手。「鎮不鎮上的沒關係，只要人好、對蓮兒好，我就心滿意足了。」

喬蓮兒跟個木頭人似的坐在那裡，聽著她們口沫橫飛的對話，不由得苦笑了幾聲。

喬喜兒無意中跟她對視了一眼，姊姊這件事怎麼說呢？她也幫不了，畢竟，這男大當婚，女大當嫁，是該有個好歸宿的。只不過，看她這副表情，明顯就是骨子裡還帶著自卑，還沒從上一段的陰影中走出來。

趁這幾個媒婆說得起勁時，喬喜兒衝她招招手，喬蓮兒乘機跑出來，無疑是哭喪著一張臉。

兩姊妹躲在院子裡的角落咬耳朵。

「姊，怎麼今早的媒婆都聚在一塊兒了，她們是說好一起來的嗎？」喬喜兒看了看，除了本村的一個媒婆，其他幾個媒婆她都不認識。

喬蓮兒搖了搖頭。「不是的，這些媒婆是自己上門的。」

喬家現如今名聲赫赫，不少媒婆都盯著這塊肥肉呢。

「姊，那妳是怎麼想的？」喬喜兒比較在乎她的想法。

就聽喬蓮兒道：「我還能怎麼想？我知道自己年紀不小了，是想找個好歸宿，可我這條件，唉……」

她真是怕極了這種事兒，她渴望愛但又怕遇到。

「姊，妳自信點，這事被人知道又怎樣？就連寡婦再嫁，嫁得好的不也有嗎？再說妳這條件，放眼村裡，有幾個比得上的？如果看不上的話，咱們就換一個，再換下一個，哪怕是相親一百個，總會有合適的。」喬喜兒語氣輕鬆，表情俏皮，倒是把喬蓮兒給逗樂了。

「妹妹，有時我真羨慕妳的灑脫。妳說得對，人要樂觀一點，我想想妳剛開始跟秦旭也是針尖對麥芒，水火不容的，現在不也如膠似漆嗎？」

喬喜兒露齒一笑。「是啊，人就該往好的方面想，若能擁有心愛的人，人生是無憾的。但若沒有，咱們也不必強求，寧缺勿濫，大不了喬家養妳一輩子。」

她這麼一說，倒是把喬蓮兒心裡的防備給卸下來。

「謝謝妳，喜兒，我現在好過多了。」
「沒事，如果妳擔心的話，我陪妳去相親，給妳壯膽。」
「好。」
有她這句話，喬蓮兒還有什麼可擔心的？一下就蓄滿了勇氣，再回屋裡時，她從容不迫的，任由著媒婆打量，給她介紹親事。
媒婆道：「有幾個年輕的後生都是十里八鄉的，我一會兒讓他們過來給妳瞧一眼。鎮上的我也有個條件好的，要是有空的話，今兒個下午就可以去鎮上相看。」
喬蓮兒點點頭。「可以的。」
方菊見她這麼痛快，倒是大吃一驚，心想這定是喜兒跟她說了什麼，把她給說通了。這樣就好，只要這雙兒女的婚事解決了，就了卻她的一樁心事。
喬蓮兒的相親對象安排了幾個，媒婆們就把主意打到喬松身上。
如今的喬松，再也不是那個關在屋子裡整天鬱鬱寡歡的殘廢了，他現在腿俐落了，衣服穿得講究了，天天在這村裡走來走去的，可是有不少姑娘喜歡呢。
「大妹子，妳看妳這兒子，要不要我這邊給妳相看一下？」
方菊想起喬松跟她說的話，立馬擺了擺手。「這孩子有自己的想法，我就不操心他的事了。」
「行吧，到時有需要儘管喊我們一聲。」

幾個媒婆茶也喝了，乾果也吃了，吃吃喝喝差不多以後，又觀察了喬家的院子，之後就滿是歡喜的走了。

就這樣，喬蓮兒一早上相看了三個年輕後生。喬喜兒在那裡把關，看面相沒有一個長得俊俏的，再看談吐全都很粗俗，有一個甚至想要吃軟飯的。

她不禁搖搖頭，這沒一個靠譜的，看來下午還得去一趟鎮上了。

第十五章

下午，秦旭趕著牛車，帶著喬喜兒姊妹倆去了鎮上。

這安排好的相親地點就在明月酒樓，畢竟這個酒樓他們熟悉，坐在那裡也不顯得尷尬。

他們到了，對方還沒有來。

看著喬蓮兒的不自在，喬喜兒不免解釋。「姊，是我們來早了，妳別緊張，我們再等一會兒。」

「好。」喬蓮兒點點頭。

喬喜兒心想著，一會兒相親，她跟秦旭直接在這裡等著，好像不太好，於是道：「姊，妳在這兒等會兒，我讓掌櫃留意這邊的情況，我們先就近逛逛。」

「好的。」

喬喜兒難得來鎮上，自然要去何宇的鋪子看看，看他最近拿貨挺勤的，鋪子經營得一定很好。地址離明月酒樓倒是不遠，穿過這條街，在另一條街的轉角處就看到了。

鎮上十分熱鬧，哪怕不是趕集日，也是人來人往，他們來到了一處十字路口，位置不錯，看起來也熱鬧，一眼就看到了那間名叫「何宇香料」的鋪子。

喬喜兒欣喜的往鋪子奔去，一旁跟她並肩前行的秦旭卻突然抓起她的手。

喬喜兒對他那些親暱舉動見怪不怪，可在人來人往的大街上，還是覺得尷尬，想掙脫開來。但他是十指緊扣的方式，怎麼都掙脫不了，她沒有辦法，只好把衣袖往下拉了一點，這樣的動作無疑是掩耳盜鈴。

到了何宇的店鋪，他正在記帳，那撥打著算盤的模樣，看起來還真是那麼回事兒。

「何老闆。」喬喜兒笑著打趣。

就見何宇抬眸，看見是她，驚喜道：「東家，妳怎麼來了？」

自從何宇在心裡放棄對她的感情後，就連稱呼都帶著變化。

喬喜兒灑脫道：「這來街上辦點事，順便過來看看你。」

何宇將人迎了進來。「東家，東家相公這邊坐。」

他喚來夥計給兩人端了茶水跟乾果，待人禮儀還挺像回事的。

喬喜兒觀察了一下這間鋪子的門面，說大不大說小不小，也有兩間門面。

正門一進來就是對上幾個陳列木架，上面掛著各種各樣的香囊，每款香味都寫在了木牌上面，還標有成分以及作用。另一個貨架則是擺滿了各種顏色、各種香味的蠟燭，看著五彩繽紛、賞心悅目。

至於那幾瓶香薰精油，則用專門的琉璃，像玻璃的那種材質打造成一個小盒子，放在裡面展示著，外面還加了一把鎖，像極了鎮店之寶。

而另外一間門面，就是喬喜兒所坐的位置，布置雅致，兩門面的連接處是一道珠簾，後頭有桌椅，還有搖搖椅，是用來招待客人的。

再後面連著一扇門，門是敞開的，能看到偌大院子和幾個房間。

喬喜兒挺佩服何宇的眼光，說幹就幹，租鋪面、選地點，這等眼光，想不發財都難。

「何宇，你這兒布置不錯，一個月的租金要多少呢？」

「呃，租金連帶著後面的院子、房間，一個月一兩銀子。」何宇如實答道。

想他以前，在鎮上擺攤好幾個月才能掙一兩銀子，想都不敢想有一天能租鋪子。但現在一個月能掙好幾兩，後面就越來越多了。

這個月他剛算過，能掙十兩銀子，刨去店租和開支，還剩七、八兩銀子，這可是一筆鉅款呢，他還有什麼不滿意的，果然是跟著貴人有肉吃。

「一兩銀子，價位還挺公道的，不錯不錯。」喬喜兒讚道。

何宇不好意思的撓了撓頭，靦覥的笑了笑，想著喬喜兒難得過來，就想讓她指點一二。

他拿出帳本，上面寫的都是附近拿貨小販購買的品名、日期，以及拿貨的數量。

喬喜兒細細翻閱，何宇的字真的不咋地，一個個跟狗爬似的，但看得出他很認真。

「不錯啊，何宇，我真的沒有想到，這附近的小販都被你拉攏過來了，現在香料的需求也挺大。」

「對，其實現在最好賣的是香薰蠟燭，畢竟這東西，家家戶戶都需要，多幾個錢就能驅蚊，這不挺好的？」何宇笑呵呵道。

自從他鋪裡多了香薰蠟燭可賣，那些雜貨店老闆看他跟眼中釘似的，他們的蠟燭降價都沒有人要，而何宇這邊一上貨就被搶光，供不應求。他們不死心的也嘗試做了香薰蠟燭，可做出來的形狀跟香味完全不對，跑來跟何宇探聽，他自然說有秘方。

喬喜兒認真聽著，她的精力畢竟有限，不可能包攬所有的活兒，眼看著這需求量越來越大，她也有些吃不消了。賺錢是好事，可要是把自己累個半死，那也划不來。

喬喜兒道：「何宇，咱們做生意講究和氣生財，有錢大家一起賺，下次再有這種雜貨店老闆，你可以讓他直接問我，我可以提供秘方賣給他們，能掙錢又省事。」

「這樣也挺好，東家妳的腦子就是好用。」何宇從來沒有這麼佩服過一個人，沒想到一個女兒家竟然是個商業大咖。他有預感，喬喜兒以後肯定能幹出驚天動地的大事。

「你也不差，眼光獨到，勤快能幹，以後一定能過上好日子的。」

提起這個，何宇的眼睛就亮了亮。「對了東家，有件事我想跟妳說，我這段時間掙了錢，都夠彩禮了，我準備去提親了。」他說著，臉上泛著幸福的光芒。

「這是好事啊，恭喜你了何宇。行，我肯定會去喝喜酒的。」

「好的，東家。」何宇一臉興奮。「我這幾天就送彩禮過去，這個月的二十八號，宜嫁宜娶。」

「好。」

沒想到何宇都要成親了，這一路可謂是見證了他的成長。

兩人一直聊著天，秦旭就坐在旁邊，慢條斯理的喝著茶。他看喬喜兒的表情，時而眉飛色舞，時而古靈精怪，想到何宇都要成親了，心裡莫名鬆了一口氣。

雖然他知道喬喜兒不可能看上何宇，跟他也沒有別的意思，但作為男人，他就是不希望自己的女人被別的男人多看幾眼。

在這裡待了兩刻鐘，喬喜兒看了看時辰，差不多了，便起身道：「何宇，時候不早了，我們還有別的事，就先走一步了。」

「行，妳辦事要緊，有空再過來。」何宇目送著他們走遠。

兩人在街上走著，喬喜兒特意觀察了那些攤位，每條街都能看到賣香囊的，估計隔壁鎮的那些攤位，也是這樣。

等占領了周邊的鎮後，他們可以從周邊擴散，慢慢的到京城，甚至到別國。有了錢後，幹什麼都方便，富可敵國才是喬喜兒的目標。

「秦旭，姊一定在相親了，我們快過去找她吧。」喬喜兒說著加快了腳步。

「好。」

秦旭依舊拉著她，他健步如飛，腳步輕盈，喬喜兒被他拉著走，速度快了許多。

到了明月酒樓，喬蓮兒坐的那一桌多了個人。

桌上擺著幾樣精緻可口的小點心，配上一壺茶水，兩人慢悠悠的吃著。

喬喜兒拉著秦旭在角落裡坐著，他們這個位置，外人不輕易看到，但她卻能俯瞰整個大廳。

那公子瞅著年紀不小了，有二十三、四歲的樣子。古人一般成親得早，十八歲的男子基本上都成家了，這個年紀還沒有娶媳婦，又願意跟村裡的姑娘相親，總讓人覺得有隱情。但跟大多數的鎮上公子一樣，他穿得非常體面，髮束玉冠，紫色衣袍，腰間掛著玉珮。但從他的坐相來看，蹺著二郎腿還有些抖腿。喬喜兒不禁搖搖頭，瞬間感覺就不太好了。

喬蓮兒似乎有些緊張，不時的瞅著門口看，在尋找那抹身影。得到掌櫃的指示後，她便看到角落裡的兩人，心突然就安定下來了。

兩人吃得差不多了，那公子笑著開始介紹。「行，咱們也相看得差不多了，廢話不多說，直接開門見山吧。我先介紹一下我家的情況，我們家住在鎮上，經營著幾家鋪子，雖然比不上那些大富大貴人家，丫鬟下人成群，但也是小富家庭。家裡有廚娘，有幾個下人，我有兩個妹妹，家裡就我一個男丁，所以說，我找媳婦並不看重門第，而是希望我未來的媳婦，能夠多生幾個男孩。」

才相親就談生孩子這種話題，喬蓮兒臉皮薄，立馬漲紅臉，她支支吾吾。「可生孩子這種事，也得看天意吧，是男是女，自己並不能決定的……」

「所以說前面那兩個生了閨女的，都被我趕出了家門。」那公子說完後就發現自己說漏嘴了，趕緊給自己甩了一巴掌。「不好意思，這是玩笑話，這多生幾次，總能生到幾個男孩，妳說這生個十次八次的，不得有好幾個男孩嗎？」

那公子說著，還是挺滿意喬蓮兒的長相，看起來溫柔得體，還能生養。至於他為什麼不娶鎮上的姑娘，原因是她們太嬌氣了。還是農村姑娘好，從小幹活勤快，對體力方面、生養方面都是比較好的。

喬喜兒豎著耳朵聽，但因為畢竟有點距離，聽不太清楚。

她搖晃著一旁的秦旭。「聽說內力好的人，耳力也是非凡的，你有沒有聽清楚他們在說什麼？」

秦旭點了點頭。「當然。」

喬喜兒瞬間就來勁了，抓著他的手問：「快告訴我。」

那急切的小模樣，眼睛亮閃閃的，看著就討人喜歡，不知怎的秦旭盯著她的唇出神，下意識用手指觸了下自己的臉頰，邪魅道：「妳親我一口，就告訴妳。」

「不是吧，還得出賣色相？」喬喜兒翻了個白眼。

這個男人還真是不分場合的想要多占點便宜，以前看他冷冷清清，可前天差點被生米煮成熟飯後，她就知道這個男人，並非像表面那般的清心寡慾。

「你快告訴我。」喬喜兒惱怒。

秦旭堅持要親一下臉頰。「快親，過時不候。」

「行行行，我服了你了。」喬喜兒起身在他臉頰印下一吻，剛要離開時，腰肢就被他攬住。

趁著外人不注意時，他直接堵住喬喜兒的唇，狠狠的親了幾口，這才心滿意足的作罷。

喬喜兒的臉瞬間紅了，她趕緊看了一下周圍，由於飯點早過了，整個大廳裡並沒幾個客人，夥計們都忙著擦桌子，掌櫃的忙著算帳，根本沒人注意她這裡。

她鬆了一口氣，臉頰氣鼓鼓的。「你現在可以說了。」

等秦旭將兩人的對話一字不漏的說出來，喬喜兒聽到她的姊姊被當成了一個生育機器，立馬就火了，直接三步併作兩步的衝了過去，把喬蓮兒給拉了起來。

「姊，咱們走，這樣的人家高攀不起。」

這公子條件是可以，家境可以，長相也過得去，可這說的不是人話！果真這些媒婆都不靠譜，一個個介紹的都是什麼人。

那公子乍然看到美若天仙的姑娘，眼睛瞬間直了。

他看著喬蓮兒道：「這位是妳妹妹嗎？應該還沒成親吧？」

喬喜兒無語，這都什麼人？還想打她的主意。氣得她直接拎起桌上的茶壺，掀開蓋子就狠狠的潑了他。

「想什麼呢？就你這樣，還想打我的主意，連秦旭的一根腳趾頭都比不上。」

「臭娘兒們，妳竟敢潑我？」

那公子正要發怒時，就見一名身形高大的男子來到他跟前，聲音凜冽道：「你再敢罵一句試試。」

「哪來的小白臉？喬蓮兒，該不會是妳的小白臉吧？妳這女人，看起來就不是什麼正經的姑娘，還在這兒跟我裝清純，我願意娶妳，是看得起妳，妳以為妳是誰？都不是黃花閨女了，還在裝什麼麼勁？」

他的話還沒有說完，就被秦旭一把拎起，那動作跟老鷹拎小雞一般。秦旭用力一甩，那人就從臺階上滾了下去，摔得滿臉都是瘀青。

他起身還想上前理論討個說法，但看秦旭黑沈著臉，最後還是灰溜溜的走了，臨走時，還不忘罵一句。「喬蓮兒，就妳這樣還想嫁出去，別作夢了，喬家再有錢又能如何？」

「你還敢說……」喬喜兒從桌上拿起一個茶杯朝他扔去，他立馬灰頭土臉的滾遠了。

氣死她了，真是個極品啊！

看著喬蓮兒委屈得都快哭出來了，喬喜兒不免安慰。「姊妳別傷心，這人分明就是個人渣，滿口胡說八道的！」

「喜兒，我有些累了，我們回去吧。」

「好。」

她看得出喬蓮兒情緒很低落，便扶著她上了牛車，先回去要緊。

牛車緩緩在街道上行駛，很快出了鎮，朝回村的方向前進。

一心安慰姊姊的喬喜兒從頭到尾都沒有發現，這一切過程都被有心人看在眼裡，有一抹身影，一直遠遠的看著他們。

回到了村裡以後，秦旭將牛車趕進牛棚，方菊看到立馬迎了上來。

「蓮兒，相親相得怎麼樣？」

隨著家裡越來越有錢，方菊的眼光也高了起來，也不是她挑剔，就早上那幾個山裡小夥兒，真的沒有一個能上眼的。這會兒她就看了看秦旭，像女婿這樣能幹的，身形高大的，英俊不凡的，還真是打著燈籠都難找，哎。

「娘，不合適。」喬蓮兒無精打采。

「怎麼就不合適了？」方菊刨根問底。

喬蓮兒面露難色，丟下一句。「我心煩著，我去透透氣。」就往外頭走去。

喬喜兒連忙把娘親拉走，簡單的將鎮上發生的事跟她說了一遍。「娘，我看下回去相親還是先打探清楚，不要聽媒婆吹得天花亂墜，結果沒一個靠譜的，浪費時間。」

方菊嘆氣。「可妳姊姊的條件，確實……」

條件好的肯定要娶黃花大閨女，誰會要一雙穿過的鞋子？

喬喜兒看著喬蓮兒的背影，擺了擺手，道：「娘，先不說了，我去安慰一下姊姊。」

嫁不出去就嫁不出去唄，大不了她養姊姊，有什麼大不了的？可她這畢竟是一個現代人的思想，若是讓這些古人聽見了，還不得將她歸為異類。所以，她同時也支持鼓勵著喬蓮兒相親，希望能找到個對眼的，誰知道有這麼難？

她跟著那抹背影出去，看到喬蓮兒一路走到了山腳下的河邊。

這會兒夕陽剛落山，五彩的晚霞掛在天空中，絢爛多姿，姊妹倆就坐在河邊，河水波光粼粼，倒映著兩個美麗的身影。

喬蓮兒煩躁的往河裡扔了很多小石子，平靜的河面立馬蕩起了一圈圈的漣漪。

「喜兒，妳說我是不是命不好？」

這剛開始就選錯了，選錯了就步步錯，她現在還有什麼資格去追求幸福？誰會要一個殘花敗柳？

喬喜兒盯著她的俏臉，看她苦著一張臉，可見心裡是真的煩了，這時只能由著她發洩，她心裡煩，得抒發出來才好呢。

喬蓮兒原本沒那麼生氣的，主要是隱藏在內心的小自卑，被人就這麼直接的揪出來，越發的讓她惱怒。

這會兒雖然是臨近冬天，河邊的小草都有點蔫，但草堆裡面夾帶著一些不知名的野花，長得還挺好看的。

喬喜兒摘了一把，遞給她。「姊，送給妳，妳就像這些花一樣，美麗倔強，一定能找到呵護妳的小草。」

喬蓮兒捧起花朵，又聞了聞花香，野花飄著芳香，沁人心脾，她一下子釋然了。「算了，找不到合適的就不找了，大不了當個老姑娘吧，娘應該不會嫌棄我的。」

喬喜兒拍了拍她的肩膀笑。「姊，妳說什麼呢？咱們就放平心態，這桃花運自然就來了。」

靠近山腳下的這一塊地方十分隱密，這邊是上游，平時很少人經過這裡，下游倒是很多村婦在那裡洗衣服，河的對岸就連著隔壁村。喬喜兒看到這個情景，突然想起之前劉碧雲就是在這裡幽會野男人的，也不知道寶丫到底過得怎麼樣了，劉碧雲她可是一點都不操心，就是可憐了孩子。

不過應該會過得很好吧，畢竟寶丫是他們的孩子。

想想哥哥幫別人養了這麼多年的孩子，也是悲催。所以這婚姻，就一定要男女雙方都擦亮眼睛，可偏偏很多好姑娘遇不到好男人，好男人遇不到好女人，哎，造化弄人。

到了傍晚，很多村民都扛著農具回家，家家戶戶的屋頂上冒起了裊裊炊煙。

喬蓮兒看了一下天色。「喜兒，咱們回去幫娘做飯吧。」

「行。」

兩人沿著河邊回去，喬喜兒看著這一片金燦燦的景象，彷彿一幅美麗畫卷。田野裡的稻穀沈甸甸，一陣風吹過來，嘩啦啦的作響，十分壯觀。她走在前面，欣賞著這一幅美麗的田園風光，想像中跟秦旭的未來，還有些憧憬呢。

就在她走神時，突然聽見喬蓮兒的一聲尖叫，喬喜兒立馬回頭，發現隔了十幾米遠的喬蓮兒身後站著兩名陌生的黑衣男子，其中一個直接在喬蓮兒身後，狠狠的劈了一下她的後脖頸，把她劈暈就地拖走。

這兩人穿著黑色勁裝、蒙著臉，根本就看不清楚樣貌，喬喜兒暗嘆不好，一邊邁步跑一邊大喊：「救命啊！救命啊！」

此刻她的心跳得非常快，不停的喊著救命，但由於離村莊中心有些距離，呼喊都沒有人聽到。

黑衣男子一個輕功就躍到她跟前，喬喜兒強裝鎮定，腦子裡轉著彎，想著可逃跑的路線。「兩位大俠，有事好好說，我這裡有錢，你們拿去用吧。」

當她的手抓上腰間的荷包要拿錢時，黑衣男子反應極快的將她劈暈了，直接拖走。

昏迷之前，喬喜兒心想完蛋了，她這是遇到了人販子嗎？

兩個黑衣人一人扛著一個，腳步飛快的往不遠處的馬車走去，把人塞了進去，馬車就急急地往鎮上方向跑。

此刻的喬家一如往常地平靜，根本沒發現兩姊妹出了意外。

到了吃晚飯時間，方菊將飯菜全都端上桌。

喬松拿過凳子坐下以後，問道：「娘，兩位妹妹去哪兒了？」

一旁的秦旭也有些納悶，喬喜兒雖說有小孩子心性，貪玩，但每次吃飯都是準時的，而且連喬蓮兒都沒有回來，難不成她哭得很傷心？

方菊嘆氣。「還不是蓮兒相親受了打擊，去外面走走散心，喜兒跑去安慰她了。」
「她們是在村子裡嗎？我去找找，免得天色已晚，姑娘家在外頭危險。」
喬松不放心，就跟秦旭兩人在村裡不停的找啊找，誰知整個村子翻遍了都不見人影，他們更進一步往偏僻一點的菜地、山腳下、河邊找，也均是不見她們的身影。
不過秦旭在河邊發現一個荷包，裡面裝了幾兩銀子，荷包上面的繡工歪歪扭扭的，一看就是出自於喬喜兒的手藝，他腦袋瞬間閃過一絲不好的念頭。
「喜兒被人綁走了。」
她如此謹慎的人，不可能把自己的荷包隨意丟在河邊，荷包上的繩索沒有收緊，使得荷包是打開的，但是銀子還在，顯見來人目的不是為財，而是人。
喬松急道：「那怎麼辦？」
他徹底慌了，兩個如花似玉的姑娘被綁了，說不定是遇到了拐子。附近的村子曾發生過類似的事，姑娘被拐賣給那些老光棍當媳婦，還有些是被賣到青樓裡，會發生什麼事，他不敢再想。
秦旭很快鎮定下來。「大哥，你去聚集村民在附近繼續找人，我去鎮上報案。」
「好。」喬松六神無主，只能聽從他的吩咐。
另一邊再說喬喜兒暈乎乎的躺在馬車裡，馬車一路直達城裡的某間青樓後院，看得出趕車的人經常來青樓，熟門熟路的。他跟夥計低語了幾聲，很快就出現了個老鴇。

老鴇看著他們，跑去院裡的馬車看了看，揚著唇道：「賣貨是吧？讓我看一下成色。」

這是他們這些人的暗語，賣貨指的就是賣女人。

領頭的黑衣男子搓著手，呵呵笑道：「于嬷嬷妳放心，這次的貨色定是極品的。」

說這話的人不是別人，正是看著斯文、實際猥瑣的田泉。

趕車的車夫是他在鎮上認識的，專門做拐賣生意的人販子，平時不僅拐少女，還拐孩子。

他們撩開車簾，狗腿的扶著于嬷嬷上去，于嬷嬷打量著昏睡中的兩姊妹，皮膚白皙，五官端正，身材勻稱，氣質上乘，果真是極品。

「不錯不錯，這兩貨色比以往的都要好，那我給你們雙倍價錢。」

就這樣喬喜兒兩姊妹，被田泉這個禽獸賣了二十兩銀子。

他接過銀子，露出貪婪目光，用牙齒咬了咬後，這才分給一旁的車夫。「拿著，咱們一人一半。」

車夫自然願意，自從他跟田泉合作後，能做的生意越來越多了。田泉負責行騙，兩人動手，而他又負責牽線賣貨，兩人配合默契，已作案十幾起。

于嬷嬷喊了人將這兩姊妹扛進去，對著兩人笑道：「以後有好貨色儘管往這裡送，不會虧待你們的。」

「好咧，于嬷嬷，那我們走了。」

田泉也不敢再逗留，兩人很快趕著馬車出去了，在中途就分道揚鑣。

田泉回到鎮上的破巷子裡，進了一間破爛的瓦片房。

家裡的女人見他掙錢回來了，炒了碟花生米配一壺小酒，讓他高興高興。

這便是田泉最近勾搭的女人，是個流民，無依無靠的，被他給撿了去。兩人早就生米煮成了熟飯，雖沒有成親，但也過起了夫妻般的生活。

就這樣，田泉白天去幹一些見不得人的勾當，拿到銀子就給她一部分，接著便心安理得的享受她的伺候。

女人也不知他幹的是什麼大事，每次回來帶銀子給她，她就很高興給他做好吃的，貼身伺候著他。

田泉從未有過的滿足。儘管他也做過有錢人家的上門女婿，但過得太窩囊了。喬蓮兒雖是個賢妻良母，卻是個沒情趣的木頭，不如這個女人有趣，對他百依百順，滿足他的大男人心態。

田泉吃著花生米、喝著小酒，甚至都哼起了小曲，整張臉寫滿了得意，嘴裡嘀嘀咕咕著。「喬喜兒，妳再能幹又怎麼樣？知道有今天的下場嗎？喬蓮兒，妳明明就是我穿過不要的破鞋，還在我面前裝清高？行，這次就讓妳們成為最下等的妓女，被萬人踐踏，看看妳們還高傲得起來嗎？」

田泉直呼心中出了一口惡氣，他格外暢快，便多喝了幾杯酒。

這個喬喜兒詭計多端，上次跟明遠華、張翠合力設計她，都被她給逃脫了，這次把她們姊妹倆賣到青樓裡，有那麼多打手看著，看她們怎麼逃得出來？

喬喜兒跟喬蓮兒被關在一個簡陋的房間裡，始終處在昏睡狀態中。

此時外面的天色已是漆黑一片，喬家人舉著火把將十里八鄉都翻了個遍，愣是沒有看到兩姊妹的身影。

秦旭已經報案了，衙門派人去尋找，但他覺得找人這種事，不能光報官，還得自己極盡尋找蛛絲馬跡。

他回到找到荷包的河邊，細看小道上的泥巴有馬車輪壓過的痕跡，斷定人是坐在馬車上出去的，但究竟是誰敢在光天化日之下綁人，是仇家還是別的恩怨，一概不知。

平常在村裡的話，如果來了一輛馬車是非常引人注意的，證明他們就是從這條偏僻小道出去的，所以看到的人極可能少之又少。幾經周折才終於從一個村民口裡找到一點訊息，說是今兒個傍晚，看到一輛馬車從這裡出去，方向應該是鎮上。

秦旭立刻把消息提供給縣衙，但內心隱約想著，人不可能還在鎮上，那太引人注目了，也有可能連夜運到隔壁鎮，或者運到了更遠的地方。那怎麼辦？他知道喜兒有個神奇的空間，必要時可以躲進去，所以倒不太擔心她的人身安全，而且那個空間會源源不斷的產生一些東西幫她逃跑，不過關鍵是她身邊帶了一個喬蓮兒，會不會不好施展？

到了下半夜，喬喜兒才幽幽睜開惺忪的眼眸，醒了過來。

她看了看黑漆漆的房間，窗口有隱約的月光照入，看得出房裡空無一物，還散發著一股霉味，立馬知道這不是她的房間。

她警醒地坐起身，下床推了推門，發現被反鎖住了，看來她們被綁架了，這是哪兒呢？她回到了床邊，看了看一旁的喬蓮兒還在昏睡中，於是搖晃著她的胳膊。

喬蓮兒醒來了，神情有些恐懼。「喜兒，發生了什麼事？這是哪兒啊？」

她怕是怕，但看見喜兒在她身旁，一下便有了主心骨。

「姊，我們好像被綁架了，現在不知道在哪兒，妳別怕，什麼都別做，先養精蓄銳看看情況再說。」

正說著，就聽見隔壁間傳來嗚嗚的哭聲，還有清晰入耳的說話聲，喬喜兒不再說話，細聽著動靜。只聽得後面哭聲越來越大，門吱呀一聲，被人推開了，一陣腳步聲傳來，先是有抽打的聲音，然後是一陣尖叫聲、挨打聲。

「臭娘兒們，進了我們花滿樓，就識相的認命點！少在那裡哭哭啼啼的，哭得人沒有覺睡，少不了妳們一頓毒打。」

聽聲音像是個凶狠的糙漢子，喬蓮兒感同身受，抖著身子，姊妹倆相互對望了一眼，都明白這是被賣到青樓裡了。

喬喜兒強迫自己鎮定下來，腦袋轉啊轉，在想著出逃的法子。可喬蓮兒跟她不一樣，她是沒有見過多少世面的農村姑娘，遇到這種事，害怕得直流眼淚。

「姊，妳別哭了。我不會丟下妳不管的，我們一定能逃出去。」

喬喜兒的安慰並不起作用，只見喬蓮兒眼淚肆意奔騰得更洶湧，越想越難過，自己招了個白眼狼當上門婿，還被賣到青樓裡，命也太苦了……她不敢再想下去，如果出了事，她真的不想活了。

這邊的喬蓮兒在哭，隔壁的抽泣聲也是一陣陣響起來。

喬喜兒倒是冷靜得很，想著這似乎是一股黑勢力，並不是簡單的拐賣而已。

等到次日清晨，喬喜兒迷迷糊糊醒來時，就見門被踹開了，強烈光線刺得她睜不開眼。

伴隨著一陣腳步聲，幾個凶神惡煞的壯漢打頭陣，然後一個扭著腰肢，濃妝豔抹，穿紅戴綠的老婦人走了進來。

看這個女人的裝扮，像極了青樓裡的老鴇，真不知臉上鋪了多少層粉，喬喜兒懷疑一摳能摳下一堆，連帶房間裡都變得烏煙瘴氣了。

喬喜兒抬眸打量著她，喬蓮兒卻害怕得縮成一團，儘量往妹妹這邊靠。

老鴇打量著喬喜兒，膚色白皙，美如一朵荷花，瓊鼻挺翹，花瓣樣的唇。尤其那雙眼睛，清澈見底，不染世俗，身形纖細，看胸前還沒有發育好的樣子，一看就是個雛兒。

昨兒個昏迷中打量，還沒有這般的傾城之姿，現在一看，說是仙女下凡都不為過。

老鴇見過不少女人，也忍不住讚嘆。「果真是極品，老娘這次可是撿了個大便宜。」

她再去看喬喜兒身後的姑娘，長得還算是中等資質，可就是膽子小，唯唯諾諾的，不過，最好控制的就是這種人。

「大美人。」喬喜兒朝她吹了聲口哨，就見老鴇一雙眼睛瞪得老大，不敢相信的看著她。

「妳說什麼？再說一遍。」隱隱約約聽到她叫她美人，但又沒聽清楚，想再聽一遍。

喬喜兒剛不過是在試探，還真是千穿萬穿馬屁不穿，先走甜言蜜語路線，看能不能把這個老鴇給攻下。

喬喜兒一臉真誠。「我說您是大美人啊，您這真的太會打扮了，這一身花枝招展的，比小姑娘還要漂亮，不像我們清湯掛麵的，難看得要命。」

這話算是戳中了于嬤嬤的心思，她打量著喬喜兒，眼睛瞪大。「嘖嘖，好鋒利的一張小嘴，我勸妳乖乖的，這裡可是青樓，妳別打什麼歪主意。」

真是神了，被賣到她這裡的姑娘，看到她不是瑟瑟發抖，就是哭得要死要活的跪地求饒，這個姑娘倒是讓她大開了眼界，果真是與眾不同。

喬喜兒一臉討好，甚至有些狗腿。「大美人，妳說我們都站在這兒了，還能打什麼壞主意？這跑也跑不掉。只是我想問問，是誰把我們賣過來的，也讓我們明白明白。」

于嬤嬤笑道：「怎麼著？妳還想找人報仇嗎？看看妳現在在什麼地方，插翅也難飛。」

不過喬喜兒說的甜言蜜語取悅了她，她還是說了。「賣妳們來的人，其中一個是這裡的常客，經常賣一些村姑到這兒來，另一個是新手，好像叫什麼田泉的？」

聽到田泉兩個字，不僅喬喜兒愣住了，喬蓮兒更是被雷劈過了一般，整個人瑟瑟發抖。

天殺的還真是那個混蛋！是她害了喜兒……

看著喬蓮兒梨花帶雨的樣子，于嬤嬤走了過來抬起她的下巴。

「看起來挺懦弱的，不過妳這一番哭的樣子，別有一番楚楚動人的意味。」

別人哭起來是一把鼻涕一把淚，而這姑娘哭起來，眼珠子一顆一顆的滾落下來，沾濕了睫毛打濕了臉頰，那番楚楚可憐的樣子，讓人心生憐憫，最能激起男人的保護慾。

喬喜兒又湊近道：「嬤嬤，他把我們賣給妳多少銀子？」

就見于嬤嬤伸出兩根手指頭，比劃了一下。

喬喜兒猜。「二百兩嗎？」

于嬤嬤哈哈大笑，她看了身後的打手一眼，用著不可思議的語氣道：「你們都聽到了吧，這姑娘居然說二百兩，妳覺得妳值這個價？」

喬喜兒翻了個白眼，想想她的身價早已過了千兩銀子，居然才把她賣了二十兩銀子，這不是瞧不起她嗎？

現在看來，他們不是求財，就是純為報復。很好，田泉那個白眼狼，下次抓到他定要狠狠的折磨死他！

惱歸惱，但眼下還是逃出去要緊，喬喜兒眼珠子一轉。「嬤嬤，我給妳一百兩銀子，妳放我們姊妹回去。」

于嬤嬤像是看傻子一樣，看著她哈哈大笑。「好機靈的小丫頭，妳這是什麼餿主意？我要妳的錢，這不是自投羅網嗎？再說了，看妳們這穿著，像是能給得起一百兩銀子的人嗎？就算真的給得起，我也不幹這虧本的買賣，妳可別不知道，我們青樓已瀕臨倒閉，我就想撿點好貨色，選批花魁出來，好起死回生。」

于嬤嬤跟個人精似的，只要她找一批漂亮姑娘，光是拍賣就能得好幾百兩了，區區一百兩銀子她還不放在眼裡。

喬喜兒乾笑了一下，這個于嬤嬤還真是軟硬不吃。

于嬤嬤斜了她一眼，揮了揮手中的絲帕。「行了，看妳這小妮子挺對我胃口，我就給妳多歇息一天，後天去接客，妳也好好想想。」

喬喜兒瞪著眼睛，聽到接客這兩個字足夠讓人咬牙切齒的。

她可以躲進空間裡，裝神弄鬼玩失蹤，可喬蓮兒怎麼辦？

「于嬤嬤，有話好好說嘛，除了不接客，妳要我怎麼樣都行，我們可以商量別的事。」

一計不成，喬喜兒又心生一計。

于嬤嬤板著臉。「少打歪主意，來人，把門鎖上。」

等上鎖後，她眼睛瞇了瞇，又改變了主意。這個女娃鬼主意太多，嘴皮子又索利，就這樣關著，難保她折騰出什麼來。不如將她們跟隔壁間的姑娘們關在一起，好好讓她們看看，什麼叫做不服從就要挨打。

她又開口。「把這兩人給我押到隔壁房間去，另外隔壁的那幾個姑娘，今天就去接客。」

「是，于嬤嬤。」

兩個糙漢子上前開門，一手拎著一個，就像老鷹捉小雞一般。

喬喜兒被丟到隔壁間，雙手落地時，摩擦到地面破了點皮，疼得她齜牙咧嘴的。

他們這是殺雞儆猴給人看，想打破姊妹倆的心理防線，這些都是有一個完整的體系過程的，這些人實在太可恨了。

糙漢子將門上鎖之前，惡狠狠的瞪著她，撂下話。「我勸妳們老實點，別想逃走，就算僥倖逃走，抓回來要被活活打死的。妳們只要乖乖聽話，于嬤嬤不會虧待妳們。」

說著，他又指著幾個瑟瑟發抖的姑娘，厲聲道：「妳們幾個今晚接客，好生準備一下。」

說完便砰一聲把門關了。喬喜兒打量了這個房間，比隔壁房間還要潮濕陰暗，很破舊，在這兒的人都是窩在稻草堆裡面睡覺。

她數了數，算上她們兩姊妹，裡面共有八個姑娘。

今晚就是接客的最後期限，有人開始坐不住，敲著房間門。

「來人，我要上茅廁。」

很快的，糙漢子就將門給打開了。「誰要上茅廁的給我出來。」

一下子就去了兩個姑娘，那兩個姑娘上茅廁，糙漢子在院子口等著，兩個姑娘在茅廁裡對外偷看，發現旁邊就有一棵大樹，立刻心生主意，想爬樹越牆而過。

「好了沒？妳們還不快點出來。」糙漢子一邊說著，一邊算著時辰。

這兩人再不出來，他就要衝進去了，裡面的人沒有回應，他探頭一看，看到兩人在爬樹企圖逃出去，糙漢子立馬火了。

「該死的想要逃跑，我打死妳們！」

一頓猴子上樹，直接將兩人攥了下來，便是一陣拳打腳踢。

喬喜兒正在閉目養神，就見門砰一聲，被人打開。

在眾人沒有反應過來時，就有兩個奄奄一息的人重重跌落在地。

眾人一看，不就是剛剛出去上茅廁的兩人？只見她們鼻青臉腫、渾身是傷，頭髮亂糟糟的，衣服也破損，看起來非常淒慘。

就在她們納悶時，就見糙漢子道：「我勸妳們省省力氣，前院後院都有我們的人守著，妳們插翅也難飛，誰敢逃跑，這便是下場！」

喬喜兒擦了擦汗，這些人太可怕了，分明就是目無王法、草菅人命。

等門鎖上以後，所有人都圍著那兩個姑娘關心，有的連忙探鼻息，有的嚎啕大哭。

「這、這都快沒氣了，會不會死？」

喬喜兒看了看兩人的臉色，十分蒼白，傷口還在流血，也沒有及時包紮，這樣下去，傷口很容易發炎，明天指不定就會沒命。

她在袖子裡掏了掏，憑意念掏出了一瓶金瘡藥，這個藥跟藥鋪賣的不同，是加強版的，止血癒合很快。

喬喜兒將藥遞給她們。「我這裡有一瓶止血藥，快給她們抹上。」

「好好好。」姑娘們手忙腳亂的開始塗藥，也沒有懷疑喬喜兒身上怎麼會有藥？

塗了以後，果真見傷口不流血了，她們的臉色也慢慢紅潤起來，眾人對喬喜兒投來感激眸光。

到了中午，房間門再次被打開了，糙漢子隨手扔下了十幾個饅頭。

喬喜兒看了一下這些饅頭，不至於餿，還是白麵饅頭。她早就餓了，昨晚沒吃，早飯又沒吃，這會兒肚子都唱起了空城計。她趕緊撿了兩個饅頭，塞給姊姊一個，便狼吞虎嚥的吃起來。

胃裡添了東西，舒服了很多，但這些姑娘都無動於衷，她開口問：「妳們不餓嗎？」

看她吃了沒事，姑娘們最終忍不住飢餓的痛感，爭先恐後撿起饅頭，一邊吃一邊哭了起來。

中飯都過去了，晚飯還會遠嗎？

到了晚上，便是決定她們命運的時刻。喬喜兒一整個下午都在打瞌睡，到了這時，她腦中已有了辦法。

很快的，天色漸漸暗了下來，夕陽帶走最後一絲餘暉，黑暗如期而至。

這時，門再次被人踹開，于嬤嬤扭著水桶腰，搖晃著走進來，跟打手們打了個手勢，就見幾個姑娘被老鷹拎小雞一般的拎出去。

「我不去接客，我死也不去！」一個姑娘的尖叫聲劃破夜空。

于嬤嬤揮著手帕上前，挑起這女人的下巴，看著她這副倔強的樣子，呵呵笑。

「不去是吧？很好，那就先拿妳開刀。」

她打了個眼色，就見一個膚色黝黑、身形高大的糙漢子，直接把她拎過來按倒在地，撕扯她的衣服，像一頭餓狼似的撲了上去。

打手們就在旁邊冷漠的看著，對這種情景已司空見慣，很快一朵嬌豔的花，被蹂躪成一堆爛泥。

喬喜兒看到這一幕，不由得火氣往上湧。「畜生。」

她想衝出去，手臂卻被人緊緊的拉住，喬蓮兒搖了搖頭，驚恐的看著她，示意她別去。

喬喜兒坐回來，可剛才的那一幕，在她腦海裡不停的播放，怎麼也揮之不去。

這不過是給所有人的警告，如果她們不聽命令，下場也是這樣。

于嬤嬤見威懾的效果達到，便道：「妳們不乖乖聽話，這就是下場。來人，把這幾個全都給我押走。」

于嬤嬤臨走時還特意看了喬喜兒一眼，眸光裡寫滿意味深長。

喬喜兒心想這個于嬤嬤軟硬不吃，又有手段，看來還是得用老辦法。畢竟她手無寸鐵，又不像秦旭那樣有功夫，能以一敵十，冒冒失失的出手救人，可能會把自己給搭進去，眼下只有耐著性子強忍著。

喬喜兒心裡的念頭越來越強，等她離開這裡，一定要帶這些女人離開，這些可都是苦命的姑娘。

她眼前不停的晃過秦旭那張臉，但願秦旭那一邊也能同時通過線索找到她們，要不然還真是凶多吉少。

次日，當夕陽的餘暉籠罩這個簡易的房間時，門外傳來一陣陣腳步聲，很快的，門被人打開了。

于嬤嬤冷著一張臉，一如既往的趾高氣揚，揮舞著手帕。「來人，把這兩個人給我拉出來。」

「慢著。」

喬喜兒拍了拍身上的草屑，大大方方的走過去，衝著她嫣然一笑。

「于嬤嬤，我想通了，反正我們跑不掉，不如留在這裡乖乖聽話，表現好的話，說不定嬤嬤妳還會厚待我。」

于嬤嬤愣了一下，沒想到她會這麼上道，點點頭笑道：「不錯不錯，妳就是悟性高。」

昨兒個她故意把人關在一起，就是想讓這兩姊妹開開眼，很顯然的，殺雞儆猴的效果明顯。

于嬤嬤並不喜歡在自己的場所裡打打殺殺，這見了血後多不吉利，只要對方聽話乖巧，于嬤嬤就好說話。「行，只要妳好好幹活，我不會虧待妳的。」

喬喜兒鬼主意多得很，但前提是得她一個人才能玩轉，顧忌還有一個喬蓮兒，效果大打折扣。

她衝著于嬤嬤勾了勾手指。「借一步說話。」

于嬤嬤看著她水靈的眸子眨巴著，可真是動人心魄，這小丫頭看著挺機靈的，就怕她搞什麼鬼主意。

她蹙眉提防，人往牆角邊走去。「妳想說什麼？」

喬喜兒附在她耳邊，用兩個人能聽到的聲音。「于嬤嬤，妳看看我姊那張苦瓜相，讓她出來接客不太合適吧？妳看看我紅光滿面的已經投入了，不如妳讓我姊再休息幾天，我連她的那份活兒一起幹了。」

喬蓮兒看著這兩人嘀嘀咕咕，臉色一陣青一陣白，雖然她聽不見說話聲，但隱隱約約能感覺到喜兒接下來想做什麼。

妹妹該不會為了救自己，要犧牲自己吧，那怎麼行？要來，也該讓她來，反正她已經不是完璧之身。

抬眸就見于嬤嬤神色古怪的走過來，盯著她瞧了瞧，像是為了驗證什麼似的，一臉嫌棄道：「瞧妳這病懨懨的，風一吹就能倒的樣子，真是倒胃口。行了，算妳運氣好，有個好妹妹，妳就在這房間裡好好休息幾天。」

聽完她的話，喬蓮兒震驚萬分，果然跟她想的一樣，妹妹想犧牲自己，這怎麼行？這是她犯下的錯，如果她當初不選田泉這個混帳東西，也不會有今日的下場。

這是她的錯，她要自己承擔，喜兒是無辜的。

「不，不行！」她追上去。

見她想要出去，于嬤嬤把門給關了。「妳好好休息，晚上我會讓人送一床被子來，給妳準備點飯菜。」

門鎖上後，任憑喬蓮兒怎麼呼喚，門都打不開。

于嬤嬤看著一旁的喬喜兒。「這下妳可以放心了吧，還不趕緊跟我走。」

喬喜兒點點頭，再三交代。「于嬤嬤，只要妳好好照顧我姊姊，我一定不會讓妳失望。」

「行，那就看妳表現了。」

喬喜兒小雞啄米似的點點頭，一副乖乖小白兔的樣子。

于嬤嬤滿意的安排了人，給喬喜兒化了妝容。

她原本就生得好看，這一化妝後，淡化了清秀氣質，變得嫵媚動人起來。

雖穿著單薄的紫色薄紗裙，可曼妙的身姿是遮擋不住的。優美的脖頸、精緻的五官，怎麼看都好看，尤其是那不盈一握的小腰，就連于嬤嬤都看得想要伸手掐一把。

這丫頭一舉一動很是自然，但偏偏是這種無意識的動作，才是最勾人心魄的。

「真是美極了，行，妳今晚就陪客人喝喝酒，先適應一下。」于嬤嬤拉著她站在二樓的樓梯口處，俯瞰著一樓風花雪月的情景。

先讓她練練膽子，這種姿色，于嬤嬤可是想要捧起來做花魁的。花魁身價不凡，遇到出手闊綽的，一個晚上的收入就能有上百兩銀子。

可她沒有想到的是，喬喜兒進入這樣的場所竟然十分放得開，不等她吩咐，專門挑富貴的公子下手，也不知這臭丫頭說了什麼，那個其貌不揚的貴公子哈哈大笑，摟著她道：「于嬤嬤，本公子就要她了。」

于嬤嬤一愣，轉眼間便搖搖頭。「公子這使不得，這可是我們預定的花魁，還得訓練幾天，到時候上臺表演，還請公子過來捧場。」

貴公子是個急性子，可不管這些門道，他將裝滿銀子的錢袋子砸在她身上。于嬤嬤慌忙接過，手裡拎了拎，沉甸甸的，打開數了數，竟然有一百多兩銀子。

眼睛冒光的她立時就把選花魁這事拋到九霄雲外，點點頭道：「行行行。」

這個姑娘可真是命裡帶財，這一出手，連那些有經驗的姑娘都搶不過去，果然是棵搖錢樹。

「公子這邊請。」喬喜兒衝著眼神發亮的于嬤嬤，皺眉道：「嬤嬤，妳還不給我準備一間廂房嗎？」

于嬤嬤這才反應過來，喊了一個丫鬟帶路。

二樓的廂房全都是布置過的，紅紗搖曳著喜慶，紅燭跳躍著火苗兒，就連酒菜都備好了。

「公子，請用膳。」

貴公子看著這勾人的小臉蛋，早就按捺不住的心癢癢。「姑娘，何必這麼麻煩？春宵一刻值千金，咱們直奔主題吧。」

喬喜兒打了個寒顫，下意識的摸了摸自己的手臂。「公子，這兒有點冷，咱們喝杯酒暖暖身子？」

「行，那就只喝酒。」

幾杯酒下肚後，貴公子臉頰有些酡紅。

就見喬喜兒嘿嘿笑了下，吹熄蠟燭，往房裡躲去。「公子，來抓我呀。」

貴公子邪笑著搓手。「有點意思。」

這喝了酒，幹事才更得勁。

喬喜兒跑了幾下，就將人引到了幔帳裡，待他撲過來的瞬間，伸手在衣袖裡用意念掏出了一包藥粉，往他身上撒去。

這迷幻藥，能讓人產生幻覺。

很快的，在廂房外面偷聽的于嬤嬤，便聽到了裡面傳來一陣不和諧的聲音，她整個人都震驚了，沒想到那姑娘看起來本本分分的，卻是隻騷狐狸精呀。

這天生媚骨，上道得可真快，她捂著嘴角偷笑。

而此刻的喬喜兒卻是坐在床尾，看著某人抱著被子醜態百出的樣子，不由得鄙視。

她蹺著二郎腿，時不時配合地叫幾聲，繼而又想到，既然要作戲，那便要做全套，想到這兒，喬喜兒就往自己的脖頸處、胸前掐了幾個瘀青，看起來很像那麼回事。

就這樣，喬喜兒憑著自己的聰明勁，在這裡有驚無險的度過了難關。

第十六章

滿世界在找喬家姊妹倆的秦旭，已經快急瘋了。

眼看著衙門派出了不少人去查卻遲遲沒有下文，喬家因此陷入一片死寂的焦慮中，全家都吃不好睡不好，簡直快急出病來了。

人到底去哪兒了？想到喬喜兒遭遇不測的可能性，秦旭的胸口隱隱作痛，不敢想像如果真失去她該怎麼辦，他會瘋的。

這幾天的寢食難安，導致他整個人都憔悴了不少，就連鬍碴都生了一堆，等找出那個害她的人，一定要將他碎屍萬段。

已不知是第幾次來到了縣衙，秦旭幽深的眸子緊盯著杜啟明。「杜啟明，你身為父母官，連一點線索都找不到，我真的懷疑你的能力保不保得住你這個位置。」

杜啟明沒有想到秦旭這麼難纏，除了白天自己到處找，晚上還要來打擾他，跟他一一確認官方查辦進度。更怪的是明明只是一個農村平民老百姓，那氣勢強得像是什麼幾品大官，搞得他戰戰兢兢的。

說實在話，喬家兩姊妹不過就是兩個普通村姑，被拐賣有什麼了不起的？各地天天都有走失、被拐賣的案件發生，能尋回來的人沒幾個。眼下他都已經派出所有的捕快到處找人，還通報周圍的城鎮了，人能找到最好，真找不到，逼死他也沒辦法啊！這都好幾天過去了，兩姊妹連影子都沒有看到，顯然已遇害的機會不小。

面對秦旭的怒火騰騰，杜啟明強自鎮定。「你少安勿躁，本官一定會再多派人手去找。」

秦旭臉色更加深沈，聲音刺骨的冰冷。「大人如此盡力了，還是找不到人，看來是能力有限，秦某明白了。」

他說完，腳尖在地上輕點一下，立馬就施展輕功離開了縣衙。

在他看來，這官府裡上上下下都是一些拿著俸祿不幹實事的人，再這樣耗下去，喜兒的處境會越來越危險，他得自己想辦法。

杜啟明看他一臉陰沈的離開，簡直把堂堂縣衙當成自家後院一般想來就來、想去就去，氣得將桌子上的茶盞全部摔在地上。

該死的秦旭，不過就是一個上門女婿，竟然敢對本官無禮？行啊，他有這麼大的能耐，就讓他自己找去！

在秦旭怒火中燒的同時，他絕對想不到他一直擔心的人兒，這會兒卻被于嬤嬤捧到了心尖上——

于嬤嬤掂著沈甸甸的銀子，看著喬喜兒蹺著二郎腿，悠哉的啃著水果，越發的看不明白了。

她可是聽了半個多時辰的牆角，知道在喬喜兒服侍之後那貴公子十分滿意，多給了她半袋銀子。也就是說，喬喜兒把人服侍高興了，一次就掙了一百五十兩銀子，還真是超越了這樓裡所有姑娘的價值。

女子漂亮不足為奇，漂亮還上道聽話、能討于嬤嬤歡心的，這才是真正難得。

開花樓這麼久，喬喜兒可是讓她最省心的姑娘。

一般這些買來的姑娘都是很清高的，前期得用各種手段恐嚇強逼，最後才有可能心不甘情不願的去接客。當然時間久了，再清高的女子都會成為一堆爛泥，但這期間，馴服的過程十分漫長，有些她等不起的，都給弄死了。

喬喜兒自在地啃著水果喝著茶水吃著點心，任由于嬤嬤大大方方的打量，她吃飽喝足，還不忘想著喬蓮兒。

「于嬤嬤，今晚會有點冷，妳是否給我姊姊準備了棉被？」

「哎呀，妳就放心吧。我還能虧待妳姊姊不成？就妳這掙錢的能力，一個頂十個，即便妳要讓妳姊姊不用接客，我都會答應妳的。」于嬤嬤笑容滿面的討好。

喬喜兒笑了笑。「于嬤嬤果真是爽快人，行，那就這麼說定了，我姊妳就讓她享享清福，就由我幫妳掙大錢吧。」

「好咧，紅蓮，嬤嬤都聽妳的。」

紅蓮是于嬤嬤給喬喜兒取的藝名。但凡這裡的姑娘，姿色比較出眾的，都是以花來命名，什麼牡丹、玫瑰、梅花等等。

喬喜兒點點頭。「嬤嬤，我可說好了，我每天晚上只接一個客人，多了我可不幹。」就怕這種方法用多了會露出破綻。

就聽見于嬤嬤笑呵呵拍著她的肩膀。「妳放心，接下來幾個晚上，妳都不用忙，妳就好好準備一下才藝，馬上就要選花魁了，嬤嬤還想等著妳一舉奪魁呢。」

「行，沒問題。」喬喜兒比劃了一個ＯＫ的手勢。

這樣的安排更讓她省心，比才藝是吧，她有的是，什麼唱歌跳舞彈琴的，她哪樣不會？隨便唱一首歌都能豔驚四座。

這幾天由於選花魁這個話題被炒得十分火熱，再加上花滿樓的賣力宣傳，幾乎全城的人都知道這裡將會有一場花魁大賽，預備參加的花魁人選是一批新面容裡選出來的，姑娘們個個如花似玉，身懷絕技，很多貴公子都隱隱期待著。

喬喜兒這幾天好吃好喝地養著，雖然一得空就想出去傳遞消息，奈何有幾個打手死死的跟著她，已變態到寸步不離的地步。

怎麼辦？她到底要怎樣才能把求救的訊息傳出去？不能再等下去了，雖然她在這裡全身而退不是問題，但時間久了，傳出去對她名聲總是有影響的。

眼下反而是喬蓮兒沒那麼多人盯著，行動比她自由，見狀，她準備將通風報信這個光榮任務交給姊姊。

於是花魁比賽當日，她提出要求，指定要姊姊喬蓮兒充當她的丫鬟為她打扮，她才願意參加花魁大賽，于嬤嬤當喬喜兒是搖錢樹，對於她提出的要求很爽快的就答應了。

喬蓮兒給妹妹梳妝打扮，喬喜兒給自己化了個淡妝，屋裡就剩兩姊妹，其他人都守在門外，姊妹倆便說起了悄悄話。

「喜兒，咱們要在這裡一直待著嗎？怎樣才能逃出去？」喬蓮兒知道妹妹鬼主意多，先前得知她使計瞞天過海，由衷的佩服。但夜路走多了終會遇到鬼，她每天都很怕事情敗露，到時無法收場。

「姊，今晚人很多，妳一定要抓住機會通風報信。」相對於她的焦慮，喬喜兒倒是不慌不忙的往她衣袖裡塞了張字條。

這些便是求救訊息，需要喬蓮兒把這紙條交給看起來可靠的客人。

這就需要眼力跟碰運氣了，如果不巧跟一個心懷不軌的人求救，被倒打一耙，兩姊妹就危險了，所以在選擇對象上一定要萬分小心。

喬蓮兒心慌慌。「喜兒，萬一我這裡失敗了可怎麼辦？」

她沒什麼把握，她若是眼光好的話，就不會碰見田泉那個變態男了。

喬喜兒瞇了瞇眸子。「姊，妳別慌，就當碰運氣。妳放心，我這邊也會想辦法找個冤大頭替自己贖身，到時直接逃走。」

喬蓮兒這才鎮定的點點頭。「這確實是個辦法，那妳萬事要小心。」

「嗯。」喬喜兒知道今晚就是最好的機會，錯過這一次，要離開就更費勁了。

姊妹倆正在聊著，雕花木門就被人叩叩叩的敲響了。

于嬤嬤拍著門道：「紅蓮啊，妳好了沒有？」

「好了好了。」喬喜兒連連應道。

她之所以自己化妝，是因為實在受不了青樓女子的濃妝豔抹，那個粉厚得可以當牆刮出粉來了。

喬喜兒原本皮膚就很水靈，稍微化淡妝便能凸顯優勢，換上一身飄逸的白色衣裙，盈盈的幾個腳步間，像極了從天而降的仙女。

隨著吱呀一聲，她的素手輕盈的推開門，于嬤嬤等人看著從裡面緩緩出來的仙女，個個眼睛瞪得老大。

于嬤嬤打量了好久，嘖嘖稱讚。「美呀，太美了，清新脫俗，宛如仙女下凡。」看到喬喜兒，就像看到很多白花花的銀子朝她飛來，于嬤嬤口水都快要流出來了。

「紅蓮啊，妳真是太美了，只是這身打扮太素了吧？」

她滿頭黑髮披散下來，只用一根玉簪輕輕綰起一小部分，剩下的跟瀑布似的蕩漾在肩頭，于嬤嬤想給她加點首飾，被喬喜兒拒絕了。

「嬤嬤，在一群花枝招展的姑娘裡，我這番打扮反而能脫穎而出。」

「這話聽起來好像是那麼個道理沒錯。」見她堅持，于嬤嬤也就隨她了。

喬蓮兒不動聲色的聽著，心想妹妹可真是把人的心思琢磨得透，看于嬤嬤對妹妹畢恭畢敬的樣子，誰能想到兩天前她還是那個凶神惡煞的巫婆？果然是個掉進錢眼的女人，只要能給她錢，她給妳跪下都可以。

喬喜兒蓮步盈盈的從二樓雅間出來，抬頭看著大廳裡人聲鼎沸，一片黑壓壓的人頭。廳中間搭了個臺子，上面鋪了紅毯，此時正有人翩翩起舞，跳舞的姑娘面容長得不算標緻，但舞姿非常妖嬈，勾魂攝魄。

看來花滿樓為了這次的花魁大賽準備了不少節目，很快的，于嬤嬤揮舞著手帕，在男人目不轉睛的眸光中，拉開了花魁大賽的序幕。

她講了一下規則。「各位客官，歡迎來到花滿樓，今晚參加花魁比賽的共有十個姑娘，客官喜歡哪個姑娘，就在籃子裡投那個人的號碼，選拔結束後，清點誰的票數最多，誰就是當之無愧的花魁。」

「好。」

在一陣雷動的掌聲中，表演便開始了。

能歌善舞的姑娘們各自展現了絕佳的才藝，唱小曲、彈琴，可謂是十八般武藝都使了出來。還有姑娘會打拳，有功夫底子的，花樣是多，但對於經常在青樓裡消遣的男人眼裡可就不出色了，沒一會兒，他們便往臺上扔瓜子殼、果皮的。

「我說于嬤嬤呀，妳們選花魁弄得這麼聲勢浩蕩的，結果就這樣的水準？」

「就是啊，糊弄誰啊？就這樣的水準還收我們一兩銀子的進場費，妳這是想錢想瘋了？」

「就是。」有人帶頭提出質疑，好幾個公子便齊齊附和。「坑人，退錢退錢！」

于嬤嬤是見過世面的人，見狀也不慌張，討好的安撫。「各位客官，不要著急啊，壓軸的在後面呢！」

一位常客鄙夷道：「于嬤嬤呀，妳這花滿樓都快倒閉了，還能有什麼花樣？我可告訴妳了，一會兒不讓我們滿意的話，可要退錢的唷。」

于嬤嬤為了安撫這幾個鬧事的人，陪著笑臉。「公子放心，一定叫你們滿意。」

喬喜兒原本是最後一個出場的，眼下于嬤嬤看這情況已經快壓制不住了，趕緊讓她登臺。

姑娘們表演節目，才藝都是自己選的，對於怎麼樣的出場方式也是自行安排。所以喬喜兒的出場方式便顯得很不一樣。她手裡抓著一條繩索，從二樓慢悠悠的盪著過來，在片片的花瓣飛舞中，一襲白衣的她緩緩降落在臺上。

驚豔的出場方式，搭配著精緻絕倫的五官，瞬間吸引了所有人的眼球。

喬喜兒揮舞著長袖，在舞臺上如靈活的蝴蝶翩翩起舞。其實她的舞蹈並不怎樣，但由於她穿得比較仙，隨便擺幾個動作看起來都很優美。

眾人只見這女子淡雅出塵，就像天山上的雪蓮，純潔不可褻瀆。這樣的仙氣飄飄落入紅塵，一下便吸引了所有人的目光，臺下的男人歡呼著，眼神赤裸裸的恨不得將她給吃了。

喬喜兒隨意的表演著，心裡默默的祈禱，今晚能遇到個可靠的公子帶她脫離苦海，要不然還不知道要在這兒待多久呢。

這地方隱蔽，聰明如秦旭恐怕也難查到，給喬蓮兒的辦法也不知道能不能行得通，為了能順利逃出去，要兩手準備。

喬喜兒萬萬沒有想到，在她優美舞姿徐徐展開時，對面樓上的雅間裡一個面如冠玉的公子，雙眸不可思議的盯著她。

那人是喬喜兒吧？她怎麼會出現在這裡？

如果不是對她的一顰一笑記憶深刻，他會以為自己看錯人了。

到底怎麼回事？她一個嫁做人婦的女人怎麼會在這裡？

這人便是聶軒。聶軒作為生意人，經常跟生意人打交道，偶爾也會上青樓談生意，他剛剛就談了一筆大生意，找了女子犒賞那合作之人。

他若不是為了談生意，也不會來這種烏煙瘴氣的地方，他有潔癖，一般的女人都難入眼，更何況是這些上不了檯面的青樓女子。只是，他沒有想到會在這裡碰見喬喜兒，還真是緣分。

喬喜兒跟秦旭之間發生了什麼事？原本以為他們感情挺好的，他忍痛割愛，萌生放棄的念頭。可現在在這裡遇見她，他那顆死寂的心，又開始活躍起來。
聶軒目光灼灼的盯著臺上那個女子，她起初是在翩翩起舞，後面又唱著歌，嗓音非常靈動，像黃鶯一樣，看著下方那些男人的眼睛個個都釘在她身上，聶軒心裡隱隱爆發著酸氣。
一曲唱畢，臺下掌聲如雷，大家的目光都停留在喬喜兒身上，即便她已經下臺了，還在回味她優美的舞姿跟動聽的歌聲，導致後面兩個姑娘上來表演的時候，大家都心不在焉。
好不容易等到所有女人都表演完畢後，于嬤嬤這才不慌不忙的拿出個籃子，緩緩走在人群中，看著那些看官把一個個摺好的數字放進籃裡。
很快結果就出來了，于嬤嬤看到這個評選結果並不意外。
她站在臺上，揮舞著手帕，神情難掩激動的喊道：「各位看官，于嬤嬤宣布，今晚的花魁便是紅蓮姑娘！」
「紅蓮，紅蓮……」底下的男人都跟抽了風一般的狂熱喊著。
喬喜兒在後臺看著，不由抽了抽嘴角，這些人還真像極了狂熱的腦殘粉。
臺下男人一邊呼喚紅蓮的名字，一邊把手掌都要拍紅了，個個按捺不住的議論。「于嬤嬤，這次的花魁選得真不錯。」
于嬤嬤笑了笑，揮舞著手帕。「那是，我們花滿樓只會越辦越好，這次的花魁大賽，百花齊放，人才輩出。」
男人們聽了很直白的發著光。「行了，于嬤嬤，言歸正傳，今晚這個花魁是怎麼收費法？」

他們血紅著眼睛，如此美人，如果能春宵一度，那簡直是死無遺憾。

瞧著這些人急不可耐的樣子，正中于嬤嬤下懷。她笑得一臉財迷。「自然是價高者得。」

很快就有人帶頭喊了起來。「十兩銀子。」

出價的這個人瞬間就被鄙視了一番。

「十兩銀子還想得到紅蓮姑娘？你在作夢吧，我出一百兩。」

一百兩銀子啊，有些沒錢的人已經放棄了，有這個錢都可以娶多少房小妾了，拿來睡一個青樓姑娘簡直昏頭。

更昏頭的在後面，有人開到二百兩！眼看就要飆到三百兩，于嬤嬤兩眼放光，她彷彿看到空中落下來好多銀錠子，悉數將她埋在了銀子堆裡。

這些人在喊價，喬喜兒偷看著這些男人財大氣粗的樣子，不由得打了個寒顫。

這些人真是無聊，為一個青樓女子出這麼大的價錢。

怎麼辦？也不知道喬蓮兒有沒有把求救信送出去。

喬蓮兒確實把信送出去了，她無意中在雅間裡看到聶軒，就像看到救命恩人般的激動，立即將紙條塞給他。

聶軒看了紙條，得知他們兩姊妹竟是被人綁走賣到這裡的，氣得額頭青筋突突的跳，對於紙條上寫的叫「田泉」的男人，他修長的眸子裡出現一抹殺意。

喬蓮兒生怕他不答應，連忙說道：「聶公子，這個贖身的錢我們會還給你的。」

聶軒擺了擺手。「妳放心，既然我碰到了這件事，定不會坐視不管的。」

說著他便給了身旁的隨從吳楓一千兩銀票，吩咐他去找于嬤嬤贖身。

聶軒在商界赫赫有名，再加上曾出入過這裡，于嬤嬤對他是相當熟悉。

很快眾人的喊價已經上了四百兩，于嬤嬤笑得合不攏嘴時，吳楓上前把她拉到一旁耳語，說要以一千兩買了喬喜兒，她當然不同意。

喬喜兒可是一棵搖錢樹，一個晚上就能掙個四、五百兩，他憑什麼一次買斷？

吳楓面無表情。「于嬤嬤，妳這人買來的時候，不過幾十兩銀子，一千兩銀子已是天價，如果妳冥頑不靈，一會兒官府查到這裡，妳定會人財兩空。」

于嬤嬤一聽這話，瞬間就蔫了。

花滿樓經常幹一些見不得人的買賣勾當，只要官府一查就會查出貓膩，秉著多一事不如少一事的態度，她變了變臉色。「行，一千兩就一千兩，賣身契給你，人你帶走吧。」

聶軒的隨從有好幾個，喬喜兒並不認識吳楓，還以為吳楓就是出手闊綽的買主。等被帶到雅間，看到又有一名男子，不僅身形挺拔、氣宇軒昂，還是個難得一見的美男子，關鍵是這個美男子她認識，是好久不見的聶軒。正當她納悶時，就見到吳楓把賣身契遞給了聶軒。

「公子，人已經買回來了。」

子。

喬蓮兒一聽這話，倒吸了一口氣。這個于嬤嬤還真是財迷心竅，居然真敢收一千兩銀子。

她激動的搖晃著發愣中的喬喜兒。「妹妹，咱們得救了。」

喬喜兒附和著點點頭，眸子閃過一絲複雜，她們是得救了，可一千兩銀子真是筆鉅款。

她纖細的手拿起放在桌上的賣身契，確認無誤後，感激的看著聶軒。「謝謝你，聶公子。」

聶軒揮著摺扇，姿態瀟灑。「不用客氣，舉手之勞。」

喬喜兒樂了，她運氣算好的，碰到了熟人，要是碰到壞人就麻煩了，千兩銀子她倒是出得起，可她絕不會白白的便宜了于嬤嬤這種人。

但眼下得先離開這裡再說，她笑得如沐春風。「聶公子，我們可以走了嗎？」

看她笑得這麼燦爛，聶軒睜大眼睛，不免將她上下打量了一番，眸光充滿探究。

隨從去買人的空檔，他特意打聽過喬喜兒的消息，據說她來這兒好幾天了，也陪了幾個客人。

喬喜兒已嫁做人婦，遇到這種事卻似乎絲毫不以為意，還以為她是什麼貞節烈女，卻不想在小命之前，什麼也不是。

喬喜兒非常納悶，為何對方看她的眼神這麼古怪？他定是想太多了，她也不解釋，只道：「公子，此地不宜久留，我們還是趕緊走吧。」

「好。」聶軒這才回神，起身抓住她的手，卻見喬喜兒費勁掙脫。

「聶公子……」

聶軒臉不紅心不跳，語氣淡淡。「這裡還是花滿樓，妳既然是我買回去的女人，還得做做樣子。」

喬喜兒一聽是這個理，便沒有掙扎，任由他牽著她，從于嬤嬤跟前高調的走過，跟在後面的喬蓮兒，加快腳步趕緊跟上。

于嬤嬤看到搖錢樹就這樣被帶走了，神情十分不捨，不過這一次她也是掙大發了，瞅著一行人笑咪咪道：「紅蓮啊，妳可真好命，被貴公子看中，以後可要好好的伺候公子啊。」

喬喜兒冷哼一聲，才懶得理她。

聶軒神色更是不耐煩。「說完了嗎？說完了我們可以走了。」

于嬤嬤這才一臉訕訕。「公子慢走。」

出了這烏煙瘴氣的花滿樓後，一行人上了馬車。

坐在馬車裡，喬喜兒就好像掙脫囚籠的鳥兒恢復了自由，她撩開車簾看著外面的街道，行人如織，車水馬龍，這種重獲新生的感覺真好。

聶軒手下的兩個隨從坐在馬車外輪流趕車，車速很快，馬車很快就從熱鬧的街道到了寬闊的官道。

喬喜兒瞅著外面的風景沈思，看起來十分淡定的模樣。

聶軒見狀，抽了抽嘴角。「喬喜兒，妳就沒有什麼要說的嗎？」淡定成這樣子，知道的她是從青樓裡出來；不知道的，還以為她遊山玩水去了。

喬喜兒回神，對上他探究的眸光，拱手行禮。「多謝聶公子今晚的慷慨解囊，你放心，這錢我不會讓你白花的。這個花滿樓實在是黑暗，裡面一大半的姑娘都是拐賣來的，一會兒回鎮上，要麻煩你立馬報官去。」

聽她這麼一說，聶軒也深覺問題的嚴重性，點點頭。「妳放心，這件事我定會幫妳討回公道。」

喬喜兒原本也想跟著去衙門報案，但她過去跟杜啟明有些衝突，想想還是把這件事交給聶軒來得好，她跟喬蓮兒先趕回家要緊。

「有勞聶公子了，我失蹤多日，得先回去報個平安。」

「我送妳。」

「不用，公子還是先報官吧，拜託了。」

雙方達成協定，馬車行駛到臨江鎮時，喬喜兒便換乘了一輛馬車，跟喬蓮兒一路緊趕慢趕的趕回家。

兩姊妹一刻也等不了，內心只想見到家人。

寂靜的深夜，村裡漆黑一片，姊妹倆在村口下了馬車，瞅著這些層層疊疊的茅草屋，恍然如夢，看到熟悉的情景，一顆漂泊的心終於得到歸屬。

她們以生平最快的速度跑回家，喬家的院門輕輕一推便開了，屋裡仍是燈火通明，裡面傳出低低的說話聲。

聽到久違的聲音，喬喜兒激動的敲著木門。

「誰啊，大晚上的？」屋裡響起方菊的聲音，來人一邊走，一邊念叨。

當她把門吱呀一聲打開，看到朝思暮想的兩個閨女就站在門口時，愣了好一會兒，才猛然把兩姊妹擁入懷裡，激動得熱淚盈眶。「喜兒、蓮兒，妳們去哪兒了？可急死娘了！」

方菊哭著將兩人上上下下打量了一遍，見沒有缺胳膊少腿的，這才放下心來。

「娘，我們沒事。」

這麼一鬧騰，喬松、喬石、秦旭聽到了聲音，也從裡頭的房間衝了出來，因為擔心她們，這幾天他們都沒怎麼睡，天天在外巡到半夜才回來，剛才也還在商討接下來的對策。

兩姊妹總算安然無恙地回來了，一家人都激動得很，喬喜兒沒有細說詳情，只簡單帶過她們如何被人販子綁走、又拐賣到其他城鎮，最後遇到了好心人解救回來的過程，對於花滿樓一事便暫時略過了，省得家裡人擔憂。

「喜兒，妳過來。」

秦旭拉著她出來，將她按在牆上，狠狠的親吻一番，此時感受到她的溫度和唇的柔軟，才感覺她是真實存在的，不由得激動連連。

喬喜兒被他這番熱情弄得不好意思，笑著捶打他的胸膛。「秦旭，讓你擔心了，我沒事。」

近距離的抬眸打量他，不過幾天的時間，他的面容憔悴了不少，鬍碴扎得她很痛，黑眼圈也挺重的，一看就是好幾天都沒有吃好睡好的樣子。

「喜兒，妳這幾天究竟出了什麼事？」

「秦旭，若是你相信我的話，多餘的話不要問，我們先去花滿樓算帳。」

「好。」秦旭跳動的心，這一刻才放下。

喬家人見姊妹倆平安歸來，終於可以鬆了口氣，緊繃多天的心弦鬆懈後，迎來的便是疲憊。

待他們睡著後，秦旭便攬住了喬喜兒的腰肢，腳尖在地上一點，身子輕盈的在空中騰飛。

喬喜兒感受到夜風在耳邊呼呼吹著，天，這便是傳說中的輕功，太酷炫了！

這速度比馬車快很多倍，抵達鎮上也不過用了一炷香的時間，秦旭沒有休息，繼續使用輕功，抄了小路，去了隔壁鎮。

這麼折騰了一晚上，都已接近晨曦，遙遠的東方泛著魚肚白，天空飄浮著魚鱗片的紅暈，鎮上的青石板路，偶爾能看到幾個行人。

喬喜兒驚訝，秦旭的輕功竟如此厲害，居然能飛這麼久，這吃了空間裡的藥就是不同。

他們這輕功的速度，比衙門派來的人都快了一步，能趕在他們前面抵達，也方便處理自己的私事。

「喜兒，餓了嗎？要不要吃些早點？」秦旭陸續看到有早點攤位，便問道。

喬喜兒搖頭，肚子雖然有些餓，但眼下還撐得住。「不用，大事要緊。」

她現在可沒心情吃早點，迫不及待要把花滿樓給滅了才行。

兩人很快抵達了花滿樓後院，會輕功就是方便，連門都不用敲，直接飛了進去。

為了不引人注意，她從袖子裡面掏出一些蒙汗藥，遇到人就直接撒，很快的，守在院子裡的那些打手便一個個地倒下。

喬喜兒輕車熟路的去了原來關押姑娘的房間，把門連連踹開時，驚擾的動靜震得姑娘們心驚膽跳，等發現是喬喜兒時，她們不由納悶。「紅蓮，妳不是被人贖身了嗎？怎麼又回來了？」

「大家別怕，我是來救妳們的，快跟我走。」喬喜兒邊說邊拿出一把匕首，手法俐落的割斷她們身上的繩索，帶著她們從後院出去。

「紅蓮，我們就這樣逃了，妳會不會有事？」姑娘們全程都是愣逼狀態，直到上了她叫來的馬車，這才反應過來，抓著她的手關切的問。

「放心吧，我不會有事的，妳們先去衙門一趟，我想衙門那邊也會需要妳們的證詞，妳們很快就能跟家人團圓了。」喬喜兒給了車夫一兩銀子，護送著她們離開。

姑娘們離開了這是非之地，回過神後，才小聲議論。

「這紅蓮昨晚不是被人買走了嗎？怎麼又會回來救我們了？」她們早就聽說紅蓮一舉奪魁，被人高價買走，還以為剛剛那個身形高大的秦旭，就是買主。

「謝天謝地，我們總算逃出來了，我早就知道，這個紅蓮不是一般人。」

姑娘們在忐忑不安的情緒中，在半路上遇到了前來查辦花滿樓一案的杜啟明和聶軒一行人馬。

杜啟明在秦旭的壓力下查辦此案也算是盡心盡力，連夜得到聶軒的情報後，當下就兵分兩路進行，一隊人馬前去追捕主謀田泉，他則親自帶隊前往查辦花滿樓。

當下得知這一馬車的姑娘是花滿樓一案的重要證人，他立即又分出人手一路護送她們回衙門，一一登記名冊並留下證詞，再依據她們的證詞細查此案細節。

這不查不知道，一查嚇一跳！原來一直以來這花滿樓的大部分姑娘都是以各種手段拐賣來的，可見背後和人販子勾結的程度既久且深。

當聶軒從車夫的口裡得知喬喜兒跟秦旭先一步又回來救了這些姑娘，不由佩服喬喜兒的處事速度，繼而想起她在花滿樓裡經歷的那些事，某人真的不介意嗎？

他道：「大人，喬姑娘和夫婿還在花滿樓，勢單力薄恐支撐不了多久，事不宜遲，我們快點跟上協助才是。」

「說得沒錯，走吧！這次本官定要將他們一鍋端了！」

身為父母官，新官上任三把火，總算讓他碰到一件棘手的案子，涉及人數非常多，影響很廣的，只要處理得好，就是他上位的契機！

此刻的花滿樓十分寂靜，迎著朝霞的晨露，顯得生機勃勃，而數錢數到手軟的于嬤嬤，興奮得一夜未眠，渾然不知她的場子已經被人悄悄包圍了，危險朝她逼近。

這會兒她聽到門外有動靜，連忙將銀票收起來，卻不想，雕花木門被人一腳踹開，一陣狂風席捲而來。

「是誰？好大的膽子，敢踹本嬤嬤的門！」

她還沒有看清楚，就見前面有黑影晃過，等再回神時，脖子已被一雙大手狠狠掐著，而那個原本已被贖身離開的喬喜兒，高調的出現在她面前。

看著于嬤嬤一臉恐慌，喬喜兒只是道：「不義之財，妳也好意思收。」

她也不多說，直接翻箱倒櫃開始翻她的東西，把她的銀票跟金銀珠寶銀兩全都打包了。

「紅蓮，妳在做什麼？」

「搶錢啊！」扛著打包好的包袱，喬喜兒笑得那個叫賊兮兮。「于嬤嬤，妳沒有長眼睛嗎？我這是要把妳的贓款上繳。」

于嬤嬤大驚失色，顧不得釐清來龍去脈，扯著嗓子大喊：「來人啊，有人搶錢了！」

話音剛落，便聽到有腳步聲以最快的速度齊齊向這房間接近，天快亮了，還有好些打手並未被迷倒。

秦旭將于嬤嬤點了穴，推她在地，將喬喜兒拉到一旁。「喜兒，站遠點，接下來交給我。」

「好嘞。」喬喜兒乖巧的點點頭，正好奇秦旭的功夫到了怎樣的地步。

一群凶神惡煞的男子衝了進來，直接朝秦旭攻擊，只是沒想到這些打手平時看著挺厲害，一個個人高馬大，卻被秦旭兩三下就打趴在地上。

「原來都是一些中看不中用的。」喬喜兒拍手叫好，不過就是一群虛張聲勢的混蛋，只會嚇嚇手無縛雞之力的姑娘。

等這些人都躺在地上痛苦哀號，秦旭便點了他們的穴道，令他們動彈不得。

這會兒角色就互換了，壞蛋們就好像砧板上的魚兒，而喬喜兒亮著手中鋒利的匕首，嘴角噙著笑，像極了猙獰的劊子手。

看見她手中的匕首閃過一絲鋒芒，于嬤嬤驚恐的叫道：「妳要做什麼？」

「我要做什麼？我自然是要來報仇的呀。」喬喜兒笑裡藏刀，猛地刺向她的手掌。

這個老鴇，傷天害理的事幹了不少，今日總算可以替那些受害人出口氣。

于嬤嬤痛苦的嗷嗷直叫，看到自己的手掌被刺穿了，鮮血流了一地，痛得都快暈過去了，連連求饒道：「紅蓮，饒命啊！我什麼都給妳，求妳別殺我……妳被人賣到這裡，我又沒逼妳做什麼，也沒虧待妳，接客是妳自己願意的……」

接客兩個字猝不及防的落下後，喬喜兒明顯感覺到背後透著一股涼氣，她先聲奪人。「秦旭，快點了她的啞穴，休得讓她胡說八道。」

話音剛落，原本聒噪個不停的于嬤嬤被點了啞穴，躺在地上跟頭死豬一般，動彈不得。

喬喜兒呵呵一笑，找了繩子將她捆綁，再把這個守財奴的銀子整理了一番，從中抽出千兩銀票，塞入自己的衣袖中。

「于嬤嬤，這一千兩原本就不屬於妳，我拿回去了，餘下的得充公。」

于嬤嬤嘴巴被堵住，手腳被捆，只能在那裡掙扎求饒。原來這女人有靠山，看她身後的那個男人，渾身冷颼颼的像座冰山，完全就是想取她性命的模樣。

秦旭確實想殺她，尤其當他聽到她嘴裡吐出接客兩字，就恨不得立馬要了她的命。

他也確實忍不了了，凌厲的掌風已凝勁在手，就在欲擊出之際，有雙柔若無骨的小手抓著他的大手，搖搖頭道：「秦旭，事情不是你想的那樣，我回去再跟你好好說。」

喬喜兒的話神奇地起了安撫作用，原本怒氣勃發的秦旭竟柔和下來，兩人在這兒等了一會兒，衙門的人才終於到來。

發現整座花滿樓寂靜無聲，後院倒了一地作惡的人，官差們一一將人綁了，還來不及細查內部，聶軒擔憂喬喜兒的安危，已率先衝了進去，每間房都清查了一遍。終於來到于嬤嬤的房裡，見喬喜兒好好的站在裡頭，緊張的衝進去抓住她的手詢問。「喜兒，妳沒事吧？」

「我沒事，你來得及時，聶公子，這次可真要謝謝你了。」喬喜兒有些尷尬的說著，想要掙脫他的手，卻被他死死地攥住。

經歷了這次事件，聶軒更不想放手了。

原本他已經打算死心，可上天似乎被他的癡情感動，才會冥冥之中讓他在此遇到她。

喬喜兒是不清白了，但他知道這不是她自願的，他可以不介意，這麼想著，原本死寂的心又開始熊熊燃燒起來。像秦旭這樣的人，定會介意自己的女人被侮辱了，而他可是給了千兩贖金的，喬喜兒理所當然是他的人。

見他不放開，喬喜兒急得跟什麼似的，秦旭沈著臉，索性直接走過來扳開他的大手，霸道宣示主權，強勢摟她入懷。

「聶公子請自重，她是我的人。」

「你……」

聶軒有些尷尬，這會兒就聽見杜啟明道：「聶公子，這花滿樓就是你指稱的涉嫌拐賣姑娘的青樓？」

「是的，大人。」

「好，本官定會徹查。」

聽到這抑揚頓挫的聲音，喬喜兒把視線落在好久不見的杜啟明身上。

想不到這男人穿上官服倒是挺像模像樣的，雖然絕大程度是裝的，不過先不評價杜啟明為人如何，只要能為老百姓做主就成。

杜啟明看也不看喬喜兒一眼，他神色一凜，對著手底下的一眾捕快道：「將花滿樓上上下下搜查一遍，所有相關人等都給我綁起來押回衙門審問。」

「是，大人！」

很快的，那些官差便索利地將該帶走的人一一帶走了——醒著的立即被押走，還昏迷的就捆綁起來丟到馬車上，由大隊人馬一起押回衙門。

此時天色已大亮，花滿樓鬧騰的動靜早引得街上的行人在外頭駐足看熱鬧。當他們聽聞花滿樓的姑娘都是用不法手段拐來的，個個義憤填膺指指點點，同時也慶幸還好官差們已把這些壞胚子都抓了起來。

杜啟明帶著捕快把人犯都帶走後，一行人便浩浩蕩蕩的離開，走在後面的聶軒眼看著秦旭還摟著美人兒，忍不住道：「喜兒，妳別忘了，妳是我買回來的，賣身契還在我這裡，妳就是我的人。」

話音剛落下，喬喜兒就聽到了某人咬牙的聲音，距離太近，她都能感受到秦旭這座冰山快要爆發了，她只能笑得十分尷尬。

「聶公子你誤會了，這賣身契上面寫的是紅蓮，可不是喬喜兒，還有，這一千兩銀票我要回來了，現在還給你，謝謝你幫了我一把。為了表示感謝，我可以再送你一車香囊、一籮筐的香薰蠟燭，你看如何？」

她的這番話可把聶軒氣得啞口無言，他掏出賣身契看了看，上面的名字果然是紅蓮！

這……好，他不著急，就憑秦旭這吃醋的樣子，怎麼可能接受得了自己的女人已被糟蹋的事實？他會耐心的等，等她來找他。

「好，我就等著妳把謝禮送到鎮上去。」聶軒面無表情的說完，轉身便離開了。

他相信下回喬喜兒來找他時，便是吐槽和離之事。

此時的秦旭索性叫來了一輛馬車，喬喜兒被秦旭一把抱了上去，兩人並坐在車廂裡，喬喜兒看著某人那張黑沈的臉，感受到氣氛低壓得能凍死人，突然哈哈大笑起來。

她也不解釋，直接將手腕上的那顆守宮砂亮給他看。「秦旭，我沒事，我還是清白之身。」

接著，她便繪聲繪色的細說著這幾天的經歷，包括她和喬蓮兒被迷昏後醒來看到的景象、後來她是如何討好那于嬤嬤、又是如何想到妙計騙過那些人的……

秦旭心疼的將她摟入懷中，低沈的嗓音難受的說道：「對不起，喜兒，是我沒有及時找到妳，害妳受了那麼多天的苦。」

「你不要自責，這不是你的錯，都是那個殺千刀的田泉，這次定要讓他把牢底坐穿！」見喜兒受了這麼大的驚嚇，還柔聲安慰他，秦旭不禁將她摟得更緊了。「以後不准離開我的視線半步。」

喬喜兒反駁。「你這是緊張過度了，好了，不要緊繃著一張臉了，我又不是小孩子。我知道怎麼自救，你忘了，我可是有個神奇的空間。」

說起這個，秦旭半信半疑。「我怎麼知道妳有沒有騙我？那個空間我都進不了。」

喬喜兒歪著腦袋。「你放心，我一定會找到空間的機關，到時帶你過去一探究竟。」

秦旭並沒有將此事放在心上，眼下他們不急著回去，而是一心趕去衙門，看看這個案子升堂審訊的情況。

當他們趕到衙門時，大堂已經升起，兩邊的捕快整齊站立，看起來威風凜凜。

這個時辰已經是大上午，金燦燦的陽光鋪滿大地，路上本就有不少來往的行人，大家知道今兒有新官上任的第一場升堂，都想目睹一番，因此將大堂門口圍得水洩不通。

杜啟明當官沒多久，這算是他有史以來查辦的第一宗大案子，為了讓自己的形象深入民心，對此，他格外上心。

就見他穿著一身官服，威風凜凜的坐在高堂上，拍著驚堂木道：「來人，帶人犯。」

很快的，田泉等人和于嬤嬤被帶了上來。于嬤嬤想著自己的花滿樓被一鍋端，積攢多年的銀子全都化為烏有，氣憤之餘又是恐懼，當場軟了腿，跪在地上磕頭求饒。

「大人冤枉啊，我是真金白銀花了錢買回來的姑娘，都是合法買賣，是那些拐賣姑娘的人為非作歹，我壓根兒不知情呀！」

于嬤嬤這麼一說，一旁作為證人的姑娘們聽了紛紛氣憤地瞪著她道：「于嬤嬤，妳別想裝無辜了，妳逼良為娼，還草菅人命，那些不願意接客的姑娘不是被妳的手下給糟蹋就是活活打死，妳罪無可赦！」

杜啟明神色凜然，拍著驚堂木。「大膽婦人，妳逼良為娼，害了這麼多無辜的姑娘，本官絕不能饒妳！罰沒收妳所有的銀子，打二十大板，關入地牢，聽候發落。」

「大人饒命啊，大人！」于嬤嬤後悔得腸子都青了。

花滿樓本來生意就不好，近日她才會再買了一批新的姑娘，卻不想給自己惹來殺身之禍。早知這樣子，還不如把花滿樓關了。

可惜後悔早已來不及，衙役很快就將她押了出去開始打板子，外頭傳來殺豬般的叫聲，圍觀的老百姓紛紛叫好。

喬喜兒神色淡淡的看著，看不出來杜啟明這個渣男，感情處理得一團亂，處理公事倒挺有模有樣的。

有了這個榜樣，田泉早就嚇得瑟瑟發抖，迫不及待求饒道：「大人饒命，看在小的是初犯的分上，饒小人一命吧！大人，是他，都是他一直在拐賣婦女，是他讓我入夥的，你要殺就殺他啊！」

這兩人狗咬狗，圍觀的百姓個個都在議論。

跟田泉合作的漢子聽他把責任推得一乾二淨，不由得朝他臉上吐了一口口水。

「你說什麼？好啊，數錢時我見你快活得很，現在出了事倒推得一乾二淨，要死大家一起死！田泉，你幹這種骯髒買賣也不是頭一回了，根本是喪盡天良，不僅在外騙婚，還拐賣姑娘，最可恨的是把自己以前的媳婦都賣去青樓！」
見對方把他的底都掀了，田泉急了。「你胡說八道！是你拉我入夥的，我這是交友不慎！」他使勁的辯解。
「放狗屁，明明是你自己心思歹毒！」
就這樣，兩人在堂上吵了起來，杜啟明聽得頭疼，驚堂木一拍，喊道：「來人，將這兩人打二十大板，關入大牢，判二十年。」
判決下來後，老百姓紛紛鼓掌，暗嘆這個父母官真能為百姓處事，辦案如此索利，且還如此年輕就中了探花，只當縣太爺也是大材小用了。
聽到這些人的議論，喬喜兒心想著這杜啟明還真有些本事，居然能受到百姓愛戴，他在感情方面渣不渣跟她沒關係，若他能為百姓做實事，也算是讀書有點用。
案子判完後，她便跟秦旭坐馬車回村。
當喬喜兒告知爹娘此事的主謀是田泉時，喬石和方菊不禁都倒吸了一口氣，想不到此人竟包藏禍心，好在如今已被關入大牢，處以重刑二十年，也是罪有應得了。
午飯方菊做得特別豐盛，她煮了魚湯，還燒了糖醋排骨、雞蛋羹、爆炒雞肉等等，算是給姊妹兩人劫後餘生的慶功宴。
「哇，今兒個的菜色可真豐富，都快趕上過年了，謝謝娘，娘您辛苦了。」喬喜兒嘴巴甜，美滋滋的吃著娘親手做的菜，幸福感爆棚。在花滿樓那幾天吃的都是什麼鬼東西？還是家裡的飯菜最香。

喬松此時心情得以放鬆了，不由得提起秦旭。「小妹妳知道嗎？妳們失蹤的這幾天，秦旭到處找妳們，真的是急壞了。」

患難見真情，喬家人都看得明明白白的，這兩人的感情是真的好啊。

喬喜兒點頭。「我知道，你辛苦了，多喝一點。」她舀了一碗魚湯遞給秦旭。

秦旭沈著臉，正經說道：「對不起，岳父岳母大人，這次都是我沒有照顧好喜兒，是我的錯。你們放心，今後我會寸步不離的跟著喜兒，絕不會讓她再受到一丁點傷害。」

「好好好。」

方菊跟喬石聽了這話都十分欣慰，這些天他們吃不好、睡不好，無時無刻不在擔心這兩個閨女，如今看到她們平安歸來，這顆心總算可以放下了。

喬喜兒回到家之後便投入活兒當中，想著兩姊妹都五、六天沒有回來了，村裡那些繡好的香囊也該收一收了。下午，她便跟秦旭在村裡一家一家的挨著收香囊。

「喜兒，你們這是婦唱夫隨啊。」村民十分羨慕。

以前他們會說這兩夫妻是面和心不和，但現在誰不知道秦旭看喬喜兒的眼神，可是從骨子裡透出來的愛意。

「喜兒，好久沒見到妳了，妳這幾天去哪兒了呀？」

村裡的人非常淳樸，但也喜歡八卦，所以對於不知道發生什麼事的人，喬喜兒不想多說，笑著打哈哈道：「我這幾天在外面跑鋪子呢，想要多找一些鋪子賣我們家的香囊，妳們也能多掙一些工錢。」

她說得很自然，一點破綻都沒有，這讓秦旭的嘴角都暗暗抽了抽，想必這就是她即便被拐賣到青樓裡也能全身而退的原因，太鎮定、太機靈了。

「欸，喜兒，妳可真是太能幹了，也難怪你們喬家日進斗金，跟在你們身後，我們也能養家餬口，真是多虧了你們。」

村民一年到頭都在地裡忙活，掙點錢原本就難，又沒有什麼別的掙錢路子，對於這個衣食父母，他們還不得眼巴巴的討好著？更何況現在的喬喜兒，早就跟當初那個橫行霸道、只知道闖禍的姑娘不同了。

喬喜兒的嘴巴都要咧到天上去了，秦旭則是禮貌的笑笑。「方大娘，您過獎了。」

「行，那方大娘，我們先去忙了，妳有空多做一點，喬家絕對不會虧待妳的。」喬喜兒樂顛顛的說著。

她挨家挨戶的收香囊，秦旭則是一袋袋的扛著。

話說這秦旭，真是力大如牛，身上扛了幾個麻袋，走路還是十分輕鬆，果然有內力的男人就是不一樣。

兩人一路過去，來到村中央時，遇上了出門買花的張翠，只見張翠像是十分震驚似地，一臉不可思議地看著他們兩人。

怎麼會？喬喜兒怎麼回來了？那群廢物！真是一點用都沒有，連兩個姑娘都對付不了。

雖然張翠隨即神色恢復正常，但喬喜兒並沒有錯過那瞬間的表情變化，下意識地感到疑惑，突然腦袋靈光一閃，想到了很重要的一件事。

她就說嘛，那一天田泉怎麼知道她和喬蓮兒在山腳下那個隱密的小河岸邊，還知道繞小路進村？原來有張翠在打掩護！

這女人，算計來算計去，都把自己的終身幸福算計進去了還不知收手，現在大喜日子臨近，都要嫁人了還不安分，終有一天會自食惡果的。

見張翠的目光始終落在秦旭身上，一副愛而不得的苦情模樣，喬喜兒不免覺得好笑。

「張翠，妳都要嫁做人婦了，還惦記著別人相公可不太好吧？若是明公子知道妳想紅杏出牆，指不定還沒過門就把妳給休了。」

張翠臉色一沈，狠狠地瞪著她。「喬喜兒，妳少得意，風水輪流轉，我就不信妳會一直都這麼順風順水的。」

她可沒想過要嫁給明遠華。明家雖家大業大，但明遠華是小妾生的孩子，在家裡一點地位都沒有。不僅如此，他雖尚未娶正妻，但成天花天酒地、私通丫鬟，她嫁過去會有什麼好日子過？這不等於跳火坑？

可眼下，若她不嫁，也是死路一條。

這進退兩難的局面讓張翠更加痛恨喬喜兒，將所有的憤怒都發在她身上，目光凌厲得跟毒蛇一般，恨不得咬死她。

喬喜兒笑了。「天底下沒有哪個人是順風順水的，勸妳看開一點，不要執著於求而不得的人，否則這輩子注定都要鬱鬱寡歡。」

被說到痛處，張翠變得猙獰起來，她看著一旁的秦旭挑撥道：「秦旭，你別忘了這女人的本性，你只是一時被她迷惑了，何況她心裡肯定惦記著杜啟明，畢竟是曾經愛過的男人，如今不僅是探花郎，還當上了縣太爺，她指不定心裡有多後悔呢。」

秦旭剛毅的面容一下子聚集了寒霜。「這是我們的家務事，就不勞妳操心了，妳還是好好操心妳自己的事吧！還有，我警告妳，若妳再敢算計喜兒，休怪我不客氣。」

秦旭是什麼人，敏銳的捕捉到喬喜兒的綁架事件少不了她的手筆，眼下沒把她怎麼樣，只是苦於沒有證據。

他愛喬喜兒，這女人就是他生命中最重要的人，不管是誰，敢傷害她，他第一個饒不了他。

張翠渾身透心涼，為什麼他對她一點好感都沒有，她不明白，秦旭以前不是挺討厭喬喜兒的嗎？為什麼現在這麼維護她？

從而可以說明感情是可以培養的，若是秦旭來她家跟她好好培養，兩人說不定早就是恩愛夫妻了，現在說什麼都晚了，他們注定是兩個不同方向的人。

張翠瞇著眸子，咬牙切齒，既然此生得不到秦旭，那就毀掉他們。

「好啊，看你能拿我怎麼樣？等我嫁到明家，明家有錢有勢，可不怕你一個老百姓，你們等著，我不會讓你們好過的，別忘了，我們張家也是村裡的首富……」

喬喜兒懶得理她，拉拉秦旭的手，示意繼續收貨去，兩人便順著一路走到村尾，將村民做好的香囊全都收了。

這件事落幕後，喬家人又跟以前一樣恢復了其樂融融。

第十七章

張家閨女張翠出嫁的日子到了。

婚嫁從古至今都是大喜事，村裡的姑娘嫁人都會宴請全村人過去喝喜酒，那些交情不好的村民除外，大部分的村民都會去，交情好的還會包紅包、送禮。

喬喜兒才不關心張翠成不成親，倒是聽見在她家幹活的王秀嫂子提了一下，便站在門口看了看，果然見張家的院子裡已搭起了棚子，架起了臨時灶臺，還擺滿了桌椅。她也看到張福跟他婆娘挨家挨戶的跟村民報喜，請他們去喝喜酒。

輪到喬家時，兩口子看見站在門口的喬喜兒，神色立馬變了，冷哼一聲，就從她跟前走過。

有人就好奇問道：「張家的，你們不請喬家去喝喜酒嗎？」

喬家如今富得流油，村裡誰不討好呢？但對於心高氣傲的張家，總覺得村裡的首富地位被人搶了，再加上張翠惦記著秦旭，村裡沒有人不知道的，這新仇舊恨加在一起，兩家就生了嫌隙。

只見張母還當著喬喜兒的面，朝喬家大門吐了一口唾沫星子。「呸，誰要請這些心術不正的人喝喜酒，我怕沾染了晦氣。」

喬喜兒本要轉身進屋裡去，聽她這麼一說，倒是緩步過來，高傲的看著她。

「張家嬸子，可否再說一遍，妳是說誰心術不正了？」這潑婦還真是惡人先告狀。喬喜兒的性格就是不怕事，直接冷聲質問。

路過的村民看到兩人起了爭執，直呼有好戲看了，也顧不得幹活了，就圍在那裡看熱鬧。

張母從自家閨女那兒得知閨女失身之事跟喬喜兒有關之後，就一心認定這一切是喬喜兒設計陷害的，眼下這小蹄子還有臉問？她氣道：「我就說妳心術不正！從妳搶男人的手段就可以看出來了，還有妳那破香囊生意能做得這麼火紅，也不知道是使了什麼下作手段，說不定妳跟那些東家都有一腿呢。」

村民倒吸了一口氣，這張翠的娘還真是什麼話都敢說，脾氣暴躁的喬喜兒怕不會氣得動手吧？

不料喬喜兒根本不生氣，只是覺得好笑。「妳搞錯了吧？論下作手段，我跟張翠比起來簡直小巫見大巫，是她使手段聯手明遠華設計我，卻把自己算計進去了，這才有了今天這門親事；也是她一心惦記著我家相公，心術不正眾人皆知，論起來我是遠遠不如她。對了，說到這明遠華，我還得提醒妳幾句，這明家是做生意的大戶人家，明遠華雖說相貌平平，倒挺愛拈花惹草的，加上他是小妾之子，在府裡沒什麼地位，妳與其現在在這兒跟我爭辯，還是回去多費心想想辦法，看怎麼讓女兒嫁過去的日子好過一些吧。」

沒想到還有這樣的內幕，喬喜兒言辭犀利，直述重點，村民們聽得津津有味，就像看了一場大戲般。

若喬喜兒說的是真的，那張家可是虛偽透了，還吹噓女兒這門親事多好，說親家是鎮上的大戶人家，新郎明遠華年紀輕輕就經營一家大酒樓，事實上這親事算計來的不說，還嫁的是不入眼的小妾兒子。

那些原本羨慕嫉妒的人，這會兒臉上蕩漾著幸災樂禍的笑。人啊，就是見不得別人好。

「妳這個小蹄子敢胡說八道，信不信我撕爛妳的嘴？」

張母被說中痛處，不顧張福的勸阻，跳起腳就要過去打人，卻見她面前出現了一堵高大肉牆，原來是秦旭，隱忍著臉色。「張家嬸子，請妳自重。」

有這麼一個大塊頭當靠山，誰還敢欺負喬喜兒，張母罵了聲晦氣，就氣呼呼的跟夫婿走了，村民也各自散了。

喬喜兒給他豎起大拇指。「你真厲害，這氣場不怒而威呢。話說你什麼時候出現的，真寸步不離的跟著我嗎？」

「差不多。」秦旭抓住她的手，深情款款。「在我沒有找到可靠的隨從前，我會親自保護妳，不會讓人動妳一根手指頭。」

「霸氣！」喬喜兒聽了心裡特別的甜，靈動的大眼睛四處張望了一下，看四下無人，就踮起腳尖在他的臉頰親了一下。

等秦旭反應過來後，她就跟狡黠的狐狸一般，嗖地一下子不見了，而某個大塊頭，摸著臉頰濕潤的一塊，咧著嘴笑。

小媳婦這是接受他了，他們圓房的日子應該不遠了。

過幾日天矇矇亮，喬喜兒剛起來，就見何宇過來拉貨了。

何宇根本不知喬喜兒有幾天失蹤，喬喜兒更不會逢人說，他跟往常一樣將貨拉走，喬喜兒將錢收下，把帳算清楚。

臨走時，何宇還不忘提醒她。「東家，我月底成親，妳可別忘了過來賞光。」

喬喜兒還真差點忘了，拍了一下自己的腦門笑道：「放心吧，我一定到。」

這算了算時間，也沒幾天了，看來這個月好日子很多呢，成親的人都趕到了一塊兒。

何宇不好意思的撓撓頭。「說真的，很謝謝妳，要不是妳拉我一把，我也不可能在短時間掙這麼多錢，更不可能娶上媳婦。」

現在有源源不斷的進帳了，他甚至都敢想以後能住大房子呢！他現在成親還是老房子，新媳婦嫁進來，還得委屈一、兩年，但他相信這種日子不會等太久的。

「客氣什麼，這都是你努力的結果，好，你放心，我到時會去的。」

「行，東家，那我先回去了，記得讓家裡人都來。」

早飯過後，喬喜兒去雜貨房翻出了一箱香薰蠟燭、兩麻袋香囊出來，又跑去村裡買了幾隻土雞、收了一籃雞蛋，還跟村裡的獵戶買了幾種野味。這樣還不夠，她從自己收集的珍貴藥材中選了幾樣出來，都是從空間裡拿出來的靈芝、人參。

秦旭實在很好奇，那究竟是一個什麼神奇所在，居然能變出這些東西來。

東西齊了，她準備去鎮上一趟。

「喜兒，要去鎮上嗎？」

「對啊，咱們回來幾天了，是時候應該去感謝一下聶公子了。」

聽到聶軒的名字，秦旭臉色沈了沈，對那公子的印象不太好，尤其是他看喬喜兒的眼神，令他心存芥蒂。不過，喬喜兒這次能平安回來終歸多虧了他，於情於禮都該去一趟的。

秦旭很快備好了馬車，昨兒個喜兒就請兄長代她去把牛車換成了馬車，這陣子因為常去鎮上的關係，她深覺牛車太費時了，想著駕馬能快一些，後頭又有車廂可坐，人多的時候可以更舒服些。

秦旭將喜兒備好的東西都搬上馬車，一路往鎮上去，抵達之後又買了些貴重禮品，緊接著直奔聶氏布莊。

布莊的夥計跟個人精似的，看到喬喜兒來了，特別熱情。「喬家姑娘，您是來找我們東家的吧？東家剛剛回府去了。」

喬喜兒對他這個稱呼並沒有在意，她絕對沒有想到，是聶軒特意交代他們這般稱呼的。

喬家姑娘聽起來他就有機會，而喬家娘子總會拉開兩人的距離。

「那太不湊巧了。」

「沒事，姑娘若是想找東家，小的可以帶您過去。」

「那麻煩你了。」

喬喜兒回頭跟秦旭解釋了幾句，只見秦旭點點頭，喬喜兒對那夥計示意可以上來了。熱情如火的夥計上了馬車看到秦旭那張面癱臉，一下像被潑了一盆冷水一般。

這便是公子口裡說的喬家女婿啊？長得確實不錯，一表人才，但也給人很大的壓迫感，氣場挺強大的。

同喬家姑娘兩人站在一塊兒，俊男美女倒也般配，在這種農村人家能出現這樣一對神仙眷侶，倒是挺稀奇。他們除了穿著沒有鎮上公子花裡胡哨，這份獨特的氣質就像是大戶人家出來的一樣。

「夥計，好了嗎？可以出發了。」喬喜兒見馬車遲遲沒有動靜，猛地掀開車簾一看，就見秦旭臉上閃過一抹不自然。

「好，這就走。」

在夥計的指引下，一炷香後，馬車就到了聶府。

喬喜兒下了馬車，打量眼前這處奢華氣派的府邸，門頭敞亮，占地面積廣闊，門口兩旁立著兩隻威武雄獅，牌匾上龍飛鳳舞的題著「聶府」兩字，光是一個門頭就彰顯出身分，再看挺翹的屋簷、陽光下發亮的琉璃瓦片，可以想像出裡面的奢華。他們喬家在村裡也是數一數二的富戶了，但對比這府邸，還真是小巫見大巫。

不過，她會努力的，總有一天她會住進比這更奢華的府邸，讓全家人都過上富貴的生活，連帶著村子都跟著富裕！

喬喜兒這一眼，便種下了雄心勃勃的野心，然而秦旭看了這府邸，卻沒什麼反應。是很氣派，但他記憶裡隱約住過更奢華氣派的地方，所以一點都不感到驚奇，這算什麼呢？也不過如此。

在兩人的心思各異中，夥計敲開了朱紅色大門。「兩位裡面請。」

夫妻並肩而行，喬喜兒顯然是見過世面的，除了眼睛閃過一些亮光，並無其他舉動。

府邸很大，假山流水，雕梁畫棟，亭臺樓閣，處處是美景，沿著青石板路，便見一處寬敞大廳，幾條分岔的石子小路連著好幾座宅院。

果然是富貴人家，一路上小廝下人碰到了不少，再看秦旭神情並沒有異樣，就好像悠閒的步入自家後花園一般，身上的氣質跟身後的美景還特別襯托。

喬喜兒盯著他出神，突然有種感覺，秦旭的身世應該不凡，可惜他到現在還是什麼都想不起來。

罷了罷了，不管他是什麼人，反正現在單純的只是她相公。

夥計將兩人迎了進去，吩咐丫鬟奉茶，開始吹噓聶府的家底是如何豐厚，還說聶家除了在這個小鎮有鋪子，就連京城也有。

這番話落進秦旭的耳朵裡，感覺這是變相的相親，便冷冷看了他一眼，夥計便訕訕的不敢出聲了。

喬喜兒卻不知道他們的想法，只是宏圖大志道：「聶府確實不錯，聶公子也很厲害，我會跟他學習的，以後我們喬家也會這麼厲害的。」

夥計咋舌，在心裡低呼，好一個不知天高地厚的喬喜兒。

秦旭卻內心震動，想不到這小媳婦有如此宏圖，作為她的相公，要極力幫她實現。

喬喜兒對夥計道：「麻煩你幫我把馬車裡的東西全拿進來，可以嗎？」

「沒問題。」能為她效勞，夥計十分樂意。「我這就幫妳拿，兩位稍等一下，我們公子馬上就到。」

「有勞了。」喬喜兒禮貌道，在等待期間，跟秦旭聊了聊。

這聶府確實不錯，能在鎮上建這麼大的一座宅子，光是有銀子也不行。

這麼好的地段，定要去審批的，那就證明聶家人脈不錯，這不僅代表財力，更代表社會地位。

秦旭始終表情淡淡。「再大的府邸，不就是給人住的嗎？我倒沒覺得可羨慕的，只要跟心愛的人在一塊兒，哪怕是一間茅草屋都覺得幸福。而有些人呢，偏偏得不到，卯足了勁也只能靠這些安慰自己了。」

「秦旭，你這話是什麼意思？我怎麼聽見你話裡有話呢？」喬喜兒睜大眼睛看著他，怎麼聞到了一股濃濃的醋味？

秦旭深邃的眼睛，滾動著幽黑，他一把抓住了喬喜兒的手。

「我知道他喜歡妳，是非常喜歡。我不羨慕別人，因為我擁有天底下最好的媳婦，而他家財萬貫又能如何，終究是得不到想要的人。」

他一針見血的說出某人的心思，走在門口的聶軒腳步微頓，心下一沈。

他的想法居然被人看穿了。是啊，他多麼喜歡喬喜兒，就連她成親了也不死心。

在花滿樓救了她的那一次，還以為能跟她有個新的開始，沒想到又是空歡喜一場，他就不信秦旭不介意。

此時他闊步走進大廳，穿著銀白色的衣袍，頭髮梳得整整齊齊，束在玉冠裡。

他容貌清秀，帶著儒雅氣息，總體來說，外貌偏向眉清目秀。而秦旭卻是高大威猛的型男，兩人的性格、外貌都形成了明顯對比。

「聶公子你來了，我們這次上門是特地來感謝你的。」喬喜兒說話時，夥計也剛好給力，將馬車上所有的禮物都搬了過來。

瞧地上這一大堆的東西，果真是豐盛。

聶軒低頭看了看，有一些香囊、香薰蠟燭、一些珍貴藥材，還有一些農家野味等等，看來喬喜兒為了準備禮物花了不少心思，只要是她送的禮物，他都歡喜。

可他不想因為這些感謝，喬喜兒將他輕易打發了，從而終結了兩人再次見面的機會。

「怎麼妳覺得妳自己這條命，就值這些禮物嗎？」

他挑眉看著喬喜兒，見她穿著水藍色的衣裙，一頭及腰的頭髮，梳了很多小辮子，髮髻上別一串珍珠珠花，像星星點綴一般，面容白皙，眼睛清澈動人，就像清秀可人的仙女。

偏偏她性格大大咧咧，又不像大家閨秀，這樣的女孩子，真的好特別。

他無比羨慕秦旭，可以娶到這樣的姑娘。

「我這條命當然不只這些了，我可是無價之寶。」喬喜兒說著從袖子裡掏出幾張銀票道：「這是三百兩銀票，就算是你替我贖身的利息。本金我早還你了，再加上這些禮物，夠有誠意的吧。」

聶軒沒有說話，只是慢悠悠的走到座位喝茶，表情沒有波動，也不知是什麼意思。

過了好久都沒見他說話，喬喜兒實在忍不住了。「不是吧，你當初救我是有條件的嗎？那你說想要我如何感謝？只要我做得到，我都答應。」

聶軒捏著手指，吃了一口點心。

他動作優雅，從小就受富貴人家的禮儀薰陶。

他不說話，喬喜兒也覺得無趣，就見他猛然抬頭。「我希望妳答應我一件事，這件事我暫時沒有想到，先欠著。」講話的同時，另一手還把玩著茶盞。

秦旭暗暗的心驚，總覺得他所謂的一件事，可不是什麼簡單的好事。

然而這兩人之間的談話，他也不想插話，只是一雙眼睛看向喬喜兒，知道媳婦做事向來有分寸。

喬喜兒輕笑。「好，別說一件事了，三件事我都答應你。只是不要讓我做違背意願、違背道德的就可以。」

「妳果然爽快，好，那就成交吧，就按妳說的三件事。」某些人就跟得逞的狐狸一般，笑得令人心神蕩漾。

喬喜兒臉色一囧，總感覺自己被套路了。

她想了想，道：「行，就這樣吧，至於我們之前合作香囊的生意，對於你們聶氏的生意影響並不大，我看還是取消吧！聶公子對我的大恩大德，我沒齒難忘，看你人不錯，以後我若認識什麼好姑娘，倒是可以給你介紹。」

聶軒抽了抽嘴角，她為何取消生意合作呢？難道她看出來了，他是藉著這個生意的名義跟她接觸，所以要跟他劃清界線？

他的心突然一痛。

「我的終身大事，用不著妳費心。」他艱難的開口。

「行，聶公子，答應你的事，等你想到時，我會做到的。那沒別的事，我們就先回去了。」

喬喜兒說完，當著他的面拉著秦旭的手就走。

秦旭原本還有些生悶氣，但這一雙柔軟的小手牽起他的那一刻，突然所有的陰霾都煙消雲散。

看來小媳婦喜歡的人是他，他還以為喜兒不願跟他圓房，是想給自己留一條退路，看來是氣氛不對。

看著這兩人瀟灑俐落的離開，聶軒瞅著她的倩影久久沒有回神，臉色蒼白，身體有些顫抖。

真的沒戲了，枉他這麼喜歡一個人。

隨從吳楓目睹這一切，忍不住走進來，道：「主子，這樣的有夫之婦有什麼好惦記的？夫人已給您說了姑娘，公子有空去看看。」

「那些大家閨秀幾乎都是一個模子刻出來的，沒點意思。」聶軒端著茶盞又喝了一口。「這姑娘不僅有趣，做事也很有魄力，誰娶了她還真是祖墳都冒青煙了。」

「主子，你還沒有死心呢。他們畢竟都是夫妻了，而且秦旭連她在青樓待過的事都不在乎，可謂是真愛。」

吳楓從小就跟在聶軒身後，這些話別人不敢說，他敢說。

聶軒是什麼人？眼睛毒得跟什麼似的，在喬喜兒喝茶時，他就看到她的手臂。

「別胡說，這女人還是完璧之身，在青樓那樣的虎狼之地都能全身而退，可見她的本事。」他剛才看到時，還以為是自己眼花了。

「啊，不是吧？」吳楓驚得差點噴口水了。

「我也是剛剛才發現的。」聶軒對她的一舉一動都特別在意，又怎麼會察覺不出這一點？「你看著吧，這個女人不簡單，好在她答應了我三件事，以後還有用得著她的地方。」

見他語氣淡然，吳楓驚喜。「主子，你想開了？」

「想不想得開又如何？她都有相公了，我總不能奪人所愛。」

從動心到死心，再到死灰復燃，再到死心，就是這麼一個過程。他又得傷心難過一陣子了，希望時間久了就能恢復。

此刻的喬喜兒跟秦旭從聶府出來後，便上了馬車。

路上行人比較多，馬車行駛得很慢，喬喜兒沒有坐到車廂裡，而是坐在外面，跟著秦旭一起趕車，就見他嘴角時不時的勾著笑，像是心情很好的樣子。

她不由得打趣。「剛在聶府就見你冷著一張臉，好像別人都欠你錢似的，現在又喜笑顏開的，怎麼變化那麼大呢？」

秦旭騰出一隻手緊握住她，從未有過的幸福跟安定感油然而生。

「因為妳在外人面前選了我，認定了我，所以……」

喬喜兒不由得捂嘴笑。「所以你以為我不跟你圓房，是因為不愛你嗎？」

說起這個，秦旭突然間很有畫面感，身上都不由得熱起來。

「我原先是這麼認為，但我現在明白了，妳是真心喜歡我。」

「你才知道。」喬喜兒敲了敲他的腦袋。「如果我不喜歡你的話，早就把你給休了，還會讓你待在喬家嗎？」

「休夫？自古以來哪有休夫的道理？」秦旭嘴角抽了抽，這小娘子果然是與眾不同。

「憑什麼我不能休你？別忘了你可是上門女婿喔。」

秦旭眼眸深沈不說話，只是用行動表示他的不滿。他原本捏著她的手，改成挑起她的下巴，直接低頭吻了過去。

喬喜兒沒想到他會吻她，一時間瞪著他的眼睛亮亮的，見他舌頭探了進來，吻得可起勁了。她又羞又窘，無意間餘光看到路上有人在看他們，臉唰的就紅了，猛地推開了他。

這男人是瘋了吧，居然在人來人往的大街上對她做這種事，不知道這是古代嗎？這樣的行為多麼另類，看那些路人在看他們呢！

她真是羞愧得想找個地洞鑽，推著他嚷道：「還不趕緊走？」

秦旭這才反應過來，趕緊揮了揮馬鞭，讓原本慢步的馬兒快速的奔跑起來。

兩人在明月酒樓門口停了下來，這會兒不是飯點，裡面依舊有稀稀落落的客人，門口幾個夥計正在洗著推車，這推車就是出自於喬松之手，相當於移動攤位。

夥計一看有客人來，熱情招呼道：「兩位客官是要用膳嗎？裡面請。」

「不用膳，我是找你們掌櫃的。」喬喜兒聲音一如既往的清脆動聽，很有辨識度。

來。

掌櫃正在櫃檯上算著帳本，聽到這熟悉的聲音，回過神來看到俏麗面容，熱情的奔跑過來。

「喜兒，妳可算是出現了，上回集市妳怎麼沒過來？」

「我最近有點忙，有事嗎？」

「倒是沒什麼大事，現在咱們酒樓按妳的方法賣早點、賣速食，收益比以前足足多了五倍，想在妳手上再買幾道菜譜。這樣的收益，驚動了我們的東家，他說以後過年都會給妳一筆不菲的分紅，表達謝意。」

「還有這等好事。」喬喜兒不由得笑了，果然碰到爽快的合作者，有些要求你不提，別人也會加上的。

掌櫃笑道：「跟妳合作非常愉快，下次若有別的生意合作，肯定還要讓妳多賺一點。」

他說著將兩人往裡面請。

喬喜兒對這裡熟悉，就跟在自家一般輕鬆自在。她徑直走到櫃檯裡，拿起桌上的紙和筆唰唰的寫了幾道菜譜。

掌櫃也非常上道，一手拿菜譜，一手遞給她一袋銀子。

掌櫃天天在酒樓裡混，對菜譜也是略知一二，看了上面的配料用量，他不由得嘖嘖稱奇，有些東西要加一點或減少一點，那炒出來的味道便完全不一樣了。

「喜兒，妳倒是挺懂吃的，廚藝應該不錯吧。」

喬喜兒笑了。「不不，我只知道吃，做飯的話我還真不會，讓我做一頓飯，能把廚房給燒了。」

掌櫃一聽這話，心理倒是平衡了，還以為喜兒什麼都會呢。

掌櫃是真的挺喜歡喬喜兒的性格，大方不做作，聰明伶俐還能幹，在他眼裡，這孩子就跟他的閨女一樣，直呼她的小名，也格外順口。

「明月酒樓生意越來越紅火，東家決定在別的地方多開設幾家，也按照這種模式做。東家說了，以後只要妳跟妳的家人來用餐，不管在哪裡，只要是我們明月酒樓，一律免費。」

喬喜兒一聽這待遇不錯。「夠義氣，合作愉快。」

秦旭寸步不離的跟著她，看她做生意挺有一套的，真看不出才一會兒工夫又掙了幾百兩銀子，會識文斷字、會算帳、會騎馬，還會醫術、寫菜譜，也會縫製香囊，製作香薰蠟燭、精油等等。她到底還會什麼是他不知道的？

「那是，妳簡直是我們的福星，如果妳感興趣的話，倒是可以投資一下我們的酒樓，以後可以拿分紅。當然，這個還得看我們東家日後能開多少間酒樓了。」掌櫃笑道。

「你們這規模弄得挺大的，要是真發展起來，也需要時間，行，那到時候再說。」喬喜兒雲淡風輕的說著，關於投資她並不著急，能合作到這樣體面和爽快的生意人，對她來說才是無價之寶。

「好好。」

「對了掌櫃，我哥那木工活還是挺感謝你的，你給他介紹了很多活兒。」

掌櫃看她這表情，還以為她要說什麼大事，原來就這小事，他擺了擺手。「區區小事無足掛齒，這也是妳大哥的手藝好，做的木工活大家都滿意，這找他的人才會越來越多。」

「謝謝掌櫃不嫌棄，掌櫃，那沒別的事，我們先走了。」

「好，慢走啊。」掌櫃笑咪咪的招呼著，將喬喜兒他們送到門口。

喬喜兒來到門口，一抬頭就感到斜對面有道目光噴射了進來，就跟銳利的刀子一般。

這目光讓喬喜兒不由自主的看過去，發現原來站在對面酒樓門口的是張翠，怪不得這麼咬牙切齒。

有點意思啊，她頓了頓腳步，跟一旁的掌櫃打聽道：「對面那個夫人是什麼情況？」

掌櫃一聽她問起這個，便將他所知道的滔滔不絕說出。

「這夫人不就是跟您一個村的嗎？剛嫁過來沒幾天，每天都在酒樓裡盯帳本、打理酒樓，還挺能幹的。但是明華酒樓的生意早已經不如從前，所以她每天盯著我們這邊人來人往的，都是這副咬牙切齒的模樣。」

「原來如此……」喬喜兒點點頭。

張翠是什麼人？她幾番較量以後最清楚不過了，絕對是個耍心機的小人。

一個農女嫁到這樣的大戶人家，再加上明遠華是個庶子，在府裡沒什麼地位，連帶她也沒什麼地位，若是張翠沒點本事的話，將來的日子肯定不好過，她肯定想表現一番。

「掌櫃，那你可得好好的防著他們，這些人一定會按捺不住使壞的。」

「多謝提醒。」

簡單的擦肩而過，喬喜兒無視那道目光。

嫁人好呀，張翠嫁人後，在村裡就看不見她了，眼不見心不煩，喬喜兒逕自坐著馬車回去了。

剛回到家，就聽說了喬家大房那邊傳來的動靜。

一輛豪華馬車停在了大房院裡，不少村民圍在那兒說著討喜的話，馬車旁邊，站著一位年輕貌美的婦人，穿著華麗端莊。

喬珠兒的底子本就不差，特意打扮，更顯貴氣。她像是剛回來的樣子，一旁的車夫跟下人，從馬車裡搬出不少好東西進屋。

看那些布疋和一包包珍貴的藥材全都價格不菲，這當了官夫人就是不一樣。

喬珠兒看到喬喜兒站在那兒，眼中閃過一抹得意光芒，故意拉著母親的手道：「娘，這些是我特意為妳買的藥材和布疋，還有些首飾，都是妳喜歡的款式，您可要好好的穿戴。」

馬氏笑得合不攏嘴，她拍著閨女的手說：「妳這丫頭，這次回來帶的東西比上次回門還多，這啟明知道了不會有意見吧？」

她說這話的時，特意看了看喬喜兒，那眼神動作，話裡話外都是在做給她看。

「娘，瞧您這話說的，啟明就是您半個兒子，這次準備的東西，可都是啟明給銀子讓我置辦的。我這次回來要在家裡住一陣子，順便把這破屋子翻修一下，也好讓家裡人住上新房子。」

喬珠兒一臉嬌嗔，不僅這娘家的房子需要翻修，就連婆家的也是要重新建造。現在仔細瞧瞧，整個村裡，還有誰比她風光？

馬氏一聽這話，更是喜笑顏開了，將杜啟明這女婿誇得是僅無絕有。

「那這錢，都是女婿出的啊？這好是好，可妳在娘家太久不太好吧？你們這可是新婚夫婦，如膠似漆的，能離得開？」

這番話，讓喬珠兒臉色閃過一抹羞澀。「娘，他非常忙，這新官上任三把火，忙得腳不沾地的。啟明說了，等這陣子忙完了再好好陪我。」

馬氏一聽這話，便放心了。「原來是這樣，還是啟明有出息。我聽鎮上的百姓對他的評價都還不錯，說他上任沒多久，連破了好幾個案子。」

「那是當然。」

喬喜兒一聽這話瞬間就明白了，杜啟明還真是會建人設。就喬珠兒這智商，完全被玩得團團轉的。可某些人啊，還在這兒沾沾自喜、得意洋洋，殊不知都是男人的把戲。

喬喜兒眼睛一瞇，一副事不關己高高掛起的樣子。

卻不想這這嘲諷的笑意落在喬珠兒的眼睛裡，惹得對方氣勢洶洶的走過來。

「喬喜兒，妳什麼意思？我若沒看錯的話，妳是在嘲諷我？」

她邁著小碎步跑過來，跑得有些急了，額頭上的珠花跟著她晃動，像極了主人的暴躁性子。

喬喜兒翻了個白眼，看了看天空，又看了看秦旭，不以為然的回敬。「堂姊，妳哪隻眼睛看到我在嘲諷妳了？」

一旁的丫鬟義憤填膺。「放肆，這可是縣令夫人，一點規矩都沒有，還不快行禮。」

看著那丫鬟一副狐假虎威的樣子，喬喜兒瞬間就笑了，回自家村裡還擺官夫人的架勢，真有意思。

她好漢不吃眼前虧，便福了福禮道：「民婦給官夫人請安，夫人萬福。」

「這還差不多。」喬珠兒冷哼了一聲，高揚著下巴，驕傲得如白天鵝。

「那縣令夫人，沒其他事的話，我可以走了吧？」

「走吧走吧。」喬珠兒一副揮蒼蠅的表情，很是不耐。

經過喬喜兒這麼一行禮，過來討好的村婦也頻頻行禮。

喬珠兒揮手。「大家不用多禮，這不是在縣衙，我還是妳們的喬珠兒，跟以前一樣，大家不要見外。」

看到她這副區別對待，喬喜兒跟秦旭交頭接耳。

「有些人呢，也只能在這裡耀武揚威了，殊不知這地位也是厚著臉皮搶來的。」

她的聲音不大不小，正好能被某些人聽到。

有人就故意表現道：「喬喜兒妳什麼意思？見不得人好？」

喬喜兒一臉驚呆。「我有說什麼嗎？」

那些原本跟喬珠兒玩得好的小姑娘，圍著她轉。「珠兒，咱別理她，她就是嫉妒妳。咱們村唯一能當上官夫人的只有妳，還不是妳眼光好。」

「就是，這個喬喜兒沒跟杜啟明在一起，當不上官夫人，只能配一個莽夫，估計心裡憋屈了。」

「就是，咱們可不跟她一般見識。」幾個年輕姑娘簇擁著喬珠兒一致對外。

喬喜兒也不惱，任由著她們議論。她倒要看看，某些人還能得意多久。

這樣鬧騰的一幕，落進方菊的眼裡，她嘆氣道：「喜兒，妳少惹她，現在的喬珠兒可跟過去不一樣了，咱們都是普通老百姓，惹不起躲得起。」

「娘，我沒憋屈。妳忘了？這杜啟明當初本來就不願意娶啊，而且是我想嫁我家阿旭的。」喬喜兒哼著小曲，心情愜意。

「算了，喜兒，這事跟咱們也沒關係。」

「嗯，咱們只管掙錢就可以了。」她一邊哼哼著去幫忙，一邊嚷嚷著男人靠不住，還是掙錢最實誠。

秦旭被她這番奇怪的理論給驚道，抓住她的手表真心。「喜兒，我跟他不一樣。」

「行，不一樣不一樣。」喬喜兒有些敷衍。

秦旭哭笑不得，言語卻是從未有過的認真。「總有一天妳會明白，我確實跟他們不一樣，一旦愛上，就是從一而終。」

喬喜兒哼哼兩句，也不跟他爭辯，這是不是專一，還得用時間來印證。

到了傍晚，方菊正在院子裡殺魚，旁邊的木盆裡還有一隻剛褪了毛的老母雞。

喬喜兒看了心想，今晚可是大魚大肉，什麼日子呀？就聽見屋裡傳來幾道聲音。「呦，是喜兒回來了吧？好幾年不見了，喜兒長成水靈靈的大姑娘了。」

這聲音是大舅媽的，一如記憶中的誇張和殷勤。

從屋裡走出來的大舅媽，說話尖酸刻薄，模樣已不是記憶中的那般年輕，眼下眼角上都爬滿了皺紋，長年累月的勞作讓她的皮膚變得黑紅皺巴巴的，再加上這破舊的衣衫、凌亂的頭髮，身形還有些臃腫，典型的村婦形象。

喬喜兒翻了一下記憶，大約有七、八年沒見了，都這麼久了，她差點都忘了姥姥家的那些親戚。

今天是什麼日子？颳的什麼風，把這些人都給吹來了？

喬喜兒走進去，看到屋裡面的人還不少，她家姥姥、大舅媽，還有小舅夫妻都來了，這一下子來了四個，還真是熱鬧呵。

這作客的幾人坐在堂屋裡的椅子上，圍著八仙桌，正吃著乾果、點心，泡茶享受著，看到喬喜兒過來，馬上就圍了起來。

「呀，幾年不見，喜兒都這麼大了，果真是嬌滴滴的一朵花呀。」小舅媽見風使舵道。這女人二十出頭，看樣子嫁過來沒有多少年，看著穿著花哨還塗抹胭脂的，算是會打扮吧，底子好，腰細，比一般的村婦好看許多。

小舅舅附和。「那是，喜兒這丫頭水靈靈的，打小我就說她是一個美人胚子，看吧，現在可是十里八鄉一朵花呢。看看她家的那個相公，也是年輕俊俏，兩人站在一塊兒，可登對了。」

小舅舅是典型好吃懶做的啃老型，那一嘴的花言巧語沒幾句是真的，長得倒是人模人樣的，可空有一副好皮囊，聽他一開口說話，喬喜兒總感覺他要打什麼壞主意。

喬家又窮又落魄時，怎麼不見他們過來串門子？現在喬家發達了，這一大幫的人過來探親，到底打的什麼鬼主意？

姥姥一共有兩個兒子跟一個女兒，閨女就是方菊。

都說這嫁出去的閨女潑出去的水，喬家窮時，娘家根本不歡迎，現在倒好，他們都上門了，還真是破天荒頭一遭。

喬喜兒挑眉打量，就見方菊將處理好的魚兒、老母雞，還有摘好的野菜，全都提進來，笑著道：「喜兒，妳姥姥可是好久沒來了，大舅媽妳見過的呀，這小舅媽剛嫁過來不到三年，妳這會兒是頭一次見。」

相對於喬喜兒的神情淡淡，方菊說話時都是笑容滿面，她畢竟好久沒有見親人了，這股高興勁，擋都擋不住。

喬喜兒不由感嘆，她娘被親情蒙蔽了雙眼，看不出這些人來者不善。

看在母親的面子上，喬喜兒心不甘情不願的喊了幾聲。「姥姥、舅舅、舅舅、舅媽們好。」

老人家翻了個白眼。「妳這孩子，還跟小時候一樣不怎麼愛叫人，不像蓮兒孝敬長輩，可是招待了我們好一會兒。」

這話讓去隔壁拿東西的喬蓮兒聽了一臉尷尬，她連忙解釋。「姥姥，喜兒她沒有壞心眼。」

妹妹就這性子，估計還在氣小時候姥姥不讓他們家上門，兩個舅舅給她臉色看的事。

喬喜兒懶得招呼他們，她丟下一句。「娘，妳要做飯吧，我來幫妳。」就走了。

方老婆子在方家可是當家人，一向說一不二的，竟被一個小丫頭給忽視了，臉色不太好看。

「蓮兒，妳看看妳這妹妹，性子還是那麼無禮跋扈，都是妳娘慣的，名聲那麼難聽，好在現在嫁出去了……哦，不對，是招到了上門女婿。」方老婆子糾正道。

喬蓮兒尷尬的笑笑，要是別人這麼說她妹妹，她早就頂過去了。但這是她姥姥，只能乾陪著笑臉。

心裡卻一直嘀咕著，她妹妹就是脾氣大了一點，又沒有什麼別的，作為親人，這一點都不能體諒一下嗎？

一旁看熱鬧的小舅舅指了指空盤子。「行了，娘妳就別說她了。對了，蓮兒，妳看看家裡還有什麼好吃的再拿點出來，我們這都餓死了，等晚飯上桌還有好一會兒呢。」

喬蓮兒面色尷尬。「小舅舅，你等著，我這就去給你拿。」

喬家自從發達後，家裡都會備著一些糕點、乾果、茶葉等等零食以便招待客人。

眼下喬蓮兒去翻櫃子，發現那一箱糕點都空了，還有乾果罐子也沒了，唯有茶葉還是整罐的。

她記得昨天還有一大半呢，喬蓮兒看了看桌上的幾個空盤子，嘴角不由得抽了抽，這些人還挺能吃的。

東西都沒了，碎渣渣拿出來也不太好，喬蓮兒想到這兒，就跑進灶房問方菊。「娘，家裡還有沒有別的吃的？姥姥他們餓了。」

方菊還不知道家裡的乾果跟點心都已空了，她不以為意地道：「妳給點心乾果呀，晚飯再過半個時辰就好了，很快的。」

喬蓮兒訕笑著不敢說話，氣氛一度尷尬。

喬喜兒看著姊姊那表情，就像會讀心術一般。「姊，妳不要告訴我，家裡乾果點心已被他們吃完了。」

「真的……真的沒了。」喬蓮兒乾笑道，就想去附近鄰居那兒看看有什麼可以招待客人的，就被喬喜兒一把攔住。

「姊妳別忙活了，趕緊幫忙做飯，一會兒晚飯就好了，大家能吃上飯。」

「也行。」喬蓮兒見狀，便幫忙起來。

三個女人在灶房裡忙著，是快了許多。

有幾道菜已經出爐了，分別是新鮮的蒸魚、翠綠欲滴的青菜，還有一個蒸蛋，等一旁的老母雞燉好，再弄個紅燒肉，就差不多晚飯可以開動了。

她們在灶房裡忙得滿頭大汗，而堂屋裡的幾個人左等右等，大舅媽肚子餓得咕嚕叫，都沒見到她們的人，忍不住跑了過來。「我說蓮兒，姥姥讓妳拿點吃的，妳怎麼現在還沒來呢？」

喬喜兒皺了皺眉頭，在喬蓮兒還未開口之時，她就搶先答道：「大舅媽，我們家的乾果點心，下午全拿出來被你們吃完了，你們肚子還餓的話就喝點水，晚飯馬上可以開動。」

大舅媽臉色一僵，張著嘴訕笑著不知怎麼回答。

就見小舅媽衝過來，挑著眉呼喊。「我說喜兒，你們喬家不都發達了嗎？怎麼就備了這點乾果點心，這點分量夠什麼呢？妳可要記住了，下次多備一點。這晚飯做得那麼慢？這不存心讓客人餓肚子啊！」

喬喜兒氣得瞪大了眼睛，方菊見閨女脾氣上來，趕緊安撫。「弟媳婦，晚飯馬上就好，妳再等等。」

喬蓮兒也看出了名堂，這姥姥一家子，完全是過來占便宜的。不怪喬喜兒冷著一張臉，她這好脾氣也快用完了。

小舅媽冷哼一聲，這還差不多，然後小聲的嘰嘰咕咕，說喬家待人不夠熱情什麼之類的，便出去了。

喬喜兒跟姊姊對望了一眼，兩姊妹眼裡的嫌棄不言而喻，方菊也是面色尷尬，衝著兩閨女使眼色。

「算了，你們姥姥家難得過來一趟，住上一、兩天就回去了，我們還是得好好招待。」畢竟是自己的親娘，方菊好久不見，還是親熱著呢。

喬喜兒點點頭，再怎麼樣也要給親娘面子，她端著菜出去，希望這些人還真住一、兩天就走了。

惱歸惱，喬喜兒跟姊姊一起把菜端上桌。

整整五道菜，油亮的紅燒肉以及濃郁的老母雞湯，香氣勾人，大家的饞蟲都上來了，尤其是方姥姥饞得都快流口水了。「這菜色還真不錯呢，都快趕上過節了。方菊啊，妳現在可真苦盡甘來，享福了。」

她說著就要開動，拿筷子去挾，就被喬喜兒給制止了。「姥姥，家裡人還沒有到齊呢，哪有先動筷的道理？」

方姥姥臉色一僵，提醒她去喊人，嘴裡還嘀咕道：「吃飯不積極，腦子有問題，這都飯點了，他們還不知道回來。」

喬喜兒眼睛眯了眯，聲音冷冷。「姥姥，他們都在忙著幹活呢，哪像咱們啊，只管等著吃就行了。」

這話一語雙關，諷刺意味十足。

老人家臉色一變，拍著桌子生氣道：「嘿，妳這小丫頭，嘴巴越來越索利，敢這麼埋汰姥姥。」

這喬喜兒一點都不討喜，果然是個賠錢貨。

她嘴裡嘀嘀咕咕時，方菊臉色尷尬的將白米飯給端上桌。「娘，喜兒不懂事，您就別跟她一般見識了。」

「也不知妳怎麼教閨女的，難怪嫁不出去，只能招上門女婿。」方姥姥啐了一口道。

方菊。「……」

喬喜兒出去喊人了，等秦旭跟喬石上桌，他們就迫不及待的開動了，那筷子就這麼在桌上的肉啊魚啊裡面一陣猛攪亂攪。喬家人都還沒有下筷，那魚已被他們攪得天翻地覆，雞湯裡的雞腿肉也被他們挑走了，這一副好久沒有吃肉的饞樣，真是讓人嘆為觀止。

喬喜兒看看這些人，再看看秦旭那矜貴的樣子，一舉一動簡直是視覺享受。

「喜兒，妳也吃。」秦旭眼疾手快的給她搶了隻雞腿。

知道這小丫頭不高興了，從她的表情就能猜出，這些親戚都不是什麼善茬。

小舅媽眼睛直勾勾的看著秦旭，她突然覺得滿桌的菜色，還不如這男人秀色可餐。

當他從門口走進來那一刻，那健壯的身軀、筆直的大腿、立體的面龐、深邃的眼睛，簡直是勾人魂魄呀！

她長這麼大，從未見過這麼英俊的男子。原本她覺得自己的相公在村裡是數一數二的英俊後生，可跟秦旭比起來什麼都不是了。

喬喜兒怎麼那麼好命啊？招個上門婿居然還能這麼英俊瀟灑，一般的上門婿不都是好吃懶做、長得不怎麼樣、家裡窮得要死的才願意上門嗎？

秦旭被這道眼神打量得十分不滿，他蹙著眉頭輕咳了一聲。

喬喜兒注意到了這道視線，嘲諷道：「小舅媽，吃飯就吃飯，妳怎麼就盯著秦旭一直看呢？我知道我相公英俊，難道看他就不用吃飯了？」

話說得直接，讓喝雞湯的小舅媽直接被嗆到了，她臉色嗆得通紅，十分窘迫。

坐在她旁邊的小舅舅，聽到這話臉色立馬冷了起來，看著秦旭的眸光帶有敵意。

小舅媽愣了下，尷尬的挾了一塊肉丟他碗裡，一臉討好。「相公，你吃肉。」說著恨恨的看了喬喜兒一眼，讓她多嘴，搞得她在勾引別的男人似的。

哼！喬喜兒暗哼一聲，從她這眼神直勾勾的打量，就知道是個不安分的女人，這二流子配不安分的女人，還真是絕配。

「好了，大家都吃飯、吃飯。」方姥姥打著圓場，招呼著眾人，這架勢一點都不客氣，完全將閨女家當成了自己家。

方姥姥年紀大，但食慾不錯，大白米飯一碗跟著一碗，就好像好久沒吃東西了一樣。這可不啊，他們方家窮得很，吃的都是糙米，哪像這白花花的米飯，一粒雜質都挑不出來。

原以為這喬家是打腫臉充胖子才蓋了這新房子，可從今天的吃食來看，可不就是發達了呀。

他們方家這次這麼多人過來，可是帶著任務的，就是想要喬家的發財之道，好帶回去讓自家也發家致富一番，畢竟現在鎮上的人都在佩戴香囊，喬家的東西有名得很！想像一下這每天白花花的銀子往口袋裡跑，數錢都能數到腿抽筋了。

第十八章

飯後，方菊給娘家的人安排了兩間客房，方姥姥跟大舅媽睡一間，小舅夫妻睡一間。

現在方菊不由得慶幸，還好是換了新房子，有幾間客房，要不然這客人來了都沒地方睡呢。

喬喜兒若是知道她娘現在的想法，一定會小聲的吐槽，如果不是新房子，這些人也不會遠道而來。

這兩間客房裡什麼都是全新的，裡面有一套桌椅、新床，方菊還翻了好幾床新棉被給他們。

「娘啊，三弟、弟妹，你們好好休息，遠道而來也累了。」方菊客氣道。

而對方則是擺擺手。「行行行，我們也睏了，沒別的事就明天見吧。」說著就把門關得啪啪響。

這不耐煩的表情跟方菊熱情的樣子，完全是熱臉貼人家的冷屁股。

喬喜兒看不過去，抓著她的手。「娘，姥姥家這一次來者不善，分明就是來占便宜的，妳還這樣熱情，會被他們吃定了。」

方菊嘆了一口氣，拍著閨女的手道：「喜兒，都是一家人，何必那麼計較呢？妳姥姥一共就三個孩子，我身為老大，自然要照顧兩個弟弟多一些。以前喬家窮，給不了他們什麼，現在喬家富了，他們過來了，客氣一下也無可厚非。」

喬喜兒聽著很不是滋味，這話說的，用現代的流行語來說不就是扶弟魔嘛。她知道姥姥重男輕女，從小給娘穿的衣服都很破爛，每天幹不完的活兒；而兩個舅舅呢，每天吃好喝好穿新衣服。

她替母親感到不值。「娘，我們幾個都是妳的孩子，就是妳的一家人，妳不用刻意討好他們。」

方菊知道是這個道理，可讓她坐視不管，對娘家人不冷不熱，她也做不到。但女兒這麼一說，她心裡又涼颼颼的，感覺自己就是一棵搖錢樹，沒錢的時候娘家那邊誰也不理，現在有了錢以後，個個都趕鴨子上架。

這家裡頭的錢都是喜兒掙來的，她會聽這個閨女的意見。

這一夜，方菊是徹底的失眠了，她想著這些年的種種，淚都濕透了枕巾。

喬喜兒也一樣睡不著，但她睡不著的原因不是自己想太多，而是她隔壁房間就是小舅夫妻。

這大半夜的兩人不睡覺，在那裡鬧騰，那銷魂的叫聲一浪高過一浪，讓她聽了格外尷尬，尤其是她旁邊躺著一個血氣方剛的男人，氣得她將耳朵給捂了起來。

秦旭也不太好受，作為聞過肉香又沒有開葷的他來說，聽著那種聲音，對他是種折磨。

話說，這在別人家裡這麼浪好嗎？

作為一個習武人，他的敏銳度跟聽力本來就比平常人好，這折騰了半夜，什麼都聽得一清二楚，以至於次日清晨醒來，秦旭看著喬喜兒的神色都十分尷尬。

喬喜兒看他這個樣子，臉不由紅撲撲的問：「秦旭，你昨晚沒睡好嗎？」

他們兩個現在是睡在一張床上，可中間隔著一床被子作為楚河漢界，誰也不能越界，便也相安無事。

「隔壁這鬧騰了半宿，是沒有睡好。」秦旭聲音冷淡，可見也是生氣了。

喬喜兒眉頭一蹙，這小舅舅年輕，精力旺盛，果然是……可在別人家也這麼的不分場合，這叫什麼事呢？

她剛起來出了房，就聞到廚房裡面傳來香味，一看是方菊在那裡蒸饅頭，桌上已擺了軟乎乎的饅頭，還有充滿肉香味的肉包子，再加上白米粥，早飯可謂是豐盛。

「娘，妳辛苦了。」

家裡一下子多了四個人，這滿滿的一鍋饅頭跟一鍋包子，可不得大清早的就起來和麵、蒸煮、剁肉？這不管哪一道步驟都是極費時間的。

方菊見喬喜兒起得很早，笑道：「喜兒，妳今兒個挺早的，我這早飯也快做好了，妳去喊妳姥姥他們起來吃飯。」

「喔。」

喬喜兒心不甘情不願的又回去房間那兒，抬手正準備敲門時，就聽見裡面傳來說話聲，嘀嘀咕咕的聽不太清楚，她眼珠子一轉，將耳朵貼在門上，就聽見那低語聲。

小舅媽語氣帶著盤算，剛醒來的聲音帶著嬌媚。

「話說，方俊，咱們這次來的目的就是奔著掙錢的路子，你看看你娘那副德行，壓根兒就是忘了正事，那吃相就好像沒見過好東西一樣，真是丟人。」

方俊是小舅舅的名字，此刻雖隔著門，看不清他的表情，也知道他在撇嘴角。

這些人果然是衝著發財來的，就知道他們沒安好心。想要跟她學這些東西，哪怕她將所有的流程跟他們說了一遍又能如何？

他們有金手指嗎？沒有福袋空間，又如何能弄出這些香料？真是不自量力。

方俊一聽這發財之道，眼睛都冒出火花了，他聲音帶著貪婪。「行了，妳別說那老太婆了，她只是打頭陣，能有什麼用？這些門道還得靠咱們自己，妳看看二哥他都不管這些，只知道種田，二嫂就精明了，她想著掙錢的門路，咱們可不能輸給她，讓她捷足先登了。」

喬喜兒心想，看來兩個舅舅也是各過各的，互相算計，想合計她的買賣，哪有那麼容易？她眼珠子轉轉，嘴角勾起一抹玩味，這幾天的日子注定不會無聊，可有好戲看了！

她裝作剛過來的樣子，輕咳了一聲，敲了敲門。「小舅舅、小舅媽，快起來洗漱一下，可以吃早飯了。」

然後又敲了姥姥的房間。

喬松跟秦旭兩人早已起來在院子裡劈柴，聽到她的呼喚，也一併進來吃早飯。

對喬家人來說，包子饅頭稀飯，這樣的早點再正常不過，而方家又開始洗劫一空，那吃相真是難看。

飯後，大家都各忙各的。

喬石下地種田，作為喬家的老頭，不管家裡的條件如何，他都辛勤管著自己的田地。對在村子裡土生土長的喬石來說，自家的田地就像是自己兒女一樣，需要每天過去看一看瞧一瞧，精心照料。

方菊則是個典型的勤勞村婦，每天顧著一日三餐，打掃著家中裡裡外外，一天這樣的時光，便一晃而過。

喬松在鎮上接木活，吃了早飯就搭著牛車去鎮上了；秦旭則是幫忙打下手，偶爾會去山上捕獵，改善一下家裡伙食。

最忙的算是喬喜兒跟喬蓮兒這兩姊妹了，喬喜兒主要是負責香薰蠟燭，固定時間帶著王秀嫂子的家人在院裡做。

喬蓮兒則是管著香囊的部分，每天進行縫製、放香料等等工作。

喬家的人分工明確，每個人都在忙碌，相對於這四個突兀的大閒人，顯得格格不入。方姥姥給幾個人打了眼色，示意他們去幫忙。

大舅媽是個有眼力見兒的，會意的衝著喬喜兒道：「喜兒啊，這香薰蠟燭做得好漂亮，咋做的呀？我也來幫幫妳。」

大舅媽至少還開口了，方姥姥則是直接加入她們之中動手要幫忙。

瞧瞧這些五顏六色的蠟燭，貌似還加了顏料，還有這香味，不知道怎麼調的，濃郁但不刺鼻，反而聞著很清新，這圖形也很漂亮，各種形狀的花紋，讓人看得眼花撩亂。

香薰蠟燭的手藝，喬喜兒一直都交給王秀嫂子的家人來做，她們婆媳配合默契，效率非常高，偶爾她也會幫忙，本來這個活兒人手剛剛好的，突然插進來一個老人家，反而讓她們手忙腳亂的。

「沒事，王秀嫂子，妳們做妳們的，這是我姥姥，她過來玩的。」

喬喜兒眨巴著眼睛，看著那幾個人全都圍了過來，她咧嘴笑了笑。

「姥姥，你們難得過來一趟，是來作客的，哪有讓你們幹活的道理。」

這客氣的樣子，讓方姥姥他們幾人的眼睛都亮了，方姥姥則更加裝出一副勤快的樣子。

「喜兒，我們在妳這兒白吃白喝的，不幹活也不太好，這樣子，妳儘管使喚，我們都配合著幹活。」

大舅媽跟小舅媽一致點點頭。「對對，婆婆說得對，我們都能幹活的。」

「還有我還有我。」小舅方俊也不甘示弱。

喬喜兒清了清嗓子，提高了音量。「這樣啊，那我就不客氣了。行，小舅你先把這些蠟燭全放在這口鐵鍋裡熔化掉，等下再把這些熔化的蠟燭液體倒進這些模具裡，但是在倒之前，記得先在中間放一根燈芯。」

「好好好。」方俊點點頭，拍了拍胸口。這有何難？是個人都會呢。

他們各自心裡都打著鬼主意，只要好好的幹幾遍活，把這些流程都記住了，那這發財的途徑不就有了嗎？

喬喜兒安排好了一個，另外幾個都一臉的興奮。

秦旭不知這小媳婦打的什麼鬼主意，但看她眼底狡黠的光，就知道她又有什麼安排了，便不動聲色地看著。

又聽見喬喜兒道：「兩位舅媽，這裡的活兒，有姥姥跟小舅幫忙就可以了，妳們可以去堂屋裡學學縫製香囊什麼的，至於怎麼做，蓮兒姊姊會教妳們的。」

「行行行。」

兩位舅媽興奮得難以言表，她們巴不得把所有東西都學會了，沒想到還這麼巧，喬喜兒將他們四人分成兩組，兩邊都學得到。

兩人進屋時，還不忘交頭接耳，尤其大舅媽激動得不行。「三弟妹，喜兒這丫頭看起來挺聰明伶俐的，實則還挺蠢的是不是？妳說這掙錢的買賣都是關起門來的，她倒好，什麼都不防，老老實實的跟我們說了。不過話說，咱們要是得了這些掙錢的法子，要做買賣可要一起幹啊，別分妳的我的呀。」

她此刻只想著要得到這些方法，也沒有算計那麼多。

小舅媽便點點頭。「好呀。」

堂屋裡的喬蓮兒在整理東西，她將麻袋全都分類好，有些專門放流蘇的，有些是布疋，還有些是香料。

香料已全部都曬乾了，一會兒將香料研磨成細沙般大小，裝進白色紗布裡縫製好，再放入香囊袋裡，將口上的繩索一拉，一個香囊便做好了。

見這兩個人來，喬蓮兒剛開始裝作沒看見，後面聽到是喜兒讓她們過來的，驚訝之餘，便不冷不熱的讓她們幫忙。

這些香料一向都是喜兒準備的，這其中的配方連她都不知，更不怕這兩個幫忙的會窺視什麼，既然有免費的人力給她使喚，那她就不客氣了，喬蓮兒認真的給兩位舅媽說了一遍。

「舅媽，咱這個香囊全是村民已經繡好的，我們要做的事，就是把這些香料磨成細粉，裝進白色的紗布，縫成小包，再一個個的裝進香囊裡。這個過程十分簡單，但做久了，就非常考驗一個人的細心跟耐心，我們要做得精緻一些，這樣才能保質保量。」

喬蓮兒說起香囊的製作就侃侃而談，像極了一個處事老練的女老闆。

大舅媽冷哼了一聲。「這不是很簡單嘛，三歲孩子都會啊，還用妳刻意說嗎？我看妳一眼怎麼做的，我就知道了呀。」

小舅媽則是拍著馬屁道：「蓮兒現在也不一樣了，以前可是文文靜靜的一個姑娘，如今說話伶俐，辦事幹練，是個幹大事的人，跟著妳學沒問題的。」說著格外打量一下她的面容，那眼神直勾勾的，也不知在算計什麼。

喬蓮兒聲音冷淡。「舅媽既然都會了，那就開始幹活吧。」

「行，幹活幹活。」

這兩人為了表現，幹得還挺賣力的，畢竟都是女兒家，針線活都是有底子的，縫製這些簡直是小兒科。

看她們幹得十分起勁，喬蓮兒藉機出去拿點東西，就跟妹妹在牆角處嘀嘀咕咕。

「喜兒，妳在搞什麼鬼？真讓她們幹活嗎？不是客人嗎？等一下會不會被娘說呀？」喬蓮兒還是有些顧慮的。

喬喜兒小聲道：「姊，那可是他們自己搶著要幹，又不是咱們使喚的。」

「可這姥姥家以前雖然過分，但咱們畢竟是親人，這樣子不太好吧？」

喬喜兒嘆了一口氣，姊姊什麼都好，就是太心軟了，如果她不心軟的話，也不會吃那麼多虧，姊妹倆也不會被田泉賣去了青樓。

善良是好，但也要有鋒芒。

喬喜兒冷聲道：「咱們把他們當親人，可他們是怎麼對我們的？妳知道他們這次來的目的嗎？」

喬蓮兒搖搖頭。「不就是那麼多年沒見了，過來串門子？」

喬喜兒想笑，姊姊果然還是太單純了。

她將自己今早上偷聽到的那些話跟她說了一遍，見她表情慢慢變了。

「姊，妳當真以為他們是過來串門子的？他們是有目的的，是想學走我們的手藝，好回去自己也賣這些，跟我們搶生意。」

喬家的生意在鎮上非常有名，很多小作坊都在模仿，但他們做出來的香囊除了精緻尚可之外，香味都不持久，香薰蠟燭也只是香味，根本做不到濃郁的程度，也沒有提神醒腦的功效。

喬喜兒不怕這些人折騰，他們再怎麼折騰，都做不出她這樣的效果，誰讓她有金手指呢？

被靈泉養著生長出來的藥草，跟從普通土壤長出來的，能一樣嗎？那香味可是翻了十幾倍的濃郁。

喬蓮兒原來不這麼覺得，但被喬喜兒這麼一點撥，瞬間醍醐灌頂。

「原來如此，真是太過分了，自家親戚還這樣互相算計。」

「也就娘當他們是親人，可娘從小過的是什麼日子？做牛做馬的，嫁出去了也不待見，現在倒好，一個個都過來占便宜，也真好意思。」

在重男輕女的古代，這種不待見女兒的情況比比皆是，喬喜兒見怪不怪，她無法改變娘親的想法，畢竟她受古代文化的薰陶，這種想法已經根深蒂固。

但她對於這樣的極品親戚，得防著一點。

「喜兒，既然咱們要防著點，可為何還讓他們幫忙幹活，那這手藝會不會被他們偷學走呀？」喬蓮兒有些擔心。

喬喜兒狡黠的笑了笑，如一隻聰明的狐狸。「放心吧，姊，我的獨家秘方，他們學不走的。如果他們問起來什麼流程、什麼問題，姊知道的都可以一五一十的告訴他們，任由他們折騰去吧，到時損失慘重是他家的事，他們越貪心，損失的將會越多。」

方姥姥一行人在喬家待了兩天，將所有的做法、流程摸得透透的，得了生意經，便按捺不住的要回去他們的北洋村，任憑方菊怎麼挽留，他們都不願意再留。

方家人一回到家裡，便東拼西借地湊了二十兩銀子，大批量的購買布疋、香料、線繩流蘇等等材料，二十兩銀子花得乾乾淨淨，買回來的東西堆滿了整個方家，就連堂屋跟雜貨屋都堆滿了。

看到這些東西，方姥姥彷彿看到白花花的銀子朝自己飛來。

方老頭向來精明，看見老婆子聲稱真的學到了人家的生財法子，表示懷疑道：「妳說咱們以前對喜兒還指指點點過，這丫頭會把這個生財法子告訴咱們嗎？這不會有假吧？」

「老頭子，你怎麼說話的？方菊再怎麼樣都是咱們的親生閨女，她喬家現在發達了，也拉咱們一把不應當的嗎？不可能有假。」方姥姥越發地激動了。

她這老眼昏花的，可能看不太清楚，但她帶了兩個媳婦，再加上精靈聰明的小兒子一起過去，他們一行四人，整整兩天都在喬家幫忙，看她們做一次、自己做一次，熟悉著每一道步驟，就連問她們布疋是哪兒買的、藥材是哪裡進的？怎麼樣怎麼樣，喬喜兒都毫無保留的告訴他們。

臨走的那天，她還看到鎮上有個人趕牛車來跟喬喜兒拿貨，就是他們做的那些成品，不會有錯。想想，那一車的香囊、香薰蠟燭，能掙多少銀子啊？這錢來得也太容易了，難怪喬家能住上大房子。

方老頭越聽越是這麼回事，蒼老的臉難掩激動。「老婆子，還是妳精明，那這樣的話，一家人趕緊行動起來。」

「咱家人手不夠，得找一些村婦幫忙。」方姥姥提議道。

「那豈不是要給工錢？」方老頭蹙著眉頭道。

「哎呀，老頭子，咱們這麼多的貨不請人做，哪裡能做得完呢？你想想，過幾天這些可都是白花花的銀子呢。」

方家人全被方姥姥給說通了，越發覺得薑還是老的辣。

他們大張旗鼓的去找了很多村婦做香囊，繡出來的香囊倒是有模有樣的，非常的精緻，裝入香料後，聞起來也有些香味。

當方家人看著那一筐做好的成品，心情激動得快要跳起來了。

「天哪，婆婆、公公，我們可是要發財了呀！明天是集市，我們這就拿去鎮上賣了。」

二媳婦邊說，邊在心裡嘲笑喬喜兒愚蠢。

畢竟是小丫頭片子，平時囂張跋扈、聰明伶俐得很，玩心計倒是玩不過他們呀。等著吧，等他們在鎮上擺攤的時間久了，做出個名號來，很快就能取代喬家的位置，喬家的香囊賣得這麼貴，光他們的價格就比他們便宜一大半，看以後客人還買不買他們家的。

他們越想越激動，恨不得集日馬上到來，以至於這一夜激動得都難以入睡。

這一日，一家人頂著黑眼圈，早早的起來。

今兒個得去鎮上賣貨，方姥姥跟兩媳婦還有小兒子包了一輛牛車，將做好的幾款香囊全都搬了上去，還有香薰蠟燭也是。

這樣的陣仗讓長舌的村婦們看見了，自然引起了不少圍觀議論。

「方家今兒個怎麼那麼早？這麼多人包了一輛牛車去鎮上要幹什麼呀？」

「瞧牛車上堆滿了東西，像是要去做買賣。」

「做買賣？都是種地人家，能做什麼買賣呢？」

其中有人說著說著便想起來了，方家嫁到長河村的大女兒夫家像是發達了，前幾天方家冷冷清清的，就聽方老頭說大家去女兒家探親，現在看來莫非是從女兒家得了發財的路子，回來要實踐一番了？

想到這裡，大家都不由得羨慕嫉妒恨。

方姥姥聽到她們偷偷談論的話，內心十分得意，索性直接說了。「算妳們聰明，妳們猜對了，我們就是要去做生意。」

一個村婦羨慕地說：「你們這幾天不在家，原來是去討教生意經了，以後發達了可不要忘了鄉親啊。」

方姥姥就喜歡被人崇拜，被人高高的供著，她笑了笑。「說什麼呢？大家都是一個村的，有財肯定是一起發，等我們生意越做越大時，我們會請多一點人幫忙縫製香囊，讓妳們都多掙一點工錢。」

這話說的，那就是老闆跟雇傭之間的關係，她顯得高高在上。

聽到有工錢，好幾個接過活兒的村婦說自己已經拿到了錢，沒接到活兒的村婦紛紛詢問什麼時候還有貨做，這個錢掙得可真容易啊。

大家祈禱著方家的生意能開門紅，這樣她們才能多掙錢。

喬家這邊，自從方家的人走了後，生活便恢復了常軌。

方菊還納悶著娘家人原本還興沖沖的，怎麼才住上兩天就突然要走了呢？喬喜兒不由得為自己的方法叫絕，要不是她這麼的「慷慨大方」，讓他們想學的都快點學一學，這些人還不知道要賴到什麼時候。

喬蓮兒正在裁剪布疋，聽見娘親的嘀咕，心想還是妹妹有方法，略施小計就把這些人不動聲色的送走了，少了這些閒雜人等，他們幹活起來才得心應手。

喬家人都在幹活，顯得忙碌，院門是敞開的，能看到來來往往的村民從門口經過，這時，一道陰陽怪氣的聲音飄了進來。

「呦，某些人的那幾個窮親戚都跑了呀，我說某些人還真是蠢，將自家的生財器具、方式都給人看光光了，還不知嚴重，我看這財運也要到頭了。」

喬喜兒聽著這話微微的蹙起了眉頭，不用抬頭也知道說話的人是誰。

雖說喬家蓋了新房，院子是圍起來的，但敞開門的情況下，就能看到對面喬家大房的情況，從外頭經過，也能看到喬家院子裡在做些什麼活動。

喬家大房那邊動工好幾天了，每天都能看到揮汗如雨的村民在那裡馬不停蹄的砌牆、挖土，看這架勢，這屋子是要來個大翻修的，沒一、兩個月恐怕好不了。就衝著喬珠兒這份虛榮心，這房子肯定會大改造成村裡的第一屋，也難怪某些人這麼有優越感，總出來蹦躂。

喬喜兒瞥了她一眼，沒有搭理她，不過，在心裡還是感謝她收了杜啟明這個渣男，要不然現在該操心的是她。

這喬珠兒也真是心大，自己在娘家這麼多天，也不回去一趟，等某些人多了填房跟通房丫鬟什麼的，看她還能怎麼囂張？

喬珠兒現在是官夫人，在鎮上或村子裡不管走到哪兒，別人都對她恭恭敬敬點頭哈腰，可在喬喜兒面前，她好像永遠抬不起頭來，哪怕是擺出架子來，對方也不吃這一套。

見對方這麼藐視她，喬珠兒越是一肚子火。

「喬喜兒，妳還只顧著幹活，妳把自家生意都傳授給別人了，不知道後果嗎？都說妳聰明，我看妳愚蠢得要死，這不是掙了點錢，飄了吧？」

喬珠兒明白，就算是親戚也要分類型的，有些就算是親戚，坑人的時候也是沒商量的。

喬喜兒聽她說這番話就想笑，喬珠兒在幸災樂禍呢，偏偏她沒反應，正好氣死她。

倘若喬家的生意做不下去了，這不正合她意嗎？這事情都還沒有發生，她就過來嘲笑，就不怕到時啪啪打臉？真是沒事找事。

喬喜兒做完手上的事，這才抬眸打量了她。

跟從前對比，變化真不是一般的大。

喬珠兒穿戴華麗，完全是什麼昂貴就穿什麼，滿頭秀髮插了好幾根簪子，給人感覺就是金光閃閃，華麗不已。

這……相公當個縣令老爺，有這麼能掙錢嗎？

喬喜兒總感覺杜啟明的錢來得有些不正當，畢竟，剛坐上這芝麻官，俸祿都是不多的，這還沒坐穩位置，也不能光明正大的收好處。這個喬珠兒，到時被人賣了說不定還幫人數錢，不趕緊想想自己的事，還在這裡多管閒事。

喬珠兒再次被無視了，她放不下面子，有些氣惱的跺腳。「喬喜兒，我可是官夫人，妳看見我竟然不行禮？」

喬喜兒翻了個白眼。「我親愛的堂姊，不是妳跟村民說的，跟以前一樣就好，在外面無須多禮嗎？怎麼，對我一個人搞特殊，公報私仇啊？」

被說中心思，喬珠兒臉色臊得慌，她氣急敗壞就要破口大罵，就見這時，村口有一輛馬車駛來，突然就在喬家門口停下，從馬車上下來一個髮束玉冠、身穿銀色衣袍的氣質男人。

來人風度翩翩，卓爾不凡，一看，竟是剛從鎮上回來的杜啟明，他挑著眉道：「發生什麼事了？」

喬珠兒見自己的相公來了，立馬就跟換了一個人似的，從囂張跋扈的潑婦模樣，變成了嬌滴滴的小媳婦。

她拉著男人的手又驚又喜。「啟明，你怎麼回來了？也不事先跟我說一聲，我好去村口迎接你。」

杜啟明回來是想跟母親商量大事，卻不想在這裡先遇到她，是駕馬車的小廝不長眼停了下來，他不得不下來看看。

他看了看喬珠兒，又看了看喬喜兒，發現一陣子沒見到喬喜兒，她越發明媚動人了，那眼角眉梢透著伶俐，一看就是個能幹聰慧的姑娘。

如今看喬家弄得挺像模像樣的，院裡好幾個村婦在忙碌著，進進出出的運送著香囊，空氣中飄散著沁人心脾的香味，令人心曠神怡。真沒想到喬家的生意做得還挺大的，剛還在鎮上逛了一圈，看到不少攤位都有賣喬家的東西。

喬喜兒跟他印象中的認知，偏差越來越大了。

反倒是喬珠兒……他眼裡不免的閃過一抹嫌棄，早知道就不應該選這個女人，就是一個大字不識的村婦，除了長得有幾分姿色，啥也不是，還甩也甩不掉，哪像喬喜兒，當初說好分開，也沒產生什麼糾葛。

喬喜兒可是個人精，從兩人的微表情就能判斷出很多細節，看杜啟明似乎有些厭煩的神色，這堂姊還真是不自知，被人嫌棄就要成為下堂婦了，還擺架子。

她不由輕笑。「縣令大人，請管管你的夫人，沒事別在我家跟前晃悠，找什麼存在感呢？真是閒得發慌。」

杜啟明聽了這話，臉色更難看了。他為了自己行事方便，特意撥了一些銀子，藉著給喬珠兒帶回娘家翻修老屋為理由，目的是要讓喬珠兒待在村子裡，可不是讓她到處招搖的。

「珠兒，妳現在可是官夫人，這樣的身分不要跟她一般見識。」說著就拉著她的手，回杜家了。

他身後的那輛馬車，晃晃悠悠的跟了過去，在村裡可是掀起了一股不小的動靜。

喬喜兒盯著杜啟明慌張的背影，瞧了好一陣子，當轉過頭時，就見秦旭高大的身影站在後方，一言不發。

她衝過去伸手在他跟前晃了晃，也不知他什麼時候站在這兒的，又聽到了什麼？應該沒什麼誤會吧，她跟杜啟明都是以前的事兒了，不過是小姑娘情竇初開的好感，就連初戀都算不上，這男人應該不會那麼小氣。

不過他這副深沈的眸光為何，是在想什麼問題？

「秦旭，你怎麼了？」

秦旭的表情有些不自然。「沒什麼。」

那都是過去的事情了，他應該相信她。

喬喜兒像是會讀心術一般，推了他一下，好笑道：「想什麼亂七八糟的？沒有的事，我現在心裡只裝得下你。」

原本只是一句隨口說說的情話，可秦旭卻當真了，他回答得一本正經。「只要是妳說的，我都相信。」

也沒錯，喬喜兒早就說過，她的感情觀，是要求一對一的真心。他想了想，也就釋懷了。

看著他這患得患失的模樣，喬喜兒不由覺得好笑。她看了看四下無人，便踮著腳尖，摟住他的脖子，直接覆上他的薄唇，輾轉了好一會兒。

秦旭的面癱表情，出現一絲絲裂縫，他狂喜著，反守為攻，將送上門的人兒壓在院門旁邊，跟她好一番肆意糾纏。

喬喜兒的臉一下子就紅了，這男人給點甜頭，就越發地放肆了。

他的吻太霸道了，帶著席捲一切的狂妄，還好這會兒門口沒有人經過，且喬家院子也夠大，有了那些遮擋物，也看不到這邊的情況。

但不管怎麼說，大白天的做這種羞羞事，還是挺不自在的。

秦旭的吻越發地嫻熟，口腔裡都還有他的陽剛氣息，喬喜兒害羞得臉紅紅的。

「喜兒，香料用完了，妳放在哪兒了呀？」喬蓮兒的聲音響了起來。

喬喜兒驚得渾身都繃直了，腦袋突然清醒，她趕緊離秦旭遠遠的。

由於她走得太急了，裙襬飄開的幅度如一朵盛開的鮮花，她竟然窘迫的踩到了自己的裙襬，往地上摔去時，不由得叫了一聲。

還以為要跟地面來個親密接觸，就見秦旭眼疾手快的摟住她的腰，兩人齊齊轉了個圈，這才站穩在地上。

「多大的人了？走路還走不好。」磁性的嗓音帶點寵溺，配上這張英俊的臉龐，真是讓人難以抗拒，喬喜兒發現自己越來越吃他的顏了。

喬蓮兒走過來便看到這樣的一幕，她不由得捂著嘴驚嘆。「妹夫的功夫還真厲害，這若是換成一般人，還真是接不住。」

秦旭非常淡定的給喬喜兒整理了凌亂的裙襬，神色如常。「二姊，謬讚了。」

喬喜兒垂下眸子，只感覺臉頰兩邊發燙得厲害。

按道理說剛才明明是她先開了這個頭的，怎麼就被秦旭給占了先機？這男人剛才吻她時還一臉深情，現在卻跟沒事人一樣，還真是會變臉。

喬蓮兒笑了笑，秦旭的功夫底子，她剛才還是頭一次見呢。挺好的，家裡有個會功夫的人，安全感爆棚。

只見喬喜兒還杵著不動，臉紅得跟蘋果一樣，她又問：「喜兒，妳發什麼愣？香料用完了，妳放在哪兒呢？」

直到秦旭推了她一下，後者這才反應過來，她的思緒還有些神遊。

秦旭打了個圓場。「喜兒剛才受了點驚嚇，估計沒有聽清楚二姊的話。」他便扯了扯某人。「二姊讓妳拿香料。」

喬喜兒這才恍然大悟。「哦，放我房間，我去給妳拿。」

她從姊姊身旁擦肩而過時，就被喬蓮兒一把抓住了手腕。「喜兒，妳的臉怎麼那麼紅？是不是不舒服？還有嘴巴也是腫的，吃什麼過敏了？」

「這……」

喬喜兒不免嘆氣，按道理說姊姊也不是單純少女了，怎麼還不知道這些呢？可見她心裡，還是一個純情少女。

秦旭勾著嘴角，十分欣賞著某人的窘迫。

一向天不怕地不怕的人，每次遇到這種事就會害羞，畢竟是個嬌羞少女，平時再厲害，也不過是個紙老虎。

他不免打趣。「喜兒，妳的香料重不重？需要我幫忙搬嗎？」

他就充當個體力活。

喬喜兒立馬搖頭，跟個撥浪鼓似的。「不用，已經研磨成粉，很輕的，我自己可以拿。」

知道他在打圓場，給她臺階下，這男人真是心細如髮，不行了，她的臉又開始發燙了！

喬喜兒趕緊跑到屋裡去拿香料。

結果一出房間，又就看見這個高個兒擋在門口，她不由得惱了，還嫌不夠尷尬啊，他還跟過來！

秦旭問道：「有什麼需要幫忙的嗎？」

喬喜兒推他出門。「你趕緊給我閃遠一點，看到你我就尷尬，這些是女人幹的活，你湊什麼熱鬧呢？」

秦旭壓低聲音。「妳這人真是蠻不講理，明明是妳挑起別人的火，現在倒成了我的不是了。」

喬喜兒非常窘迫，這男人非得把這種事說得這麼尷尬嗎？

秦旭也不想這樣，他向來自制力很好，但每次喬喜兒一主動，他就會徹底失控。對其他女人他沒什麼反應，可這小妖精一主動，真是會要了他的命啊。

看了看她這嬌羞的小樣兒，他心裡忍不住想著兩人何時能修成正果呢？還得選個黃道吉日。

看他狼一般的眼神，喬喜兒就知道他在打什麼鬼主意。

「對了，我灶房的柴火快燒完了，你去劈柴吧。」

「好。」秦旭爽快應道。

為這個家出力，他非常喜歡。

這個家是喬喜兒在打頭陣，他的任務便是幹完一切的體力活，保護她的安全、守著她便是幸福。

日子悄無聲息的過了十來天，這一日何宇過來拉貨。

過去，隨著香囊的生意越發火爆，何宇過來拿貨的日期也跟著調了好幾次，以前是一個月一次，後面是半個月一次，後面是十天，再就是五天拉一次貨，可最近，等了半個月才過來拿貨。

他今天過來，喬喜兒不由好奇。「何宇，你最近是在忙著置辦婚事，才這麼久沒來拉貨嗎？」

原以為他這次會把以前的量給補足了，誰知他才拿了一半的分量。

何宇面露難色。「東家，最近生意不太好，那些小販拿貨量比以前少了，原本我還納悶，後面一打聽，才發現鎮上新出了一家香囊作坊。這作坊也是專門做香囊，圖案比咱們的精緻，就是香味差點。之前合作的那些小販，有的本就嫌我們的香囊進貨貴，我跟他們解釋過，喬氏香囊香味持久，經久耐用，比例都是按照成分，嚴格配製的。可他們還是嫌棄價錢問題，跑到別人那兒拿貨了。」

何宇說這話時，喬喜兒第一時間就想到了方家。

不過，都有香囊作坊了，還比他們的規模大？依方家人的能力，達不到這樣的高度啊？更何況這才十來天工夫。

何宇這番話落下，喬家人都急了，尤其是方菊急得眼眶都紅了，喬喜兒抓著母親的手，示意她放心，這件事她會妥善處理好的。

喬喜兒道：「好，我知道了。何宇，你先忙，讓我先想想，這件事我們自有定奪。」

「好的，東家，我相信妳，也相信喬家的香囊就是比他們的好。他們在外觀上下工夫，卻不注重香料，遲早是要賣不下去的。」何宇道。

「是嗎？你這裡可有買樣品。」喬喜兒問道，就見何宇點點頭。

「有的。」

他從衣袖裡掏出一個香囊遞給她。

喬喜兒一聞到那個香味，就心中有數了。

不得不說，方家人學得很到位，這香料的分量跟她說的差不多，香味也湊合，但是聞久了，讓人不太舒服。這樣的香囊短期用用還行，長期聞會想吐，也就騙騙那些不懂的人。

像何宇這樣的糙漢子都能判斷出優劣，時間一久大家都會判斷的。其實何宇這個大男人以前對香料也不怎麼懂，連各種香味都分不清，但經過幾個月的薰陶，再加上他的刻苦認真，已經從門外漢變成了行家。

「行，這件事我知道了，你先去忙吧。」

等何宇拉著牛車出去後，路過的村民格外多看了一眼，他們在議論，平時這運貨都是一大車拉得滿滿的，這次怎麼那麼空呢？大家在猜想，喬家的生意是不是開始不好了？

這陣子大家都有看到鎮上多了新款香囊，且繡工比喬家的還精緻，價格卻便宜很多。路過的張翠母親更是暗暗嘲笑，喬喜兒這臭丫頭，到底是年紀輕，沒經歷過風浪，學人家做什麼生意，現在危機來了，看他們怎麼處理，這若是弄不好，可是會把之前掙來的全都賠進去。

對於外人的議論，喬喜兒根本就不關心，她示意家人到屋裡去，大家圍坐桌子旁商量著大事。

看著這一個兩個的面色繃緊，她不由得笑道：「娘、姊姊，妳們覺得這香囊會是誰仿造的？」

喬蓮兒臉蛋氣鼓鼓的。「那還用著說，定是姥姥家幹的，只有他們來過我們家，且從頭到尾目睹我們製作的過程……」

她還沒有說完，就見方菊拉了下她的衣袖。

方菊不太相信是自己娘家人幹的。「這幫喬家做香囊的人那麼多，會不會是哪個村民洩漏出去的？如果有對手想搶生意，他也可以買些香囊拿過去，拆了仔細研究，也能做出來啊。」

她娘家窮得響叮噹，他們哪能折騰出這麼大的一個攤子呢？

「好，娘、姊姊，我們先不談論是誰在搶生意，先清查一番吧。另外，既然市場上冒出同款，我們最近的數量不要製作太多，先讓村民少做些，等處理好這件事再說。」喬喜兒交代道。

喬蓮兒點頭。「目前也只能這樣了。」

方菊想了想，為了證明自己的猜想沒錯，她提議道：「要不我去妳姥姥家一趟，以探親的名義看看是不是他們幹的，我覺得他們不會做這種事的。」

喬喜兒知道母親很善良，比較重視親情，定不願相信娘家人會幹這種事。

「娘，這個暫時不急，等我跟姊姊出去看一趟，回來再給妳答覆。」

晚上吃飯時，喬松回來也說了相同的事，看來對方來勢洶洶，這趟勢並不是小打小鬧，而是要大幹一場。

喬石聽了也頻頻擰眉。「行，你們好好查探一番，千萬不要跟人起衝突，有什麼事就去報官。」他不放心的再三交代。

說完了大事，就說小事。

喬喜兒見喬松這幾天都回來吃晚飯，不由得笑問：「哥，那個飯館活兒幹完了嗎？現在是不是換了新的東家？」

喬松點點頭。「是啊，活兒真是幹不完，一家接著一家，之前給那家飯館幹的活兒不錯，他們特地多結算了點銀子。」他說著就把銀子交給方菊。「娘，妳幫我保管吧。」

方菊擺手。「你自己掙的錢，自己好好保管。你年紀不小了，也該娶個媳婦了，家裡房子什麼都有，若你娶妻的話，我們給你辦一次像樣的婚禮。」

喬松成親那會兒，是按照村裡最低標準辦的。他們因為家裡窮，給不起排場，總覺得愧對劉碧雲，那新媳婦也不計較，很快就給他們喬家生了個丫頭。

喬家抱著彌補的心態，對新媳婦特別好，可沒想到對方是大著肚子找接盤的，他們一家人都被戲耍了，現在想想都還生氣。

說起終身大事，喬松就沈默了。

「好啦好啦，我也不逗你了，感情這種事也急不得，慢慢來唄。」喬喜兒打圓場，衝著方菊俏皮的眨了眨眼睛。她哥這人很木訥，什麼時候能開竅也是需要點時間的。

喬松這才臉色好了點，跟秦旭求助。「你管管你媳婦，她現在都管起我來了。」

秦旭勾著唇角，笑得一臉寵溺。「喜兒說得對，大哥是該娶媳婦了，這媳婦孩子熱炕頭才是人生最大的追求。」

這話說得一語雙關，帶著莫大的暗示。

喬喜兒立馬感覺不好了，果然就見方菊輕咳了兩聲，話題就落到她身上。

「喜兒啊，話說，你們同房也這麼久了，這身子有沒有調理好？什麼時候生個孩子才是正經的。」

她可是聽過這邊好幾次牆角，他們房間裡都有大動靜。

她時不時的咧嘴，這秦旭不愧是個大塊頭，年輕人火氣旺，折騰起來動靜大。

「那個，娘，我吃好了，你們慢慢吃。」

喬喜兒一臉窘迫，心裡不免想，她啥時候圓房了呀？她自己怎麼不知道呀？娘親怎麼就說得這麼信誓旦旦？她是怎麼就給娘親造成了這樣的錯覺？

她突然想起好幾次兩人該有的過程都有，都快齊全了，就差最後一步了……唉，這種事還被母親拿出來說，她臉臊得慌。

見喬喜兒溜之大吉，方菊打趣道：「喜兒這孩子別看平時厲害著，畢竟是女人家，臉皮子薄。」

晚飯過後，大家洗洗睡，各自回房。

秦旭洗了個冷水澡，這才光著膀子回自己的屋。

方菊看女婿大冷天居然還洗冷水澡，這身體強壯的呀！見他推門要進去時，趕緊衝著他招手，拉他過來說悄悄話。

方菊表情有些難為情，但畢竟是過來人，什麼場面沒有見過？醞釀了一番便小聲的說道：「秦旭，你那方面調理好了嗎？」

秦旭嘴角抽了抽，想起以前鬧的烏龍，看來他這不舉的事，怎麼都說不清了。他也不想解釋，就順著話題回答。「回岳母的話，我這藥也吃了好幾服，錢也花了不少，也去給鎮上的名醫看過，應該是沒問題的。」

方菊笑得一臉慈愛。「那就好，你也別怪我多嘴，我也是為你們著急，畢竟你們都成親這麼久了。」

秦旭點點頭，說了一聲明白，便起身回房間了。

方菊看著他健壯的背影，臉上露出曖昧的笑容。她就說嘛，這麼健壯的男人，怎麼可能會有問題？

她嘴角勾著笑，回屋時，喬石見她咧著一張嘴，便問道：「笑什麼呢？有什麼開心的事？」

方菊立馬跟他說了一下秦旭的事。

就聽喬石語氣淡淡。「喜兒還小呢，要孩子這事不急，妳看女婿現在稀罕閨女的這股勁，也不怕他跑了，妳就別操那份閒心了。」

方菊面上一臉期待。「這你可就不瞭解我了，你說說看喬家現在什麼都有了，就差幾個孩子來熱鬧熱鬧，原以為寶丫是自己的孫女，疼了這麼多年，可誰知道呢？這一個兩個的全都不生娃，又都沒成親，你說我就想當個奶奶，怎麼那麼難呢？」以前還有寶丫喊奶奶、奶奶的，現在耳根子清靜，院裡也沒有孩子的打鬧聲，別提有多寂寞。

「妳說得倒也有幾分道理，我看這好事也將近了，秦旭那麼疼喜兒，說不定年底，家裡就能傳來好消息啊。」

「老頭子，你這話我愛聽。」方菊笑嘻嘻的聽著。

第十九章

一夜就這樣過去了，次日一大早，喬喜兒早早起來，洗漱一番後就跟喬蓮兒去鎮上一趟。

秦旭充當車夫趕著馬車，駕馬車到鎮上只花了不到半個時辰。

今天不是趕集日，街上的人雖沒那麼擁擠，但人流量也算正常，他們一口氣逛了幾條街，發現賣香囊的攤位依舊是那些，只不過他們攤位上的貨已經更換了。

小販見喬喜兒拿著香囊打量，暗暗的瞅著。

他自然認識她，誰都知道這是喬氏香囊的東家，但眼下見她杵在攤位前不走，他們也面無愧色。

「我說東家，您都看半天了，到底是啥個意思？是，咱們都是做生意的，自然希望拿貨的錢越來越便宜，這樣才能掙得更多。」小販口齒伶俐，語氣圓滑，說著生意人的通病。

喬喜兒朝他笑了笑，臉上沒有半絲異樣。「我明白，誰都是想以最少的成本，掙更多的錢，但這種不好的香料，氣味有點怪，也不持久。便宜的東西未必就能討人喜歡，你在這裡擺攤那麼久，都有口碑了，你現在完全是在砸自己的招牌。」

小販笑了笑，不以為然。「您是東家，您當然會這麼說，可我都賣了好幾個集市了，也沒見有什麼問題，那些客人用以前的價錢，現在能買兩個，他們歡喜得不得了。」

喬喜兒一聽，立馬就有了算計。都賣了十來天了，看來這些人也掙了不少黑心錢，她得趕緊制止。

只是她想像中的方家窮得很，難不成真會為了這門生意借很多銀子？

「行，你樂意就好，以後別拿喬家的貨。」喬喜兒表情淡淡，也不跟他爭辯。

「不拿就不拿，有什麼了不起的？」小販冷哼一聲，毫不畏懼。

這時，又有幾個客人過來買香囊，那小販當著她的面一口氣賣了三個，那表情十分得瑟。

喬喜兒沒說什麼，喬蓮兒氣得不行。

看出姊姊很生氣，她倒是笑了笑。「姊，別生氣，做大買賣遇到這種事是正常的，有問題咱們解決就好了。」

喬蓮兒思考道：「妳說這真的是姥姥家所為嗎？能做出那麼多貨？我們剛也問了那些拿貨的小販，他們是在鎮上拿的貨，並不是去村裡啊。」

喬喜兒點點頭。「姊，妳說到點子上了。我也在懷疑，與其讓娘去方家跑一趟，還不如我現在親自過去看看。姊，妳去找何宇，你們就在鎮上找找那個作坊在哪裡、有沒有什麼問題。晚上我們回來，再商量對策。」

喬蓮兒道：「這個安排甚好，好，那我們分頭行動，晚上商量對策。」

「好。」

很快姊妹兩人兵分兩路，各做各的任務。

喬喜兒跟秦旭趕車去了北洋村，說實在的，雖然很多年沒來姥姥家了，但眼下看這個村子的景象跟記憶中沒什麼兩樣，依舊很貧窮，都是茅草屋居多。

他們找了個地方停下馬車，用步行的方式進村，喬喜兒在第三排的茅草屋位置停了下來，她記憶中姥姥家就是這裡，但現在茅草屋被拆了一半，很多漢子在熱火朝天的蓋房子。

這真的是方家嗎？短短十幾天能掙那麼多錢嗎？

正在喬喜兒感到納悶時，一輛馬車高調的從村口進來，一路朝此而來，最後停到這處院子裡，還引了很多村民圍過來，議論紛紛。

「這方家可是發大財了，才半個月而已，就又是蓋房又是買馬車的。」

方家每次出現都引起村民圍觀，大家都爭相討好著他們，想求一份活兒幹。畢竟這在家縫製香囊，一天也能掙個幾十文錢，這一個月下來可不得了。

「方家的，你們這是從鎮上回來吧？」

「這一次是帶了多少布疋呢？能給我們家分一些嗎？我們家裡人多，定會給你的香囊縫製得很精緻漂亮。」

「方家可真是有福氣呀，女兒嫁到喬家發達了，做人不忘本，夫家還帶娘家人一起發財，這喬家頂有本事的！」

現在北洋村最有錢的就是方家了，哪個敢不恭維討好的？

只不過一聽到有人提起喬家，那馬車裡一下子跳出兩個婦人。

喬喜兒定睛一瞧，這不是二舅媽跟三舅媽嗎？

就見兩個舅媽撩開車簾，攙扶著老人家下了馬車，方姥姥架勢十足，挺直腰桿子，仰著脖子，跟隻驕傲的白天鵝似的。

「說什麼呢？喬家是喬家，方家是方家，這是咱們方家人掙的錢，是我們有本事，跟喬家有何關係？喬家這幫傻蛋，只知道自己死幹活，還不如我們找一個有錢東家，把配方賣給他，這不就大賺一筆了。」

村民們都是沒有見過世面的，目光不長遠，聽到這話個個都十分佩服。「方大娘，這薑還是老的辣呀！您可真是有本事，那這一次可得給鄉親們多派點活兒，也讓我們掙點小錢啊。」

「好的好的，沒問題，大家這就排好隊來我家拿料子。」方姥姥那得瑟的樣兒，跟個暴發戶似的，在那裡張羅著村民排隊。

方家兩媳婦將馬車裡的貨給拿下來，那個趾高氣揚的樣子啊，滑稽又可笑。

喬喜兒插著腰，站在方家門口看著這戲劇性的一幕。

「真是小人得志，我就說嘛，短期內怎麼能弄到這麼多錢，原來是靠賣配方變成暴發戶得來的。有些人都要大禍臨頭了，卻還在這裡裝闊，真是可笑。」她嗤了一聲，可有好戲看了，這方家人從來就不會讓人失望。

秦旭看她瞇著眸子，像隻狡猾狐狸一樣，就知道有人要倒楣了。

他嘴角勾起的神情有些腹黑。「看來妳這配方裡是加了特殊東西，別人弄不到的。」

「那可不，我這些藥材都是在空間裡種的，外面那些地，種出來的東西根本就不一樣。」

秦旭聽她這麼一說，倒有些相信，她所謂的空間是真的存在。畢竟那些香料，確實跟別的不一樣。

「那喜兒，接下來該怎麼做？」

喬喜兒笑了笑，神情沒有多大的憤怒，而是跟看著跳梁小丑一樣的，隔著人群看著被村民圍繞的方家人，相信她們已經發現她來了。

「你聽說過捧殺嗎？對付這些沒見識的人尤其管用，先將他們捧得高高的，讓他們得意一會兒，等他們的榮耀達到最高點，再將他們狠狠摔碎，這樣才過癮呢。」

是啊，這些人跟喬家都是親戚關係，可在她眼裡，可是陌生人呢，這種翻臉不認人的親戚，她可不想認。

果然寧可得罪小人，也不能得罪女人，秦旭給了這評價。

「怎麼？你覺得我很過分？」喬喜兒不免問道。

沒錯，她就是這樣恩怨分明。

姥姥家從小就不善待她母親，對他們家不待見。倘若這回方家前來作客，沒有別的企圖，她定會好好招待，可事實便是人情涼薄。

秦旭伸手揉了揉她的秀髮。「喜兒不管做什麼，我都會支援。」

他磁性的聲音壓低，帶著十足的魅惑，莫名的，她的臉一紅，尤其被他深邃的眼睛看著，她會覺得受不了，這個男人也太撩人了吧。

她心裡只有一個念頭，十分堅定，等忙完這些瑣事，她要把秦旭撲倒！

此時，只顧著跟村民互動的方家人，再抬頭時卻發現剛才氣勢洶洶的兩人居然不見了。

奇怪得很，這喬喜兒來了也不質問他們，還以為以她潑辣跋扈的性格，會來大鬧一場，結果灰溜溜的走了。

「切，這喬喜兒，一看就是個紙老虎，她一定沒想到我們看兩天就學會了她所有東西，還以為這東西有多難，不過就是小菜一碟。」方姥姥越發地囂張起來，這發財也很容易的嘛，那些村民都傳喬喜兒有多厲害，不也就那樣了？

「婆婆，咱們別理他們，喬家人就是黑心肝，這麼簡單的香料居然賣這麼高價，還是咱們好啊，一次性賣了配方，得了一百兩銀子，這每月幫忙發貨收貨，還能得二兩銀子，這多簡單的事啊。」二媳婦一臉激動。

「對呀，婆婆，咱們方家總算過上好日子了，這一下我娘也不會說什麼了。」三媳婦想想回家時，給娘家帶了不少的好東西，那個叫揚眉吐氣啊。

當初她跟方俊看對眼時，她娘家人就不同意，說這後生看著流裡流氣的，不老實不能幹，若是跟著他，定會過苦日子。

可她現在都享福了，誰不羨慕呢？她就是有這個好命。

「那是，咱們方家現在可是村裡的首富，以後肯定還會越來越好的。」方姥姥一臉得意。

喬喜兒瞭解大概情況後已心中有數，便讓秦旭趕車往回走。

此刻的喬蓮兒跟何宇在鎮上，幾番輾轉打聽，終於找到那個作坊。

聽附近的居民說，那個小作坊才開業了幾天的時間，每天都有小販過來拿貨，進進出出的人還不少。

喬蓮兒跟何宇對視了一眼，兩人便裝作拿貨的樣子走了進去。

就見守門的人沈著臉問道：「幹什麼的？拿貨嗎？拿多少？」

「這位小哥，我們之前也是做香囊生意的，現聽說你這裡有更物美價廉的貨，特意過來看看。若是合適的話，那我們以後就長期在你這裡拿了。」何宇說道。

那個看門的是見過何宇的，知道他是最大的拿貨商。如果能搞定他的話，那這銷量肯定噌噌的漲。

看他旁邊領著一個女人，還以為是他家媳婦，也沒有多想，便熱情的迎他們進去。

這個小作坊占地有百來坪，有很多個房間，每個房間堆滿了不同的東西，有香料粉，還有布疋房，還有專門堆放流蘇的房間。中間的大堂屋非常寬敞，裡面有十來個幹活的人。除此之外，他們這些材料還會發放到幾個村裡面，讓村民繡香囊。

「倒是弄得挺像模像樣。」喬蓮兒涼涼道，將整個作坊轉悠了一圈，全部的流程都看了一遍，眉頭緊鎖。

她還不小心瞄到了桌子上放的帳本，隨手看了一眼，挺多拿貨的人。天哪，再這樣下去的話，喬家的生意都被搶光了，那家裡堆積的那些貨可怎麼辦？

正當她拿著帳本發愣時，門外突然進來了幾個人，嚇得喬蓮兒手裡的帳本落在地上。領頭的是個中年大腹便便的男人，他穿著華貴，一臉賊眉鼠眼，看著就不好惹。

「妳是誰？新來的嗎？拿我們的帳本做什麼？」中年男子看了一下掉落在地上的帳本，挑眉問道。

「老爺，他們是一起的，說是過來拿貨。」守門的夥計也感覺大事不妙，嚇得冷汗都出來了。

就見那老爺發怒道：「瞎了你的狗眼！這姑娘就是喬喜兒的姊姊，她過來能拿什麼貨？開什麼玩笑，她分明就是來刺探我們作坊機密的。」

「老爺，那這麼說來，他們是奸細了。」守門的夥計戰戰兢兢道。完了，人是他放進來的，一會兒定要受罰。

的。

老爺看了看喬蓮兒，發現她長得還挺水靈的，纖細的腰、溫柔的眸子，看著還挺有味道

他堆起肉臉笑道：「不過既然是自己送上門來的，那不如就好好的招待一下。」說著神情一變，十分凌厲。「把這男的丟出去給我狠狠的打一頓，至於這個女的，拖去房間，老爺我親自教訓。」

聽到這話，喬蓮兒頓時慌了。何宇更是知道大事不妙，當即拉著她就跑。

「不好了，他們跑了，給我追！」劉老爺一聲怒吼，作坊裡就湧出來十多名抄著棍子往前追的壯漢。

「還想跑？看你們一會兒怎麼死！」兩個人過來能成什麼大事，還能逃出他的手掌心不成？

送上門來的美人兒，就別怪他不客氣了。

很快的，兩人跑出街口，就已經氣喘吁吁了，後面幾個打手衝了過來，直接將兩人圍在一塊兒。

「我警告你們，可不要亂來，你們這可是犯法的。」喬蓮兒秀眉緊蹙，氣勢十足。

若換成以前的她，遇到這種情形早就嚇得痛哭流涕了，可跟著喬喜兒這麼久，她也學會了臨危不亂。

她一邊這麼說，一邊看著附近那些擺攤的老百姓，希望有人能幫他們報官。

可那些人像是沒看到她的暗示，只看看，誰也不敢幫忙，或許，是不敢惹事吧。

「哎……」這時，一道嘆息聲響起。「老大，你說這是什麼情況，光天化日之下強搶民女啊。」

「既然你知道是這戲碼，還不上去救人？」身穿黑色勁裝的男子冷面薄唇，聲音冷冷道。

黑色勁裝男子身後站著五、六個跟他身高差不多的男子，個個穿著褐色勁裝、腳踩馬靴、佩帶寶劍，體型孔武有力，一看就不好惹。

「可是老大，我們過來不是找王爺的嗎？不要浪費時間多管閒事了。」黑色勁裝男子身邊的悠閒男子痞子般的笑了笑。

他又不是喜歡多管閒事的人，這麼說的目的，只是想看看老大的功夫有沒有什麼進展，眼下這不就是一個展示的機會？

被喚作老大的黑色勁裝男子，叫葉楓。

他默不出聲，掃了痞子男徐飛一眼，又看了看被圍在打手中間的無助兩人，突然想到，王爺被皇帝派去那偏遠的地方執行任務，遭人追殺重傷，中間若不是被人救了，又怎麼能活命？

他們上次找了半天線索，好不容易才在京城一個鏢局找到了蛛絲馬跡，循著線索，終於來到這裡。所以，路見不平，怎能不拔刀相助呢？

劉老爺繼續囂張地喊著。「我說美人兒，妳如果從了我，說不定我還能跟喬家合作呢。妳今天逃不了的，這些都是我的人。」

喬蓮兒見那些凶神惡煞一般的漢子越靠越近，領頭的就是最可怕的劉老爺，她大聲呼喚。「來人啊，救命啊！」

當那鹹豬手向她伸來就要觸碰到她的那一刻，突然有顆小石子打在他的手腕上。

喲，就見劉老爺的手背被打出了一個血窟窿，痛得他痛哭流涕，捂住傷口怒罵道：「是誰出的手？竟敢暗算本老爺！」

一個吊兒郎當的聲音接了話。「是本大爺出的手，怎麼，有意見啊？」

徐飛勾唇笑了笑，他看到老大葉楓拔了劍就知道，一場戰爭蓄勢待發，所以他就順手打了個頭陣。

喬蓮兒跟何宇一臉後怕的看了看他，發現他有些吊兒郎當，狹長的眸子看起來有幾分痞裡痞氣，但也絲毫不掩蓋他骨子裡的俠骨柔情。

這劉老爺在鎮上可是出了名的大商人，只要能掙錢的生意他都沾了邊，這不看到喬家的香囊紅火，早就惦記上了，意外得到了這個配方，自然是二話不說大量生產的。

現在居然抓到這兩人在他作坊裡放肆，他自然不會放過，但沒想到竟有人敢多管閒事，他怒指著對方的鼻子道：「混帳東西，你們肯定是外地人，知不知道本老爺在鎮上的名號？」

「我可不管你什麼名號。」葉楓低沈的聲音落下，行走間腳步瞬移，恍如很多個影子在跟前晃動，卻看不到他真人。

眾人還沒有看清楚他是怎麼出手的，就見那十來個打手瞬間都倒下了，其中有人被打折了手，有人被踢斷了腿，總之全都躺在地上哀號。

這樣的身手不僅僅是快，還狠且準。

徐飛不由得鼓掌。「天哪，葉老大，你這武功又精進了，不愧是主子身邊的第一護衛，就這功夫，比某人的暗衛還厲害，那個無影腳讓人看不清啊。」

劉老爺一看這功夫底子，再看自己手上那個被石子打的血窟窿，嚇得跪了下來。

「大俠饒命啊，小人有眼不識泰山，大俠饒命啊！」

「還不放人？」葉楓聲音淡淡，神情冷漠，只一眼，就讓人覺得有壓迫感。

「是是是，大俠這就放人，咱們回去。」劉老爺說完這話就趕緊跑掉，一夥人自然也跟著老闆走，他們打不過，還是逃命要緊。

何宇看著這些人，剛才還十分囂張，轉眼間就灰溜溜的跑了，真讓人直呼過癮。

喬蓮兒捂住怦怦心跳的心臟，心想著今天運氣不錯，碰到好心人解救。

她趕緊走到男人的跟前，對他行禮。「多謝公子相救。請問公子大名，家住何方？小女子改天一定會報答的。」

黑衣男子還沒有說話，徐飛就湊過來看了看這女人一眼。

瞧瞧這清秀動人、皮膚白皙的樣子，看著還挺養眼的。

想想老大都二十歲了，還是孤家寡人一個，別說身邊有女人了，就連兄弟們慫恿他去青樓都不去的。堂堂王爺身邊的第一護衛，還沒碰過女人，真是讓人不勝唏噓。

想到這兒，徐飛不由打趣。「姑娘，咱們是外地人，只是路過這裡辦事的，登門感謝就不必了。如果妳真有誠意的話，那就以身相許吧。」

「說什麼呢？」黑衣男子伸手就朝他的額頭上彈了一下。「不得無禮。好了，管完閒事我們趕緊去幹正事。」

「葉老大，你真沒意思，真是開不起玩笑呢。」徐飛捂了捂疼痛的額頭，這護衛跟著王爺跟久了，簡直是得到了王爺的真傳，不僅武功出神入化，就連性子跟王爺都有好幾分相像。

就這副不解風情的樣子，哪個姑娘敢靠近他呀？幫他牽姻緣還不領情，活該是個老光棍了。

「還不快走？別忘了我們是來辦正事的。」葉楓聲音冷冷道。

回首見喬蓮兒還愣在原地，便道：「姑娘，舉手之勞，不足掛齒，以後出門可要小心點。」

說完，他們一行人便走遠了，喬蓮兒看著他們的背影，秀眉緊蹙。

這一群人好奇怪呀，那個領頭的看起來好厲害，在她的認知裡，秦旭的武功已經很厲害了，他的身手卻也不遜色。

救命之恩肯定是要湧泉以報的，可惜不知道他們的姓名……沒關係，他們既然是來鎮上辦事，行為又是這麼另類，打聽一下應該是可以得到下落的。

何宇仍心有餘悸，他幹農活一把好手，力氣是有，但那麼多打手衝過來，他也擋不住。還好這回有人幫忙，否則若是喬蓮兒有個三長兩短，他怎麼跟東家交代呢？

想到這兒他後怕道：「蓮兒姑娘，妳趕緊回吧，這件事要跟東家好好說一下，讓她早點打算。」

「好，那你也要小心點，回去吧。」

喬蓮兒當即攔了一輛牛車趕回家。

喬蓮兒在村口下了牛車，一步步走回家，夕陽的餘暉落在她的身上，婀娜美麗，就好像從天上下凡的仙女一般。

喬蓮兒的姿色原本就不錯，這段時間開始略略打扮之後，她出落得更加動人了。

這回家的一路上，她腦子裡始終想著那個高大挺拔、冷酷少言的男人。

這個男人到底是誰呢？真是太讓人好奇了。恩公既然是外地來的，對這裡肯定是人生地不熟，她如果能幫上他的忙就好了……

喬喜兒回來得比較早，她一直在門口翹首以盼的等著姊姊回歸，總算看見她回來了，倒是有些著急。

「姊姊妳怎麼現在才回來？」還是這副魂不守舍的樣子，是遇上什麼事兒了？

喬蓮兒回過神來，愁眉苦臉。「喜兒，我們今天找到那個作坊了，弄得還挺大的，比我們這裡要正規齊全。喬家這次真的遇到對手了，麻煩大了。我還無意中看到他們的帳本，好多小販現在都在他那裡拿貨。」

喬喜兒拍了拍手掌，豎起大拇指。「姊，妳可真厲害，才一個下午的時間，就了解得這麼透澈。」再好好培養的話，可有女強人風範。

都這個時候了，看她還笑得出來，喬蓮兒更加著急了，抓著她的手道：「妹妹，這可怎麼辦啊？咱們堆了這麼多的貨，這要是賣不出去的話，可會虧損得厲害，我們的布疋囤了很多，這些都是成本啊。」

喬蓮兒心急如焚，她知道喬家有如今的財富，都是靠喬喜兒一點一滴積累的，這其中的艱辛，她都看在眼裡，若是被人劫了生意，損失慘重，他們喬家以後沒有了收入來源，可怎麼辦呢？

喬喜兒先進了屋，倒了一杯茶，然後拿了乾果點心。

「姊，妳跑了一下午，指不定餓了、渴了，趕緊先吃點東西喝點茶。」

她嘆氣。「我現在哪有心情吃這些。」

那作坊那樣的大規模，不得時時刻刻碾壓喬家？聽那個劉老爺的口氣，是鎮上很有名的大商人，他們這些人只要存心搶生意，還有他們喬家的活路嗎？

喬喜兒不慌不忙，鎮定自若道：「姊，我之前不就跟妳說了嗎？要沈得住氣，我敢把配方讓外人看到，根本就無懼現在這種情況。」用這件事情，讓母親看清方家人的真面目，也算是值得。

「什麼意思？」喬蓮兒聽不太明白。

喬喜兒抿了口茶。「我去方家那邊查到的消息是，香料的配方是姥姥賣給那個人的。我看方家現在買了馬車，還在蓋新房，估計可能賣了一、二百兩銀子，現在方家得意得很，他們也請了一些村民幫忙繡香囊。妳看，他們學了一點點皮毛，就敢這麼大陣仗，妳覺得能長久嗎？」

這話說的，喬蓮兒想起之前妹妹琢磨香囊時，也是反反覆覆調配香料比例、其他什麼的都折騰了很久，可方家不用經歷這個艱難的過程，是直接享受成果。

喬蓮兒當然不知道她還有金手指，喬喜兒也不可能說。

她只是道：「所以姊姊，咱們不如就趁這段時間好好休息，咱們也不用出什麼手段，就等著有些人，多行不義必自斃。」

看她這麼胸有成竹，喬蓮兒的心放下了。或許她的擔心是多餘的，而且就算回到做生意之前又能怎麼樣，大不了從頭再來。

喬家再差，也不可能像以前那樣窮得響叮噹了。

接著，她就將在鎮上遇到的事告訴了喬喜兒，說到差點被那劉老爺欺負，有一個俠士救了她……喬喜兒瞬間就跳了起來，拍著桌子道：「他居然敢欺負妳！這個可不能容忍，姊妳放心吧，我會盯著那邊的，這個仇一定要替妳報。」

「報仇的事我倒不著急，那個劉老爺，我相信他短期內也不會對咱們怎麼樣，這事都夠他忙一陣子了。我現在只想報恩，我看到恩公好像是為了在這裡辦事才來這裡的，想讓妳幫我打聽打聽。」

「行，那妳跟我說說，那幾個人的長相都有什麼特徵？」

等喬蓮兒說了後，喬喜兒心中就有數了，一會兒等大哥回來，就讓他代為轉告明月酒樓的掌櫃，讓他幫忙打聽打聽吧。

畢竟酒樓的消息才是最靈通的，一定會有消息的。

喬喜兒這邊坐視不管，方家人那邊便越發洋洋得意。

他們找來了很多村民做香囊，幾天以來都是一車一車的把貨運出去，看得人眼紅。

這不，今兒個他們又運貨去了鎮上的作坊，作坊的規模也更壯大了，這規模越大對他們就越有利，他們能拿到的銀錢也會越多。

方家三天兩頭來送貨，守門的人已很熟了，例行公事的喊了劉老爺出來驗貨。劉老爺的手自被傷後就包了紗布，因為受了點驚嚇，神情也就沒有往日那般囂張了。

見劉老爺出來後，方家的兩個兒媳婦跟方俊就討好的迎了上去。

「劉老爺，您看這是我們今兒個送來的貨，查驗一番再入庫吧。」

「直接入吧，你們的品質我放心，做得比喬家還好，果然是青出於藍而勝於藍啊。最近呢，這個香囊非常受歡迎，我打算多做一批運到其他的一些城鎮。」劉老爺道。

方俊一聽這話，眼睛瞬間亮了亮。

天哪，這生意做得這麼大，還要運到別的地方，那他們可以拿的錢豈不是更多？

「如果劉老爺信任方家的話，儘管將這些香囊交給我們管理，我們會召集十里八鄉的村民都過來做事，交的貨一天能出一趟。」方俊面露貪婪道。

「可以是可以，只不過，我發現這香料是不是不夠？你們在這藥材方面要注意一下分量。」劉老爺道。

「什麼意思？」方俊整個人有些懵，便問道：「劉老爺，您放心，我們這是親自跟喬家那邊學的，過程絕對沒問題。」

「不是，我發現這些藥材的藥香味剛開始挺濃的，但放上個幾天，味道就越來越淡。這喬家的香囊放個半年都還是跟剛買的一樣，而我們這個味道這麼淡，這時間一久，我怕不頂用啊。」

「原來是這個意思。」方俊一拍大腿。「劉老爺這好辦，咱們就將那些有香味的藥材多加點料，這不就得了嗎？」他自作聰明道，絲毫不考慮後果。

「行，配方是你們提供的，你們看著辦就行了，這香味是越持久越好。」

「這事您放心，我們做事靠譜。」方俊拍著胸膛保證道。

此時一家客棧裡，幾個壯實的男人圍著桌子對著一張地形圖探討。

這些人不是別人，正是救了喬蓮兒的那一夥人。

身穿黑色勁裝的葉楓，神色深沈。「以我們的判斷，王爺一定還在這裡。」

徐飛道：「老大，可這個鎮說大不大，說小也不小，這方圓百里都是村莊，這一個個盤查起來需要點時間。我就是有一點不太明白，既然王爺都來過了京城，為什麼不來找我們？」

「王爺一定是出了什麼事，或者受了什麼重傷，失憶了也說不定。」葉楓神色凝重，唯有這個理由能解釋一切的反常。

「你這個推測很有可能，這個狗皇帝，都這個時候了，竟然還不放過咱王爺。王爺那麼孝順，太妃還在宮裡，他肯定不會不管自己的母親。」徐飛壓低聲音。

葉楓指了指地形圖。「這裡有十三個村莊，從今兒個開始，你們就分頭行動，一人一天跑兩個村莊，總之要儘快找到王爺。」

「好，我們一定會抓緊時間的。」底下的人點點頭。

「王爺失蹤都大半年了，不知現在過的是什麼日子。」

「王爺吉人自有天相，一定不會有事的，說不定是被人給救了，還在養傷，所以一時還沒消息，總之咱們快點尋人就對了。」

與此同時，秦旭正駕著馬車載喬喜兒跟喬蓮兒去鎮上。

喬松已帶話給明月酒樓的掌櫃，經過兩天的時間，掌櫃回覆說已打探到了消息，因此他們急著來確認詳情。

喬喜兒作為明月酒樓的大紅人，掌櫃始終對她十分客氣，不僅有上好的茶水招待，還備了點心、水果、滷菜、涼菜等等。

看掌櫃這麼客氣，她笑了笑。「王掌櫃，大家都是老熟人了，不用這麼客氣。」

「要的要的，妳難得來一次，自然要好好招待。」王掌櫃可是個人精啊。

這丫頭就是自帶財運，跟她合作的生意樁樁件件都是掙得盆滿缽滿的，如今整個鎮上的主要街道，都有明月酒樓的移動速食，就喬喜兒提供的那些菜譜，也是十分火爆，備受歡迎。

再加上酒樓提供了一些方便現吃的涼菜、滷肉，這速食招牌已經打響了，生意越發興隆。

也就是說明月現在的生意客群覆蓋了所有人，富人會來酒樓消費，老百姓們會在攤位上吃速食。這樣做可比明華酒樓要高明得多了，對方折騰那麼多花樣，賠了不少錢，客人也越來越少。

酒樓營收多，王掌櫃的月俸也是水漲船高，得到東家的重用，還不是託了喬喜兒的福啊。

喬喜兒喝了點小茶，吃了點滷肉，不由得讚嘆。

「你們的廚子確實厲害，我只是給一個菜譜，你們就能做出這道地的味道來，怪不得生意火爆，確實有這個實力。」

王掌櫃眼睛亮了亮。「那是，那些廚子都是有經驗的老廚子了。對了，喜兒，我聽說你們最近的香囊遇到了點問題，這條路是不是不好走？妳今後有什麼打算？如果有別的生意，也可以跟明月合作。」

那個打對頭的便宜香囊最近在鎮上很火，王掌櫃也是有耳聞的。

喬喜兒漫不經心的抿了下唇。「王掌櫃，咱們今天不談公事，就談私事，那天我哥帶話請你找那幾個人，聽說你打聽到了？」

王掌櫃對那幾個人印象深刻，這一行人都是清一色的高大男人，且領頭的有架勢，長相很有特點，武功高強，又是面生的，在鎮上出現過，他跟底下的夥計當然有印象。

掌櫃道：「他們像是來找什麼人的，手裡拿著畫像，這陣子住在滿月樓客棧裡，你們可以去問問。」

「好的，多謝掌櫃，你還真是消息靈通。」

「客氣啦，這點小事，只要能幫上妳的忙就好。」

喬蓮兒聽到恩公有消息了，心隱隱激動著。此刻的秦旭說要出去一下，便去了後院找茅廁。

解決內急後，他從明月酒樓的後門出去，發現這酒樓的後門連著一條巷子，他走了進去，想回前院推馬車，很快就發現有人跟蹤他。

秦旭斂眉加快了腳步，一拐一繞，側身躲進巷裡的轉角，只見一群人追了過來，而那些身影竟然有點熟悉……

領頭身穿勁裝的黑衣男子正是葉楓，他嘴裡嘀咕著。「奇怪了，人呢？」

他剛剛明明看到主子，怎麼一下就沒見到人了？

徐飛手裡還拿著畫像，今天他們在鎮上東問西問的，逐一對路過的老百姓盤查，一無所獲。

「老大，你是不是看花眼了？真的是王爺嗎？」

葉楓擰眉。「可能是我看花眼了，繼續挨個兒村子去找，挨家挨戶的問，我相信一定能找到王爺的。」

越來越強烈的直覺告訴他，王爺就在這個鎮上。

「葉楓，徐飛。」一道低沈磁性的男音飄了過來，他的聲音不大，卻沈穩有力。

正準備離開的葉楓，回頭就見一個頎長的身影站在灰牆旁。

他整個人高大無比，哪怕是穿著簡樸的布衣，也無法掩蓋他身上的高貴氣息與氣場。

「王爺！」徐飛率先驚呼出聲。

葉楓立馬跑過去抱拳跪在地上。「屬下參見王爺。」

秦旭面色如常，知道他們肯定會來找他的。原本想處理完這裡的事再去京城，沒想到他們都找過來了。

「無須多禮，你們這一路辛苦了。」

葉楓一向不形於色的面容，也難掩喜悅之情。「王爺，我們可算找到您了，太妃可想您了。」

蘇太妃是王爺的生母，長年生活在宮中，當今聖上是當年的三皇子，可誰都知道，先皇原本是屬意五皇子秦旭接掌帝位的，可不知為何，最後登上帝位的卻是三皇子，五皇子則為王爺。

這也就罷了，一切已成定局，蘇太妃是先皇最寵愛的妃子，原本該入住王爺府，卻被皇帝以盡孝道為由強留在宮中，實則是為了牽制王爺。

王爺文能舞墨，武能帶兵殺敵，在京城受到一批忠實臣子的擁戴，在百姓心中也名聲赫赫，這些便在皇帝心中形成了一根扎心的刺，隨著時日漸久越扎越深。

皇帝覺得王爺功高蓋主，幾次三番的刺殺不成，最後故意派王爺去偏遠邊境執行任務，再安排伏擊追殺，這一去便下落不明至今。

提到母親，秦旭冰冷的表情瞬間如冰雪融化，取而代之的是一抹溫和跟急切。

「太妃怎麼了？」

如果不是他們的出現，他已完全沈浸在跟喬喜兒甜蜜的田園生活裡，然而他們還是將他拉回到了現實。

葉楓深沈道：「王爺，您這段時間到底去哪兒了？您知道嗎？您下落不明的這段時間，京城頻頻傳言您已經不在人世，太妃娘娘自然是不信這些謠言的，可日子一久便思念成疾，再加上感染風寒，一直臥床不起，時常昏迷，茶飯不思，一直喊著王爺的名字……」

「我遇刺受傷，幸而被村民所救才撿回一條命，但是失去了記憶，想不起任何事，眼下是見到你們，我才想起了一切。」秦旭的一顆心揪緊，深邃的眸子泛著殺氣，聲音更是冰冷。

「原來如此，老天保佑，王爺吉人自有天相。」葉楓心裡明白，王爺會遭此劫難，背後必有皇帝的手筆。「屬下終於找到王爺了，太妃若是看到王爺，身子一定會好起來的。」

秦旭又憤然道：「皇宮那麼多御醫，母親怎麼還會臥床？這其中必有蹊蹺。」

他離開的時候，母親還是面色紅潤、身體健康，這才幾個月，怎麼就臥床不起了？

這不用猜，也知道是皇帝下的手。他是以母親作為誘餌，在試探他。

若是他還活著，聽到此事一定會儘快趕回京城的，可惜他失憶了，沒中了皇帝的計。

可惡！他都已經跟皇位失之交臂了，難道還礙皇帝的眼嗎？

「他到底想幹什麼？」秦旭氣得一掌拍在牆壁上，那一塊地方瞬間凹陷進去，很多碎石、粉末紛紛落下，嚇得在場的人渾身一抖。

葉楓神色凝重的抱拳。「王爺，狗皇帝生性多疑，他一定是對太妃動了什麼手腳，還請王爺儘快回京。」

秦旭確實歸心似箭，但喬家還有些事要處理，他不能這麼一走了之。

他面色冰冷。「你們先回京城保護太妃，帶本王的口諭，好好讓太妃養病。至於本王這邊還有點事要處理，三天後，本王會快馬加鞭跟上你們的腳步。」

這裡回京城，需要二十多天的路程，日夜兼程快馬加鞭需要半個月，葉楓不承想，都這個時候了，王爺居然還能沈住氣？

「主子，這邊的事情可以交給屬下來完成，還請王爺儘快回京。」

秦旭沒有回答，他知道葉楓在想什麼，可他心裡放不下喜兒，如果他就這樣突然走了，怎麼跟喬家人交代？

他想過帶喜兒一起去京城，可京城是個陰謀之地，若讓喜兒跟著，必定會成為他最大的軟肋，他施展不開手腳，皇帝對付他會更加容易。

總之母親他不能不管，但現在這邊他也不能立刻一走了之，所以需要幾天時間來安排一下，只能壓縮趕路的時間，到時日夜兼程辛苦些。

「我需要三天的時間。」秦旭斬釘截鐵道。

「是，主子。」

既然王爺心意已決，葉楓也不再多說。

揮別秦旭之後，葉楓當機立斷的將這次的隨行隊伍分成兩批人馬，一批人立刻趕回京城，盯住皇宮，守住太妃；他跟徐飛則留在這裡保護王爺，三天後隨同王爺一塊兒回京。

他們看得出來，王爺在這裡好像有什麼牽掛的重要人物，那就讓王爺完成心願吧。

喬喜兒在明月酒樓邊吃邊喝，邊慢悠悠的等秦旭回來，一看到秦旭後，滿是小女兒姿態的撲了過去。「秦旭，你回來了！」

秦旭點點頭。「嗯。」

「行，那沒別的事，我們快陪姊姊去滿月樓客棧找人。」

「好。」秦旭原本還不知喬蓮兒要找的人是誰，但見過葉楓後，自然就能確定她嘴裡描述的人就是葉楓，好在他已讓葉楓趕緊離開鎮上，應該不會碰面的。

果然，喬喜兒等人過去詢問時撲了一個空，客棧的掌櫃說，那群人剛辦理了退房。

喬蓮兒十分失落，就在一炷香前恩公正好離開了。好可惜，都已經找到了地方，他們卻提前一步走了，心裡空落落的，總感覺這個恩還沒有報，怎麼也過意不去。

喬喜兒見她這般模樣，笑得賊賊的，撞了一下她的胳膊，打趣道：「姊，我怎麼感覺妳這副架勢是要以身相許呢？怎麼，看上那男人了？」

喬蓮兒的臉瞬間就紅了，嗔了她一眼。「喜兒，妳說話越來越沒個正經了，讓人聽見會笑話的。」

喬喜兒早就看出她是春心蕩漾了，她眨巴著眼睛八卦道：「姊，自古美女愛英雄，這是很正常的事。妳也不要太失望了，這有緣千里都能來相會，妳們或許還會再見面的。」

「行吧，那這個恩情我就先欠著了。」喬蓮兒笑了笑。

她也有種預感，他們還會再見面的。

第二十章

隔日——

這一天正是何宇成親大喜之日，喬喜兒早早說了中午會跟秦旭一起去吃喜酒。既然要去喝喜酒，她便打扮了一番，換上喜慶的粉色衣衫，襯托得肌膚白裡透紅的，還特別上了淡淡的胭脂水粉，就連唇瓣都塗抹了顏色，整個人看起來光彩照人，惹得秦旭都多看了她幾眼。

「喜兒今兒個真好看。」

即便是京城裡的那些官宦千金都不及她的三分，尤其是那股靈動勁，不沾染世俗，一下子便能從人群中脫穎而出。

這便是他愛的女人。

「肉麻兮兮的，不過你今兒個也挺好看的。」喬喜兒瞅著他剛毅的面容，這樣立體的五官，配上這副高大身軀，還真是個衣架子，穿什麼都好看。

絲狀的長衫擋不住他結實的身軀，可以想像包裹在裡面的那副身材，是何等的養眼。

習武人就是不一樣，都要冬季了，別人都穿棉襖，他還是單薄的兩件衣衫便能抵禦寒冬，這樣的體質，還真是別人羨慕不來的。

打扮完畢，算好吉時後，喬喜兒便坐上馬車，跟秦旭一起前往何家。

這邊的村莊都相差不大，基本都是靠山靠水，山腳下蜿蜒下來都是一大片的茅草屋，唯有幾間灰色瓦片房特別顯眼。

一進村就能準確找到何家的位置，何宇家是在村中央，此時他家院子裡已聚集了很多前來幫忙的村民，十幾張喜桌擺得錯落有致，一旁臨時搭建的大灶臺已有廚娘在忙碌，不少村婦蹲著洗菜、殺雞、剖魚等等。

秦旭剛把馬車停好，接喬喜兒下了馬車，就見村民喜氣的喊了一聲。「呦，新郎官接新娘回來了！」

伴隨著一陣噼哩啪啦的鞭炮聲，在煙火味瀰漫之時，看熱鬧的村民全都湧了出來，大家一起看著這喜慶的隊伍從村口緩緩的接近。

何宇今兒個穿著一身大紅色的喜服，襯托得這個年輕的後生清秀英俊，他笑容滿面，一看就是人逢喜事精神爽。

不同於鎮上的那些新郎官都是騎高頭大馬的，他則是接地氣的揮著牛鞭趕著牛車，牛車上坐著兩個接親村民，以及今日的主角新娘子。新娘子端坐在竹椅上，雙手端正擺放在膝蓋上，蓋著紅蓋頭，垂著頭，從那規規矩矩的坐姿來看，是個乖巧懂事的新娘。

牛車緩緩行駛過來時，喬喜兒揮手示意，她踮著腳都快把手兒揮斷了。

秦旭勾著嘴角笑了笑。「喜兒，這何宇成親，妳還真是高興。」

喬喜兒嘴角一翹，眸光依舊盯著那對新人，話是對他說的。「那可不，我可是看著他一步一步的成長，娶妻生子，這過程太有意義了。」

這個婚禮雖不是極盡奢華，但該有的都有、禮數周全，想想自己的那個婚禮十分寒磣，此時此刻的喬喜兒竟羨慕起了這個新娘子。

牛車到了院裡，村民都跟在後面，孩子們蹦蹦跳跳說著討喜的話，從新郎官手裡拿了不少的喜餅跟糖果。

何宇顯然是看到了喬喜兒他們，還來不及打招呼，喜婆就張羅拜堂成親。

「吉時到，請新郎新娘移駕到屋裡，行成婚禮。」

在村民的熱烈掌聲中，何宇接過喜婆遞來的紅綢，牽著新娘子進屋，村民也隨之湧了進去。

屋裡是特意布置過的，貼了好幾張紅色喜字，就連桌椅都換成了紅木桌，上面鋪著紅布，看著喜氣，主位上坐著樸素的老人，是何宇的爹娘。都是地地道道的莊稼人，看著特別樸實，那嘴角時不時的咧著笑意，可見二老多滿意這樁親事。

喜婆歡天喜地的喊道：「一拜天地……二拜高堂……夫妻對拜……送入洞房……」

禮成後，何宇便從新房裡出來，他今兒個是主角，自然是要招待客人。

他到處找喬喜兒，見這對夫妻已經跟爹娘搭上話了。何家二老對喬喜兒夫妻十分熱情，可見他們在何家人心目中的位置，就跟親人一般。

「爹娘，這就是我跟你們說過的喬東家，這位是她的夫君。」何宇笑著走過來介紹。

「東家，這是我爹娘。」

何宇說著又指了指那兩個在招待村民的女子道：「那兩位是我的姊姊跟妹妹。」

喬喜兒知道，何家就一個兒子，上有姊姊下有妹妹，如今何宇混得有出息，老人家也懂得知恩圖報，這一大家子的人，還真是和和美美。

「喬東家，我聽何宇這孩子經常提起妳，今兒一見，果然精明能幹，還美若天仙，跟妳的夫君還真是一對神仙眷侶，羨煞旁人。」何母誇讚道，她還沒見過這麼般配的一對人兒呢。他們一來，何家瞬間都蓬蓽生輝了。

「何叔何嬸，你們過獎了，這是我送給何宇的新婚賀禮。」

喬喜兒手裡拿著的是個精緻禮盒，外面用紅布包裹著，是對金戒指，寓意著這對夫妻白頭偕老。

「喬東家，妳說妳人來了就好了，還帶禮物，真是客氣了。」何母笑著接過，這沈甸甸的分量不輕呢，這東家還真是大氣，她兒子真是遇到了貴人。

「應該的。」喬喜兒笑笑。

這過來參加婚禮，總不能兩手空空，更何況何宇是她的得力幹將，她肯定是要來捧場的。

村裡人的婚禮，基本上都是按照同一套流程，等新人行完禮後，便是喝喜酒了。

客人們坐在喜桌邊，吃著比過年還豐富的飯菜，喬喜兒聽著這些村民嘮嗑，接受著整個村的目光洗禮，感受著熱鬧喜氣的氛圍，無疑是給心靈都洗刷了一遍，沾了不少喜氣。

夫妻倆吃了中飯，也沒有急著回去，而是留在何家幫忙，做些力所能及的事，比如幫忙收拾一下碗筷、端一下菜餚等等。時間一晃，這一天的時光便過去了，眾人一直忙到了天黑。

夜幕降臨後，便是大家夥兒最喜歡的鬧洞房環節了。

喬喜兒也喜歡湊這熱鬧，但她沒有帶頭鬧，鬧騰的那幾個都是年輕的後生，跟何宇玩得比較好的村民。瞧那一個兩個的人趴在窗戶口，你擠我擠的聽牆角，跟個疊羅漢似的，很有畫面感。

鬧騰歸鬧騰，大家都是很有分寸的，等屋裡響起新郎跟新娘恩愛的聲音後，大家都會捂嘴羞澀一笑，便自覺的溜開了。

光是聽那聲音，就可以想像裡面的勁爆畫面，喬喜兒的臉紅撲撲的，這何宇都後來居上了，而她跟秦旭還沒有成就好事，想像著這一天的到來，她已經不由得腦補上了。

這個秦旭每次親她都十分狂野，那架勢像是恨不得將她給一口吞了，不知道圓房起來，會是怎樣的生猛，越想這臉頰就越發地紅撲撲，就連身體也熱了起來。

「喜兒，妳怎麼了，臉這麼紅？」秦旭將馬車趕了過來，看著她道。

「喔，沒、沒什麼。」喬喜兒一臉窘迫。

「快上來，咱們得回去了。」

「好。」

喬喜兒上來後，發現馬車上放了一些回禮，是喜糖跟喜餅，這是村裡的習俗，一般重要的客人來參加婚禮後都會有回禮的。

今天的月亮特別圓，漫天的星星眨著眼睛，這花好月圓的，確實是個不錯的日子。

跟何家人揮手告別後，兩人便坐著馬車回去。

秦旭駕著馬車，姿態嫻熟，夜晚寒冷，迎面吹拂來的風都像刀割在臉頰上，他黑色的披風揚了起來。

秦旭剛駕馬車駛出村裡沒多久，就隱隱感覺到不太對勁，有人在跟蹤他們。

他蹙了蹙眉頭，覺察到對方沒半點殺氣，難不成是葉楓等人還沒有回去？

此時的喬喜兒還沒有從鬧洞房的興奮勁裡回過神，她時不時的拂開車簾，看窗外的風景快速的一掠而過，又見秦旭東張西望的，她忙湊過去，在他耳邊低語。「秦旭，你怎麼了？」

秦旭淡淡道：「沒什麼，這夜風吹得有些冷而已。」

跟蹤他的人有兩個，難不成是有一批人先回去了？

「沒事就好，今天還真是美好的一天，看著何宇成家立業，這過程還挺有意義的。」喬喜兒不由感嘆。

「他運氣好，有貴人相助，妳就是他的貴人。」秦旭聲音低沈。

回想這大半年的時間裡，他可謂是見證了喬喜兒從一個名聲敗壞的煞星，成為一個福星高照的人；看著喬家從一個破落戶成為村裡的首富，這其中的變化迅猛，可見她的能耐。

而他的心路歷程變化更大，兩人從剛開始的相看兩相厭，到現在的相愛相守，這一切的一切，讓人感動的同時，又願意深陷其中。

兩個村的距離雖說不遠，但馬車來回也需要小半個時辰，一路上的這輪圓月，就像指路明燈在指引著他們。

周圍很安靜，唯有風吹動樹林的沙沙聲音，秦旭收回星眸，假裝沒有發現這兩人的跟蹤，看來喜兒的身分瞞不住了。也罷，自己人知道也沒什麼，這些都是跟著他出生入死過的兄弟，靠得住。

不管他的身分是王爺還是平民，喜兒都是他的唯一。

等馬車經過那片小樹林後，站在樹上望風的兩人相視了一眼。

這兩人便是秦旭的左膀右臂，葉楓跟徐飛。

他們今兒跟蹤了秦旭一天，目睹著兩人的甜蜜互動，似乎受到了不少的驚嚇。

徐飛盯著那輛走遠的馬車，訕訕道：「老大，這還是咱們認識的王爺嗎？這兩人也太膩歪了，你說，這是王爺在民間娶的妻子嗎？」

葉楓蹙眉，若不是親眼看見，他絕不會相信。

他也納悶。「王爺那麼清冷的一個人，不近女色，沒想到在這裡娶妻了，這真的太讓人意外了。」

兩人怔怔的說完後，突然恍然大悟。怪不得王爺需要幾天時間處理事情，敢情是處理感情問題！

「老大，你說這姑娘長得是好看，氣質脫俗，但這樣小地方出來的人，怎麼配得上王爺的身分？」徐飛有種一顆好白菜被拱了的感覺，在他們的心目中，京城第一美人蘇依柔跟王爺才是一對璧人。

蘇依柔是丞相家的千金，不僅出身好，才情好，樣貌更是京城第一，更難能可貴的是，蘇依柔心裡只有王爺，哪怕聽到王爺身亡的傳言，仍不離不棄的癡心等待。

若是得知王爺現在娶了別人，該有多傷心？

而這邊，秦旭駕著馬車很快駛回村裡。

喬家屋裡一片漆黑，大家已進入甜美的夢鄉中，喬喜兒十分疲憊，她洗了把臉，推門回房，一挨著柔軟的被子，便沈沈的進入了夢鄉。

秦旭光著膀子走進來，若是此刻的喬喜兒是清醒的，看了這樣一副好身材，一定會忍不住吞口水。

秦旭已經不止一次看到這樣的畫面，他嘆息一聲，又是清心寡慾的一天。

他吹滅了蠟燭，便裹進了被窩中，將那一團冰冷的柔軟摟入懷中。

透著窗戶縫隙灑進來的月光，可清晰看清屋裡的一切，秦旭深邃的眸子一直瞅著懷中的人兒，只一眼便穿透到骨子裡，似乎要把她的模樣深深的刻在腦子裡。

他得回去京城那個是非之地，等把棘手的事處理好，解決了性命危機後，一定回來接喬喜兒去京城王府。

一想到要告別，他便有些難以啟齒，內心十分不捨，但時間緊迫，還是得儘快找個機會跟她說清楚。

喬喜兒的睡相十分恬靜，偶爾又跟一隻八爪魚一樣，全身都掛在他身上。臨近冬天，溫度較低，她冷的時候就像一隻慵懶的小貓咪直往他懷裡鑽，鑽得他心癢癢的，就好像此刻。

秦旭嘆息一聲，在她的額頭上落下一吻，感覺自己擁有了世間最美好的東西。

回想起過去，深邃的眸子裡多了一些複雜。

皇帝登基沒有多久，朝廷人心渙散，他在京城當王爺那會兒，因此得到很多大臣的擁戴，這也就是皇帝一心想要除掉他的原因。

這一次若不是皇帝派人追殺，他也不會受傷掉落山崖，不會被喬家人所救，更不會成為喬喜兒的夫君。

想到這兒，秦旭不由得勾唇嘲諷。

他的好三哥，倒誤打誤撞的成了他的紅娘……

劉老爺開始大規模製作香囊，在附近很多城鎮都開了鋪子，一時間，連帶貢獻配料的方家身價都水漲船高。

方家如今成了村裡炙手可熱的富戶，住著剛建好的新房子，進出村子都是乘坐自家的馬車，眼看著日子越過越好，方家的人都不免有些飄了。

短短的時間內，劉老爺的香囊遍地開花，日進斗金。正當他們數錢數到腿抽筋的時候，城鎮裡傳來了一個致命的消息，說是香囊裡面的某些成分過多，讓很多佩戴香囊的人都起了疹子，很多人身上出現發癢、發紅等皮膚狀況。甚至是知府大人的夫人也受害，因為佩戴香囊全身發癢發紅，還高燒不退，知府大人大怒，立即派人擒拿劉老爺。

而此刻的劉老爺正坐在大廳內會客，聽著商會的人吹捧他，說他如何靠香囊翻身成為鎮上第一首富，將聶家都給比了下去。他得意洋洋的接受這些人的恭維以及阿諛奉承，正高興著，就見下人神色慌張的闖進來。

「不好了，老爺，知府大人派人來了。」

「知府大人？」此刻的劉老爺完全被那些奉承的話給蒙蔽了心智，根本沒覺察到下人眼中的慌亂。他只想著自己的香囊都已經在官宦圈子裡流行了，瞬間覺得臉上有光。

「不好意思，各位，先失陪一下。」劉老爺跟客人拱手告退，便歡天喜地的過去門口迎接貴客。

卻見來人是一隊官差，氣勢洶洶，二話不說的一把將他給抓了起來。「來人，將他綁了，押到知府大人跟前問話！」

「是，頭兒！」立馬就有兩個官差拿出繩索，將不明狀況的劉老爺給綁了。

這下子劉老爺怔住了，整個腦子都是懵的，不明所以的問：「官差大人，發生了什麼事？怎麼能抓我呢？我沒犯法啊。」

領頭的官差大約四十多年紀，虎背熊腰，看起來十分有力量。

他沈著臉，冷笑道：「劉老爺，你好大的膽子，你賣的香囊有問題！知府夫人和我家夫人佩戴後全身發癢發紅，皮膚都開始潰爛了，且高燒不退，你死定了！」

這個消息突然砸下，讓劉老爺措手不及，他瞬間嚇得跪在了地上。

「官差大人，冤枉啊，這配方不是我準備的，是方家人啊，若是有問題，也該找他們啊！」

「什麼方家人？這東西就是從你這劉家作坊出來的，你有什麼冤屈，到知府大人面前說，來人，趕緊把人押走！」

伴隨著這些官差聲勢浩蕩的把劉老爺帶走，這一路上許多老百姓的眼睛看著，這一下，劉家作坊製作出問題香囊的消息，沒多久就傳遍了整個鎮上。

喬喜兒得到這個消息時，她正躺在院子裡的竹椅上悠哉的曬著太陽，嘴角微微翹起，一副勝利者的模樣。

別看她這一天到晚的姿態悠閒，根本沒有把方家人、劉老爺放在眼裡，實則暗中一直盯著他們的漏洞，等著他們自掘墳墓。

「呵，成也蕭何敗也蕭何，這才半個月呢，這就玩完了？也太不經用了。」喬喜兒手裡把玩著一根蘆葦，笑得跟隻狡黠的狐狸似的。

一旁的喬蓮兒瞅了她一眼，心裡頓時鬆了一口氣。

她這段日子可謂是急得都快上火了，好幾次都不及喜兒的淡定，現在她倒是能理解喜兒的境界了，還真是高明。

話說這問題香囊的消息傳遍整個鎮上後，十分迅猛，不到一個上午的時間，附近城鎮的小販也知道了這個醜聞，紛紛找上劉家退貨，大家生怕晚了一步就退不了貨。

這到頭來還是得用喬家的香囊啊，這當初說不跟喬喜兒來往的小販，這下都傻眼了，大型的打臉現場呢！

臉，可真疼。

這用了身體會發癢，誰還敢用劉家的香囊呢？一些老百姓先前圖便宜買到了，這會兒也只能趕緊扔掉。

劉家香囊從萌芽到火熱的鼎盛期，再到落幕，這一連串的反轉，只不過十幾天而已。

既然鎮上這麼熱鬧，喬喜兒便決定跟秦旭還有喬蓮兒一起去鎮上轉悠轉悠，順便拉回屬於自己的客人。

那些小販看到了喬喜兒，就如同看到了再生父母一般，哭著喊著求著要拿貨。

喬喜兒也能理解，誰都想壓低成本，對於那些態度還不錯的小販，她既往不咎。當然她這個人也記仇，那些踩過喬家的小販，就停止了合作，這一篩選，便少了三分之一的人。

人心隔肚皮，能患難與共的並不多。

搞定了這些小販，一行三人便找了間茶館悠閒的喝著下午茶，順便聽聽八卦。

一般像酒樓、茶館這種地方，消息混雜，也最為靈通，這不，他們就是來聽聽世間百態的。

不得不說，這劉老爺被帶走的話題太過勁爆，此時幾乎所有茶客都在議論。

「這劉老爺算是完了，得罪了知府大人，他還能在這兒混嗎？」

「就是，聽說知府大人不僅是難得的好官，還重情重義，他跟夫人青梅竹馬，疼愛夫人是出了名的，府邸裡不僅沒有小妾姨娘，就連通房丫鬟都沒有呢！」

喬喜兒一邊品茶，一邊豎著耳朵聽，面露羨慕。「天哪，世間竟還有這樣的好男人，做了高官有多少名利誘惑，居然只鍾愛夫人一人。」

她剛嘆息完，就見桌下的手被秦旭給握住了。

秦旭湊過來在她耳邊輕輕撩撥，用只有兩人能聽到的聲音道：「喜兒，妳放心，我這一輩子也只愛妳一個人。」

喬蓮兒見他們咬耳朵，雖聽不清說什麼，但一聽就知道是悄悄話。

她趕緊別過頭，捂嘴笑。

這兩人可真膩歪，娘一直盼望著他們生孩子，她看著進度快了。

「好了好了，不要表忠心了，說到還得做到才行喔。」喬喜兒說著就趕緊跟他分開。

這裡可是茶館，太過膩歪會引人議論的，她可不想成為焦點，更何況秀恩愛哪有聽八卦好玩呢，她繼續聆聽著，就聽見有人又道——

「可不是，那夫人身體不太好，經常生病，這用了香囊又身體發癢可是雪上加霜啊，若是夫人有什麼三長兩短，看這個劉老爺十條命都不夠賠的。」

「這劉家香囊以前有多火，現在就有多敗落，還是喬家香囊好，香味持久，戴著讓人身心愉悅，這劣質東西跟好東西，就是不一樣。」

「所以說一分價錢一分貨，哪像這些窮人呢？買不起還要裝，這下都裝出問題來了吧。」

喬喜兒偷偷的想，這些都是忠實粉絲呢。不錯不錯，真金是不怕火煉的，他們喬家香囊根本不怕考驗。

不過這知府大人這麼專情，就憑著這一點，她應該去給他的夫人看看病。

她將此事記在了心裡。

三人回去村裡時，已是日落西山。

馬車停在喬家後院，喬喜兒忙著給馬兒餵餵草料；而秦旭深邃的眼睛則是一臉寵溺的看著她，時不時的熠熠生輝。

喬蓮兒看著他這黏人的眸光，忍不住捂嘴偷笑。

這個秦旭，也太喜歡喜兒了吧，視線一直停留在她身上，都快要黏住了。尤其是這兩天，兩人不僅是寸步不離，還如膠似漆。

喬蓮兒是個有眼力見兒的，她不願打擾小倆口的親密，便識相的溜了，獨自出門走走。

她只在村口轉轉，村口前方是一條蜿蜒的長河，景色秀麗。

她在河邊散步，走過蘆葦叢旁邊，夕陽的餘光微波粼粼的灑在河面上，如一條絢麗的彩帶。

這時身後的蘆葦叢裡卻傳來微微沙沙聲，喬蓮兒斂眉，吃驚的轉過身，大喝一聲。「誰在那裡？」

自從在田泉手裡出過事後，她凡事都十分警覺，一點風吹草動都會提高警惕。

此刻便見高高的蘆葦叢裡出現一個身形高大的男子。

來人面容英俊，不苟言笑，穿著黑色的勁裝，手拿著寶劍，就這樣子闊步走到她的跟前。

離得近了，才發現是個熟面孔。

「恩公，怎麼是你？」看見自己到處尋找的男人，就這麼直接出現在眼前，喬蓮兒臉上流露出狂喜。

「姑娘，我來這邊探親，剛路過這裡看到是妳，便來看看。」葉楓的聲音非常低沈。

「原來恩公是過來探親的，你找到自己的親人了嗎？」喬蓮兒關心道。

「多謝姑娘關心，我找到人了。」葉楓點了點頭，又不經意道：「對了，我剛才大老遠就看見一輛馬車從村口經過，看見妳跟另外一個姑娘探出車簾外，前面駕車的那男人是妳相公嗎？」

葉楓故意這麼問。

喬蓮兒的臉唰的一下就紅了，忙擺了擺手，連連解釋。「不是的，恩公，你誤會了。我沒有相公，也沒有嫁人，那個是我妹夫。」

「妹夫？」葉楓呢喃了幾聲，故作好奇道：「看那公子氣質不凡，不像是村裡人家，我長這麼大，還從來沒有見過這樣俊美如玉的公子。」

一聽到恩公誇秦旭，作為大姨子的喬蓮兒也十分歡喜。

「是嗎？我們喬家的妹夫，確實是難得的一表人才，我們也不知道他家住在何方，他是有一次在山上受傷，被我們家救回來的。妹夫跟我家妹妹朝夕相處後，便成了喬家的上門女婿。」

聽到上門女婿這四個字，葉楓驚呆了，王爺是什麼身分，他居然任由這些村民來作踐自己？

震驚過後，他面上依舊淡淡的問：「以你妹夫這樣的條件，甘願委屈自己當上門女婿，看來他是真的愛你家妹妹了。」

喬蓮兒點點頭。「那是當然，他們兩人十分恩愛。雖然秦旭是上門女婿，但他已經融入了我們家，也把這裡當成自己真正的家了。」

她把恩公當成自己人，對他毫無保留，有什麼就說什麼。

這些訊息對葉楓來說十分有用，只是他聽了整個人都不好了。

在他們這些下屬的心目中，王爺是神聖不可侵犯的，就算是再落魄，也不該被這麼作踐。

他們跟了王爺有兩天了，發現那對小倆口是挺恩愛的，而且王爺有很多次告別的機會，都沒有見他說出口。

難不成，睿智如王爺，也是難過美人關了？可京城事態緊急，太妃還被皇帝捏在手裡呢。

看來，這個農女在王爺心目中，確實有著不一樣的地位。

「恩公，你在想什麼呢？你好像對我們家的事特別感興趣。」喬蓮兒走到他的跟前，目光好奇的看著他。

葉楓尷尬的抿了下唇。「姑娘，妳誤會了，我只是好奇，便隨口一問。」

「原來如此，那恩公探完親後要回去了嗎？」她比較關心這個問題。她還沒有報恩呢，也不知道要怎麼報答他。

葉楓看著她一張小臉寫滿了認真，眼珠子清澈，像不沾染世間的塵埃。

「對，我這兩天就會回去了。」

「恩公，你上次幫了我，我還沒有感謝你呢！要不然，你來喬家作客，我們好好招待你。」

喬蓮兒能想到所謂的報答就是這些了。

葉楓卻搖了搖頭。「姑娘不必客氣，這些都是江湖中人應該做的事。」

「不過是吃頓便飯，恩公太客氣了。」喬蓮兒看著他，目光帶著期盼。

「姑娘的好意，在下心領了。我還有事，就先走一步了，再會。」葉楓說著，拎著寶劍，高大的身影慢慢遠去。

喬蓮兒一直瞅著他的背影看，心卻怦怦怦跳得非常快。

她從來沒有過這樣的感覺，看見他就非常高興，臉會紅，心會不由自主的跳。

恩公總是這樣來去匆匆，總感覺他不是一般人，而且那冷冰冰的樣子，讓她想起了秦旭，可能是這兩人的性格比較接近吧。

他就這樣匆匆走了，不知他家住何方，他們還有沒有可能再見面……

次日，喬喜兒前往知府府衙毛遂自薦，為知府夫人診斷病情。這病情有些棘手，花了她三天的時間，好在開了方子後，漸漸的夫人的症狀已消失，接下來好好養著，不日內就能治癒。

三天後，喬喜兒拖著一身疲憊，很有成就感的回家，就見喬蓮兒慌張的看她。

「喜兒，秦旭沒跟妳在一塊兒嗎？」

喬喜兒一時間有些摸不著頭腦。「姊，秦旭沒跟我在一塊兒。」

待她瞭解後，才知道秦旭已經三天沒回來了，一時間村裡謠言四起，說是喬家的女婿跑了。

就這樣，從她知情的那天起，那個男人就消失在喬喜兒的世界裡，連個隻言片語都沒留下。

喬家人瘋了一樣的到處尋他，不知道究竟發生了什麼事。這一天，外出尋了一天的喬喜兒疲憊地躺在床上，翻來覆去怎麼都睡不著，沮喪得像是沒魂般的看著頭頂上的幔帳。

到底發生了什麼事？按照秦旭的為人是不可能突然就離開的，難不成是找到家人了？可為何不給她留下隻字片語？還是說被人綁架了？

她想到腦袋疼，這時外面有動靜響起，感覺到有什麼人影晃動時，她立刻警醒地趴在窗戶邊上看，沒想到竟看到幾個鬼鬼祟祟的黑衣人在交談。

一個黑衣人壓低聲音道：「頭兒，屬下打聽清楚了，五王爺就是被這戶農家所救。」

「很好，那就連同這家人，一起給五王爺陪葬。」黑衣人頭兒做了一個抹脖子的動作，眸子閃爍著光芒。

他一比劃手勢，幾個黑衣人便上前聚集，彷彿在安排各自從什麼地方進屋。

喬喜兒一驚，不及細想，立馬衝出房間，從福袋空間裡掏出一包藥粉，迅速地撒在屋門邊、窗邊，以及屋裡的各個角落邊緣，只要這些黑衣人敢闖進來，鼻息嗅到這些藥粉就會中毒昏迷。

事不宜遲，她又趕緊喚醒房間裡的親人，給他們先服用了解藥。

喬家人還不知發生了什麼事，吃下解藥的迷糊瞬間，就聽到屋門被踢開了，接著拿著兵器的黑衣人闖了進來，不過還來不及做什麼，一個個就跟木偶似的橫七豎八倒在地上。

等周圍恢復平靜後，喬喜兒鬆了口氣，才開口確認。「爹、娘、大哥、二姊，你們沒事吧？他們已經中了我藥粉的毒了。」

見他們搖搖頭，喬喜兒瞬間就放心了，她有金手指，才不怕這些人。

「喜兒，這些到底是什麼人？太嚇人了！」方菊捂住怦怦直跳的心臟，心有餘悸的問道。

喬蓮兒的臉色也還蒼白著，這種畫面，讓她想起那次被綁架的事件，心裡頭這會兒還有陰影呢。

倒是喬松跟喬石兩個大男人鎮定一些，但他們同樣疑惑，這些人看起來不是一般的小偷賊人啊！

喬喜兒搖搖頭。「我也不知道這些黑衣人是誰派來的，我想，好像是衝著秦旭來的。」

除了這個，她想不到其他的理由，估摸著是仇家來尋仇的？

喬喜兒蹲下身去搜黑衣人的身，找了一會兒，終於被她搜出有用的東西，是一塊金色方牌，上面印有「京城」兩字。

她看著牌子好一會兒，抬眸看著家人。「爹、娘、大哥、二姊，這些黑衣人是從京城來的，我想秦旭的失蹤，必定跟這些人有關係。」

「那接下來我們該怎麼辦？」喬蓮兒低呼一聲，立馬就明白了這些黑衣人是來殺秦旭的。

喬喜兒道：「咱們先去報官，讓縣太爺處理這些黑衣人。」

喬家人點點頭，齊心協力的連夜去報了官，很快的，院裡這些中毒的黑衣人都被帶走了。

這一忙完，天色竟已曚曚亮了。

喬喜兒看著疲憊的家人，咬牙做了個決定。「爹，娘，我想過了，我得去京城一趟。」

好不容易得知秦旭的一點線索，她說什麼都不能放棄，她相信一切疑問，在找到秦旭後都能解開的。

方菊眼睛瞪大，不可置信的看著女兒。「喜兒，妳一個人去京城，是去找秦旭嗎？這怎麼行？妳一個人去多危險啊。」

「爹，娘，我自會防身的，別忘了，我身上有毒粉，你們就放心吧。」

見女兒眼裡湧出熱淚，卻神情堅決，他們都知道她對秦旭的感情，此時反對也沒有用，就算不讓她去，以喬喜兒的性格也會偷偷去，罷了罷了。

「那妳路上一定要小心。」方菊再三囑咐道。

「放心吧，爹，娘，我會保護自己的。」

就這樣，喬喜兒說服了家人，告別了父母，當天便收拾包袱，馬不停蹄的趕往京城。臨行前想想不放心，還留下了毒粉給喬蓮兒隨時備用，喬家人都吃過了解藥，已然不怕毒粉，倒是可以放心用來對付一些宵小之輩，晚上睡得安心點。

經過了一個月的長途跋涉，終於抵達京城。

饑腸轆轆的喬喜兒隨意在麵攤上叫了一碗陽春麵，剛坐下沒多久，就聽見附近的人在議論。

「你們聽說了沒有，皇宮裡出大事了，原來皇帝當初登基的遺詔是假的。」

「可不是，當初先皇是屬意五王爺的，這皇帝也太不是東西了，為了真正的遺詔不被公開，竟挾持太妃要脅五王爺，不僅如此，還幾次三番的派刺客去刺殺五王爺。好在五王爺不僅吉人自有天相，還聰明睿智的把遺詔拿到手，再帶兵夜襲皇宮，救出太妃，擒拿皇帝。」

「那既然是這樣，皇帝下臺後，五王爺是順理成章的能當皇帝吧？」那人又繼續道：

「王爺身分尊貴，又打過好幾次勝仗，深受老百姓的愛戴，他若是當皇帝，也是民心所向。」

「話是這麼說，可聽裡面的人說是二王爺要登基。」

「你這話可不可信啊，不是說先帝是屬意五王爺的嗎？」

「聽說是五王爺不想當皇帝，那麼按照年紀排的話，便是二王爺登基了。我家親戚可是在丞相府邸當下人，他是親耳聽到老丞相這麼說的。」

這些話落入喬喜兒的耳朵裡，她只當是個故事一笑而過。

自古以來，宮鬥都是很複雜的，為了皇權，這些所謂的王公貴族互相廝殺，甚至謀害自己的父皇，都是再正常不過。她過來京城是來找秦旭的，這些八卦跟她沒什麼關係。

喬喜兒吃飽喝足後，就漫無目的在街上尋找，無意中跟一個人撞了個滿懷，就聽見那人氣勢凌人道：「哪來的野丫頭走路不長眼，敢撞未來的五王妃？」

喬喜兒連忙說：「對不起，對不起。」

抬頭看是三個如花似玉的姑娘，一身華貴，後面跟著聲勢浩蕩的僕人，看起來就是富貴人家的千金，這裡畢竟是京城，隨處可見官宦千金。

那姑娘還想再罵幾句，就聽見中間那位最美的姑娘發話了。「哪來的土包子，還好本姑娘今天心情高興，要不然可讓妳吃不了兜著走。」

中間那個姑娘撇嘴看了一下喬喜兒，見她一身打扮有些寒磣，神情便有些不屑。

「多謝姑娘高抬貴手。」喬喜兒撇了一下唇，如果是往常的自己，定會跟她理論幾句，但想到這是在京城，人生地不熟的，還是少惹事為妙。

正當她轉身要走時，就聽見其中一個姑娘咋咋呼呼的，扯著中間的那位姑娘道：「蘇姊姊，妳快看，是五王爺騎著馬過來了。」

一瞬間，所有人的視線都落在了那個騎馬的男人身上。

喬喜兒被這聲音所指引，也睜大眼睛看過去，一抬頭便感受到一股強大的氣場，她也想看看京城的王爺長什麼樣子，卻不想看到一張熟悉的俊顏……

好久不見，像是隔絕了千山萬水，記憶中的秦旭褪去了一身簡樸衣服，穿著華麗衣袍，五官立體，雙眸深邃，身後跟著一群護衛，看起來氣勢十足。

猛然看到他，喬喜兒瞬間僵硬了。

這真的是秦旭嗎？還是說長得比較相像罷了？可這人不是王爺嗎？

幾個姑娘都朝著秦旭跑過去，那位蘇姑娘見喬喜兒傻愣愣的還擋在那裡，一把推開了她。

秦旭斂眉，從馬上飛身而下，飄落在喬喜兒身旁，抓著她的手道：「喜兒，妳沒事吧？有沒有被撞傷？」

他當初一直想跟喬喜兒告別後再離開，可京城事態緊急，那些手下迫不得已把他敲暈了，直接帶走。

到了京城，皇帝果然挾持了他的母親，想逼他就範。原以為事情沒有峰迴路轉的餘地，卻不想有宮女發現真遺詔的存在，將光芒萬丈的皇帝拉下了神壇。

就這樣，若是順應遺詔的話，這把龍椅是屬於秦旭的，但他不想當皇帝，便將二王爺推向了帝位。

二王爺宅心仁厚又足智多謀，深受文武百官愛戴，這個皇帝位置自然是穩當的，這不，三天後便是新皇的登基大典。

秦旭帶著人馬出來在京城的主街道貼皇榜，將此事昭告天下，卻不想會在大街上遇到朝思暮想的心上人，他一眼就看到了她。

「喜兒！」秦旭搖晃著她的身子，連晃了好幾下，才讓她回過神來。

喬喜兒納悶道：「你是秦旭？你是五王爺？」

秦旭點點頭笑了笑。「沒錯，我是五王爺，妳就是我的王妃。」

「王妃？」喬喜兒還有些傻，不太清楚現在的狀況，她指了指身後的女人道：「可她們剛剛說她才是王妃啊。」

話音剛落，秦旭抬頭向她身後看去，剛好跟剛才的千金小姐對了個正著。

那位姑娘一下子慫了，很心慌。

秦旭還有什麼不明白的，當即無視於她臉色蒼白，直言道：「蘇姑娘，京城傳言我們是天造地設的一對，不過本王和妳從未有任何瓜葛，今後我也不想再聽到任何謠言散播。」

「王爺，我……」她之前是不相信王爺有心上人，所以就……

可她怎麼也沒有想到，此刻被他摟在懷中視若珍寶，還直接宣布是五王妃的人，會是她方才所輕視的那位姑娘？

秦旭摟著喬喜兒的腰，走到她的身旁。「我現在鄭重的告訴妳，我的王妃是這位姑娘，我早已與她成親，她也會是我唯一的女人。如果蘇姑娘以後再亂嚼舌根的話，休怪本王對妳不客氣了。」

這話無疑是當頭一棒，將蘇依柔打得暈頭轉向。

原本一直在恭維這位丞相府千金的幾個姑娘，也瞬間變了臉色。天啊，王爺居然已經娶妻了，一下子絕了所有人的幻想。

一時間這個消息傳遍整個京城，多少人痛哭流涕，多少人嫉妒那姑娘的好命。

秦旭的隨從葉楓搖了搖頭，沒想到喬喜兒竟然千里尋夫尋到了京城，茫茫人海之中王爺還馬上看到了她，這就是他們命定的緣分嗎？

他們家的王爺既然已經認定了王妃，他們當然二話不說跟著認定這位王妃為主子，今後繼續為王爺王妃效忠。

喬喜兒一路都是有些懵的，任這雙寬厚的大手一直牽著走，走過了兩條街道，走進了一座豪華大氣的府邸。

「恭迎王爺王妃回府。」門口站滿了一排僕人，看到兩人便齊刷刷的喊道。

喬喜兒整個人都彷彿在夢裡，她不知所措的跟著秦旭走，其實不管秦旭是王爺也好、平民也罷，她只知道，這是她愛的男人就好。

只不過這一不小心就傍上了王爺，還真有些不太適應。

原來秦旭是王爺，怪不得有那種說不出來的貴氣，與生俱來的。

秦旭將喬喜兒帶到了一間特別雅致的房間裡，這是他精心布置的房間，布置得非常喜慶。

他原本是打算貼完皇榜後就立刻回長河村接她的，沒想到她竟自己過來了，他正好把自己安排的驚喜亮給她看。

喬喜兒在他的指引下打開了衣櫃，發現裡面有好多漂亮的衣裙，隨手拿出來比劃一下，正好是她的尺碼。

她細看了這一整間房，房間布置得很溫馨，紅色的幔帳兩頭掛著兩個香囊，正是鴛鴦戲水的圖案。

她認出來了，這香囊正是她喬家的手筆。

「喜兒，喜歡嗎？這是我按照妳的喜好布置的。」秦旭拉著她一一參觀。

喬喜兒不知道說什麼才好，只覺得幸福來得太突然了，但她好像忘了什麼很重要的一件事……

「傻瓜，我們還真是心有靈犀，如果妳今天沒來的話，我也打算辦完事就回村子裡找妳的，沒想到妳就這樣猝不及防的出現了。」

喬喜兒內心無比的感動，但突然，她想到了什麼，定睛看著他問道：「秦旭，你恢復記憶了？」

秦旭刮著她小巧的瓊鼻笑道：「傻瓜，我之前被妳治療後就有一些片段的記憶，因為不想離開妳，便繼續裝失憶，後來我手下的人找到我，看到他們，我便想起了一切。京城有不得不處理的事，事態緊急，他們便將我打暈帶走。對不起，媳婦兒，原諒我的不告而別，以後我定會加倍補償妳。」

喬喜兒聽完他的解釋，心疼地道：「你沒事就好，我其實也沒生你的氣，我只是一直擔心你。」

「喜兒，讓妳受驚了，以後不會了，我也會同妳一道回去，向岳父岳母說明。」

秦旭說著拉著她出房間，迫不及待地帶她看過整座王府。

喬喜兒不由得驚嘆這占地面積，雕梁畫棟、小橋流水、亭臺樓閣什麼都有，王府果然氣派豪華，可能逛一天都逛不完的。

一路上遇到了不少下人跟他們行禮。「王爺萬福，王妃萬福。」

這弄得喬喜兒倒是不好意思，在她晃神的瞬間就感覺騰空了，反應過來才發現自己被秦旭抱在了懷裡。

她立馬又羞又惱道：「秦旭，你這是幹什麼？」

秦旭不說話，抱著她大步流星的往一個偏僻房間走去。

一進來這個房間，就發現裡面冒著霧氣，一座小型的假山映入眼簾。原本喬喜兒在外面的時候還感覺到冷，到了裡面就感覺到溫暖如春。

路過一個屏風，看到兩個丫鬟往池子裡撒花瓣。

喬喜兒看到這是一個浴池，裡面正汩汩的冒著熱氣，跟泡溫泉似的，水面上一層嬌豔的玫瑰花瓣，隨著水波蕩漾，美麗極了。

喬喜兒嘖嘖在想，秦旭這男人倒是想得挺周到的，她這一路上舟車勞頓，整個人都疲憊極了，若是這個時候泡一下熱水澡，肯定渾身舒暢。

兩個丫鬟看到王爺抱著一個女人進來，當即行禮。「給王爺請安，給王妃請安。」

精明的管家已經都及時給他們洗腦了，要他們擦亮眼睛，好好的伺候王妃，這位可是王爺心尖上的人，是王府的女主人。她們自然是把這話放在心上的，有意的打量一下，發現這個女人雖然穿著普通，但容貌驚為天人，難怪能贏得王爺的心。

「都準備好了嗎？」秦旭低沈的問道。

「回王爺的話，都準備好了。」兩個丫鬟說完後，便不動聲色的退下了。

喬喜兒想要下去，卻見這雙大手抱得更緊了，那低沈的聲音在她耳邊輕拂。

「媳婦兒，妳這一路上辛苦了，我幫妳解解身上的乏。」

喬喜兒還沒反應過來，就見身子呈拋物線，撲通的一聲落入了池子裡，濺起了一地的水花。

池子的深度剛好沒過她的胸前，她剛站穩就聽見另一道撲通聲。
再抬眸就見秦旭已經站在她的眼前，他的外衣不知什麼時候脫下來了，只穿著單薄的裡衣，被溫泉水浸泡後露出健壯的胸肌，連裡面的人魚線都清晰可見。
喬喜兒自然也好不到哪兒去，她全身濕透，露出精緻的鎖骨、妖嬈的身段。
眼見他那直勾勾的眼神，她忙用手捂住自己的胸前，羞怯道：「秦旭，我自己來，不用你幫忙。」
秦旭卻不管她，兩三下就將她的衣服給扯掉了，露出大紅色的肚兜。
看到那雪峰若隱若現，他瞬間覺得全身血脈賁張，眸子更加深邃了，聲音都低啞起來。
「媳婦兒，妳真美。」
一直都知道她很美，美得精靈古怪，美得清新脫俗。
可沒想到此刻的她美得像勾魂攝魄的小妖精，在分開一個月的時間裡，秦旭每天都在想她。
他承認他不愛江山，只愛喬喜兒。
秦旭直接游過來，將她抵在胸膛跟池壁中間，薄唇輕吟低喃道：「媳婦兒，我想妳想得快要發瘋了。」
說完便低頭堵住了她的唇，開始纏綿輾轉的吻。
這一吻，就好像天雷勾動地火一般，又像煙花絢爛的在腦海中綻放，這三十多個日日夜夜的思念，都化成了此刻的熱情。

水裡的溫度越來越高，等喬喜兒回過神，喘著氣時，才發現自己整個人就像美人魚一樣，一絲不掛的在水裡面蕩漾。

她越發羞答答的呼喚著他的名字，才發現自己的聲音都有些變了調。

她咬了咬紅唇的樣子，在對方的眼裡，卻是更加的勾人。

看著展現在眼前的美好，秦旭引以自豪的自制力早就崩塌了一地，滿腦子什麼想法都沒有，唯有想將這個心愛的小女人狠狠的占有。

他是這麼想的，也是這麼做的。

當兩人融為一體的那瞬間，喬喜兒吃痛的叫了起來。

秦旭心疼的吻了吻她的嘴角，慢慢的調節，直到她適應以後，才帶著她到達了頂峰。

「喜兒，我愛妳。」

外面的夜色越來越濃，溫泉池裡水波蕩漾，而他們的幸福生活才剛剛開始。

——全書完

2021年3月出版

福運莽妻

文創風 940～941

她覺得自己還是挺有福氣的，
這不？本來今天只有一小把韭菜能煮，
突然有條傻蛇送上門來加菜了～～

真情至純，不拘繁文縟節／山有木兮

「與其逆來順受，被欺負到死，倒不如同歸於盡！」
舒燕對著苛刻的二叔一家放狠話，儘管她不願走到這步。
原主父母雙亡，只剩個需要保護的弟弟，卻被親人搓磨致死，
這才輪到她面對要被賣進窯子、替堂哥抵債的境地。
幸而村裡的封景安，在最後關頭伸出援手，
那可是他要前去考童生的盤纏呀？!
分明封家前幾年也遭逢巨變，他家就只剩他一人了……
不管怎麼樣，現在他們已經是一家人，
無論是為報恩情、為盡妻子的義務，她都得好好擔起責任。
可、可同床共枕這件事，她還沒做好心理準備呀！
結果人家沒碰她，反倒是她睡覺不老實，一直靠著他，
尷尬下，她提出自己睡地上的提議，結果他居然說：「可。」
這傢伙，到底懂不懂什麼叫憐香惜玉呀？
算了，這書生如玉，她皮糙肉厚的，就睡地上吧！

2021年3月出版

牛轉窮苦

文創風937~939

她自小就走路一步三喘，吃了很多藥，也看過很多大夫，都治不好，而且在投奔叔嬸的路上還意外跌下山谷，臉上滿佈樹枝劃傷的滲血傷口，叔嬸怕她會晦氣地死在自家裡，因此一門心思想盡快把她嫁出去了事，他們甚至還放出話，說只要幾斤酒肉、一身衣裳就能帶走她！莫非她的一生將葬送於此？她不甘心，都說天無絕人之路……不是嗎？

世間萬物，唯情不死／一曲花絳

卜卦的人曾說過，如果遇見有緣人，她病弱的身子興許就會好起來，
安寧發現，她的夫婿沈澤秋就是那個人，她確實不藥而癒了！
初次見面時，她臉上的傷口可怖猙獰，就連她自己都覺得醜，
可他卻完全沒看見似的，毫不嫌棄，且待她極好，令她安心不少，
甚至在帶她就醫後，還認真安慰她，說就算臉上留下疤了，仍是好看。
即便要每天走街串巷的賣貨，像牛一般辛苦工作，他都甘之如飴，從不喊累，
不過夫妻本該禍福與共，既然他主要是賣布疋的，那她就在家開裁剪鋪子吧！
說來也巧，畫新穎的花樣、裁剪並設計衣裳是她從前下過苦功學的，很拿手，
酒香不怕巷子深，隨著生意漸好，兩人因一筆大訂單而接洽了錢氏布坊的掌櫃，
雖外頭傳得繪聲繪影，都說錢家人要搬走是因為開了多年的布坊近來鬧鬼，
甚至錢掌櫃本人也跟安寧夫妻證實半夜有敲門聲、腳步聲，並感覺被窺伺，
最可怕的是，就連獨生愛女也常自言自語，說是在跟一個紅衣姊姊說話！
可安寧夫妻不信這個，且兩人進過那店鋪及內宅，並沒有任何不舒服的感覺，
於是，在慎重考慮過後，他們與錢掌櫃達成協議，決定接手布坊，幫忙出清存貨，
倘若這回能順利站穩腳跟，那他們扭轉窮苦、邁向富貴人生的日子便不遠啦！

2021年3月出版

針愛小神醫

文創風 932～934

不是溫阮要自誇，她醫術精湛，一手針灸之技更是使得出神入化，
偏偏她如今只是個孩子啊，這身本領太高強，擺明了是招人懷疑的，
幸好從小跟在鬼手神醫身邊，於是她靈機一動宣稱是老人家收的徒弟，
而且還是天分極高、師父本人都稱讚不已兼之相見恨晚型的那種高徒，
反正老神醫已然死無對證，一切都是她這個小神醫說了算啊！

活死人，肉白骨／迷央

她這是穿書了？而且還穿到了昨天才剛看過的一本小說裡？
欸……她是很慶幸自己沒穿成那個草菅人命、三觀不正的女主啦，
但成為一個因愛上男主導致全家被女主害死的砲灰小女配，是有比較好嗎？
照原書發展，因為她的關係，接下來她大哥會死掉、二哥會斷腿、三哥會毀容，
無論如何她都要力挽狂瀾、扭轉命運，不能邁向書中設定好的喪門星之路啊！
為了小命著想，溫阮打定主意要避開書中的男女主角，不與他們有交集，
無奈人算不如天算，她因同情心氾濫而救了許多人，引來女主注意，
甚至因同病相憐的緣故，救了本該英年早逝的砲灰男配墨逸辰，
她記得這位鎮國公世子驍勇善戰、用兵如神，是女主埋藏於心之人，
但，他啥時成了自己的未婚夫啊？還人盡皆知？這下女主還不恨透她？
她本想趁年輕時好好瞧瞧京都府各家的小公子們，看有無合她眼緣的，
誰知才提了一嘴，這位掛名未婚夫立即罵她胡鬧，說這些事不用考慮，
不是啊，他自己說了不娶她的，怎的還不許她相看人家？這太沒天理了吧？
算了，反正她目前既要醫不良於行的師兄，又要治太后外孫女臉上的疤及心疾，
姑且就先聽他的，不規劃終身大事了，她這是沒空，可不是怕了他喔！

文創風 948

農門第一剩女 下

國家圖書館出版品預行編目資料

農門第一剩女 / 藍夢寧著. --
初版. -- 臺北市 : 狗屋出版社有限公司, 2021.04
冊 ; 公分. --（文創風 ; 947-948）
ISBN 978-986-509-205-4（下冊 : 平裝）. --

857.7　　110003813

著作者　藍夢寧
編輯　李佩倫
校對　黃薇霓
發行所　狗屋出版社有限公司
地址　台北市104中山區龍江路71巷15號1樓
電話　02-2776-5889～0
發行字號　局版台業字845號
法律顧問　蕭雄淋律師
總經銷　知遠文化事業有限公司
電話　02-2664-8800
初版　2021年4月
國際書碼　ISBN-13　978-986-509-205-4

本著作物由廣州阿里巴巴文學信息技術有限公司授權出版

定價260元
狗屋劃撥帳號：19001626
網址：love.doghouse.com.tw　E-mail：love@doghouse.com.tw